Rebecca James

DER TAG, AN DEM COOPER STARB

© James Day

DIE AUTORIN

Rebecca James, 1970 in Sydney, Australien, geboren, arbeitete als Kellnerin und als Englischlehrerin in Indonesien und Japan, bevor sie Kinder bekam. Ihr erster Roman, »Die Wahrheit über Alice«, war eine verlegerische Sensation und wurde in 52 Sprachen übersetzt – weitere Romane folgten. Rebecca James lebt mit ihrem Mann und ihren vier Söhnen in Canberra.

Mehr über cbj/cbt auf Instagram unter @hey_reader

Rebecca James

DER TAG, AN DEM COOPER STARB

Aus dem Englischen
von Edith Beleites

cbt

Sollte diese Publikation Links auf Webseiten Dritter enthalten, so übernehmen wir für deren Inhalte keine Haftung, da wir uns diese nicht zu eigen machen, sondern lediglich auf deren Stand zum Zeitpunkt der Erstveröffentlichung verweisen.

Dieses Buch ist auch als E-Book erhältlich.

MIX
Papier aus verantwortungsvollen Quellen
FSC® C014496
FSC www.fsc.org

Verlagsgruppe Random House FSC® N001967

1. Auflage 2018
Deutsche Erstausgabe August 2018

Die Originalausgabe erschien unter dem Titel »Cooper Bartholomew Is Dead« bei Allen & Unwin

Aus dem Englischen von Edith Beleites
Umschlaggestaltung: Suse Kopp, Hamburg
Umschlagmotive © plainpicture/Millennium/
Flore-Adele Gau
ml · Herstellung: eR
Satz: KompetenzCenter, Mönchengladbach
Druck: GGP Media GmbH, Pößneck
ISBN 978-3-570-31206-3
Printed in Germany

www.cbj-verlag.de

Für Oscar

JETZT

Nie hätte ich gedacht, dass ich auf diese Art sterben würde.

Es ist ein Schock, als ich plötzlich über die Felskante rutsche. Starr vor Schreck fühle ich mich unaufhaltsam in die Tiefe stürzen. Aber beim Aufprall spüre ich nichts. Schmerz ist ja ein Warnsignal, und wenn man nichts tun kann, um eine drohende Gefahr abzuwenden, ist er sinnlos und bleibt einfach aus.

Meine Arme und Beine sind unnatürlich abgewinkelt und unter meinem Kopf entsteht eine blutige Pfütze.

Ich denke an Mum.

Und an Libby … ihre Wärme, ihre Augen, ihren Körper … Wäre ich dazu noch fähig, würde ich bei diesen Gedanken lächeln. Erinnerungen ziehen an mir vorüber, an ein Leben, für das es sich zu kämpfen lohnt, aber dazu habe ich keine Kraft mehr.

Der Gedanke, wie schmerzhaft und unfassbar mein Tod für Libby sein wird, ist unerträglich.

Dann fällt mir ein, wie ich hierher gekommen bin. Die Verkettung von Umständen und Ereignissen, die zu diesem Punkt geführt hat. Die Geheimnisse und Lügen.

Ich müsste etwas tun und kann nicht. Libby finden. Ihr erklären, was passiert ist.

LIBBY

Ich schlafe fest und träume, als jemand an meine Tür klopft. Beim Aufwachen denke ich erst, es sei Cooper, aber dann merke ich, dass es meine Mutter ist. Sie kommt in mein Zimmer und setzt sich aufs Bett. Ich reibe mir die Augen und sehe erschrocken, dass sie geweint hat.

Sofort bin ich hellwach und setze mich auf.

»Was hast du denn? Ist etwas passiert?«

»Ach, Libby, Liebes«, sagt sie.

Mir klopft das Herz bis zum Hals, als ich darauf warte, dass sie weiterspricht. Ich kann mir nicht vorstellen, was passiert sein könnte, das sie so sehr mitnimmt.

»Ach, Süße, es tut mir so leid!«, sagt sie und nimmt meine Hand. »Cooper ist … gestorben. Er ist tot. Gestern Abend … Er ist tot.«

Cooper? *Tot?*

Ich schlage die Decke zurück und springe aus dem Bett. Mein Handy! Ich schaue aufs Display. Zwei Nachrichten von Cooper. Gestern war ich so erschöpft, dass ich früh ins Bett gegangen bin. Ich bin gleich eingeschlafen und habe dann offenbar nichts mehr gehört.

Die erste Nachricht ist von elf Uhr, gestern Abend.

Noch wach? Kann ich zu dir kommen? x

Die zweite kam eine Stunde später, kurz vor Mitternacht.

Libs? Bist du da?

Ich versuche, ihn anzurufen, erreiche aber nur die Mailbox und werfe das Handy aufs Bett.

»Ich fahre zu ihm«, sage ich. »Ich muss wissen, was los ist.«

Meine Mum steht auf und legt mir die Hände auf die Schultern. Sie spricht leise und mit brüchiger Stimme. Ich höre sie wie durch Watte.

»Das geht nicht. Cooper ist tot. Glaub mir, Liebes. Du kannst nicht zu ihm.«

»Lass mich«, sage ich und reiße mich los. Ich stelle mich vor den Spiegel, streiche mir das Haar aus dem Gesicht und binde es zu einem Pferdeschwanz. Als ich mir den Pyjama ausziehen will, sehe ich meine Mutter im Spiegel hinter mir stehen. Den besorgten Blick, mit dem sie mich beobachtet. Wie traurig sie ist. Langsam begreife ich, was sie gesagt hat.

»Nein«, sage ich. Nur das. Dann werden meine Knie weich, ich sinke zu Boden und vergrabe mein Gesicht in den Händen. Es dauert einen Moment, bis ich begreife, dass das Geräusch, das ich höre, dieses animalische, verzweifelte Geheul, von mir selber stammt.

Mum hockt sich zu mir auf den Fußboden, nimmt mich in die Arme und drückt meinen Kopf an ihre Schulter. Lange sitzen wir so da, während sie mich sacht hin und her wiegt.

SEBASTIAN

Er frühstückt gerade, als das Telefon klingelt. In der Küche ist es so still, dass es schrill und bedrohlich klingt. Er weiß sofort, dass es nichts Gutes zu bedeuten hat. Für Small Talk ist es noch zu früh. Sein Vater ist bei der Arbeit, seine Mutter im Badezimmer unter der Dusche. Widerwillig legt er den Löffel beiseite und geht langsam auf das Telefontischchen zu.

Er nimmt den Hörer ab. Toby Richardson berichtet stockend, dass Cooper tot ist.

»Ein Surfer hat ihn heute Morgen auf den Felsen gefunden. Es soll Selbstmord gewesen sein. Meine Mum hatte gerade Dienst im Krankenhaus, als er eingeliefert wurde. Sie sagen, er hat sich von Bradley's Edge gestürzt.« Toby klingt beinahe empört, als er sagt: »*Absichtlich*!«

Sebastian lässt sich gegen die Wand sinken und schlägt die Hand vor den Mund. Dabei schaut er aus dem Fenster, zum Mount Timbi mit der markanten Klippe, Bradley's Edge. Unwillkürlich hat er Coopers zerschellten Körper vor Augen: Blut und Knochen, scharfe Felskanten, aufgeschlitztes Fleisch. Coopers im Todeskampf erstarrtes Gesicht. Ein kalter Schauer läuft ihm über den Rücken. Er sackt zusammen und schlingt die Arme um den Körper, wie um sich zu schützen. Die Luft in der Küche kommt ihm wie pures Gift vor, das ihn erstickt. Er verschluckt sich, an nichts, und muss um Atem ringen.

»Alles in Ordnung? Seb? Hallo?«

Sebastian atmet tief durch, richtet sich auf und reißt sich zusammen.

»Alles okay«, sagt er. Er hat seine Stimme unter Kontrolle und klingt ganz normal. »Danke, dass du mir Bescheid gesagt hast.«

»Warte, leg noch nicht auf! Seb…!«

Es ist klar, was Toby will. Er erwartet, getröstet zu werden. Dass sie Cooper zusammen beweinen und ihre Trauer gemeinsam bewältigen.

Aber Sebastian kann nicht. Will nicht. Er kann nur noch einmal »Danke« sagen, bevor er die Verbindung unterbricht und den Hörer wieder auf die Basis legt. Dann zieht er sich in das sichere Refugium seines Zimmers zurück, schließt die Tür, macht die Vorhänge zu und lässt seinen Tränen freien Lauf. Er fühlt sich innerlich ganz hohl. Als hätte ihm jemand die Seele ausgesaugt.

CLAIRE

Claire ist gerade aufgestanden, als Sebastian anruft. Seine raue Stimme verrät, dass er geweint hat. Sie fragt sich, ob er etwas genommen hat.

Dann erzählt er es ihr – sagt, Coopers Leichnam sei am Fuße von Bradley's Edge gefunden worden. Der Schock fährt Claire wie eine Faust in die Magengrube und ihr wird schwindelig. Es trifft sie so hart, dass sie zu Boden geht, das Telefon fallen lässt und sich den Ellenbogen am Couchtisch stößt. Bree eilt ihr zu Hilfe und sagt Seb, dass er später wieder anrufen soll.

»Er ist tot«, sagte Claire. »Ich kann es nicht glauben. Ich kann es, verdammt noch mal, nicht glauben.«

»Wer?« Bree hockt sich neben sie. »Claire? Wer ist tot?«

Claire erzählt ihr, was sie weiß, und beide bleiben eine Weile schockiert sitzen. Sie halten sich an den Händen, weinen und sehen sich mit vor Entsetzen geweiteten Augen an. Irgendwann steht Bree auf und kocht Kaffee, den sie schweigend trinken. Er schmeckt wie Schlammbrühe, und hätte Claire die nötige Energie, würde sie aufstehen, um sich und Bree etwas Stärkeres, Beruhigendes einzuschenken. Aber sie kann sich nicht rühren.

»Geh wieder ins Bett«, sagt Bree. »Du siehst so was von scheiße aus.«

Claire ist froh, nicht selbst entscheiden zu müssen, was sie tun soll, lässt sich von Bree zurück in ihr Zimmer führen und aufs Bett drücken. Antriebslos sitzt sie da und wartet, dass Bree ihr die Bettdecke aufschlägt. Erleichtert sinkt sie in die weichen Kissen.

Erst als Bree das Zimmer verlassen hat, wagt sie, nachzudenken und die Erinnerungen an gestern Abend Revue passieren zu lassen.

Sie war so high und betrunken, dass ihr nur verschwommene Bilder vor Augen kommen. Wie alles anfing, weiß sie aber noch. Schon am Nachmittag hatte sie Wodka getrunken, Musik gehört und taumelnd im Wohnzimmer dazu getanzt. Alles andere verschwindet wie in einem Nebel.

Sie schaut auf den Kleiderhaufen in einer Ecke ihres Zimmers. Schwarze Stiefel, Skinny Jeans, ihr Lieblings-Glitzertop. Wenn sie das gestern anhatte, muss sie ausgegangen sein. Eine Verabredung gehabt haben. Nur um zu Hause abzuhängen, hätte sie so etwas nicht angezogen. Sie schließt die Augen und versucht, sich zu erinnern. Plötzlich hat sie eine glasklare Szene im Kopf: Irgendwann spät am Abend hat sie ein Taxi bestellt, ist eine Treppe hinuntergetorkelt und hat vor der Tür gewartet.

Aber wo ist sie bloß hingefahren? Wo war sie gestern Abend?

Bei Sebastian. Sie sieht sich an seine Tür klopfen. Ins

Haus gehen. Dann trinken sie Whisky pur, alle beide. Claire hasst Whisky, aber das ist kein Grund, ihn nicht zu trinken, wenn er ihr angeboten wird. Sie braucht bloß daran zu denken, um wieder das Brennen in Mund und Hals zu spüren. Wie ihr der erste Schluck den Atem verschlug. Dann hatten sie sich jeder eine Line reingezogen. Speed. Vielleicht auch zwei. Jedenfalls waren sie danach alle beide hinüber.

Aber da muss mehr sein. Irgendwas ist passiert. Etwas, das mich so fertiggemacht hat, dass ich weinen musste.

Sie starrt an die Zimmerdecke und langsam tauchen die nächsten Erinnerungsfetzen auf. Ganz langsam. Einzelne, zusammenhanglose Bilder. Wie ein alter Film, den jemand zerschnitten und in der falschen Reihenfolge wieder zusammengesetzt hat. Aber daraus ergibt sich ein Bild, das, so vage es auch ist, ihr Herz schneller schlagen lässt und sie ins Schwitzen bringt.

Sie und Cooper im Auto. Beide wütend. Ein hässlicher Streit. Tränen und Geschrei. Sie weiß, dass sie ihn gestoßen hat. Einmal, zweimal, das dritte Mal mit aller Kraft.

Sie muss weinen, lässt die Tränen einfach laufen.

Wir haben gestritten. Ich habe ihn weggestoßen.

Und jetzt ist er tot.

D'AM'ALS

COOPER

Ich war mit Sebastian einkaufen, für eine Party, die er am Abend geben wollte. Lust dazu hatte ich nicht. Ich konnte mir ein paar Trillionen Dinge vorstellen, die ich an einem Samstagmorgen lieber tun würde. Wie zum Beispiel surfen oder ausschlafen oder einfach nur zu Hause abhängen oder in der Werkstatt an meinem Tisch weiterarbeiten. Aber Seb war diese Party wichtig, also erwartete er das Gleiche auch von mir.

Er hatte sorgfältig geplant, was er seinen Gästen anbieten wollte: exquisiten Käse und besondere Brote, dazu verschiedene Dips und Aufstriche. Nicht zu vergessen seine berühmten Cocktails aus teuren Spirituosen, von denen außer ihm noch kein Mensch je etwas gehört hat. Und ausländisches Bier.

»Welchen magst du lieber?«, fragte er und hielt mir zwei große Käselaibe vor die Nase.

»Keine Ahnung.« Ich zuckte mit den Schultern. »Ist doch egal, oder?«

Er seufzte und warf beide in den Einkaufswagen. Dann holte er sein Portemonnaie aus der Hosentasche und gab mir zwei Hundert-Dollar-Scheine. »Gehst du schon mal die Getränke kaufen? Je zwei Flaschen Cointreau und Tequila. Aber das gute Zeug. Gold. Das Beste, was sie auf Lager haben.«

Ich hatte ihm schon tausendmal gesagt, dass es reine Geldverschwendung war. Kein Mensch wusste seine teuren Drinks zu schätzen. Die meisten waren zu unerfahren oder zu schnell betrunken, um die Zutaten herauszuschmecken oder Wert auf Qualität zu legen. Er hätte Brennspiritus mit einer Kirsche drin anbieten können und alle hätten es für etwas Besonderes gehalten und bedenkenlos geschluckt. Aber für Seb spielte Geld keine Rolle. Seine Eltern waren reich. Was heißt hier reich? Steinreich! Seine Mutter gab ihm so viel Geld, wie er wollte. Wahrscheinlich kosteten seine Partys mehr als die Lebensmittel, die meine Mutter in einem ganzen Jahr kaufte. Aber man konnte es ihm nicht übel nehmen. Sebastian Boccardo war der großzügigste Mensch, den ich kannte. Er würde einem sogar sein letztes Hemd geben.

Ich ging zum Spirituosenhändler gleich nebenan. Den Cointreau hatte ich schnell gefunden, dann schaute ich mich nach dem Tequila um. Er stand ganz oben auf einem Regal, sodass ich die Arme recken musste, um ranzukommen. Als ich nach der zweiten Flasche griff, wurde ich von einem Mädchen angerempelt, das es offenbar eilig hatte. Es war kein einfacher Rempler, sondern ein regelrechter Zusammenstoß, und ich verlor die Balance. Die

Flasche rutschte mir aus der Hand, ging zu Boden und zerbrach.

»Herrgott!«, sagte ich. »Mach langsam!«

»O verdammt, tut mir leid! Ich bin gestolpert.« Das Mädchen besah sich die Sauerei auf dem Boden – lauter Scherben und Alkohol, der sich langsam in alle Richtungen ausbreitete. Sie trug Sandalen, aus denen die Zehen hervorlugten.

»Pass bloß auf«, sagte ich. »Sonst schneidest du dich noch.«

Sie trat einen Schritt zurück und schaute mich zum ersten Mal an. Erst da sah ich, dass ich sie von früher kannte, aus der Schule. Sie war groß, fast so groß wie ich, und eine Mähne rotbrauner Haare umspielte ihr hübsches Gesicht. Große braune Augen, volle Lippen. Wahrscheinlich hätte ich sie sexy gefunden, wäre sie nicht so wütend gewesen.

»Du bist auf die Walloma High gegangen, oder?«

Sie nickte.

»Ich bin Cooper Bartholomew.«

»Ich weiß«, sagte sie, den Blick stur auf das Regal hinter mir gerichtet. Es war eine unmissverständliche Abfuhr.

»Und du bist?«, fragte ich.

»Libby«, blaffte sie.

Jetzt konnte ich mich erinnern. Libby Lawson. Sie war eine Zeit lang mit Claire befreundet gewesen. Ich wusste zwar nicht, was die beiden auseinandergebracht hatte, aber jetzt hasste Claire sie.

In der neunten oder zehnten Klasse hatten Libby und ich einmal die Aufgabe, das monatliche Rundschreiben für die Eltern auszutragen. Damals riet Claire mir, gut aufzupassen, dass Libby mir nicht von hinten eins über die Rübe zog, denn laut Claire war sie eine hinterhältige Schlange. Ich dachte mir nicht viel dabei, denn Claire war immer mit irgendwem zerstritten, und obwohl ich Libby damals nicht besonders gut kannte, fand ich sie nett.

Gerade wollte ich sie an das Rundschreibenaustragen erinnern, als sie die Arme verschränkte und ihre Körpersprache unmissverständlich verkündete, dass sie keine Lust auf ein wie auch immer geartetes Gespräch mit mir hatte. Was hatte ich ihr denn getan? Vielleicht hatte Claire sich ja doch nicht in ihr getäuscht, und Libby war eine dieser eingebildeten Puten, die grundsätzlich nichts anderes taten, als einem gehörig auf den Keks zu gehen.

Ich zeigte auf die Sauerei am Boden. »Du solltest besser aufpassen, wo du hinläufst. Schließlich willst du andere ja wohl nicht gefährden.«

»Und du solltest deine Sachen besser festhalten«, konterte sie mit finsterer Miene. »Schließlich willst ja wohl auch du andere nicht gefährden.«

In dem Moment kam der Ladenbesitzer angelaufen und begann rumzuzetern. Wir boten ihm beide an, alles wieder sauber zu machen, aber das wollte er nicht. Wir würden uns bloß noch schneiden, sagte er, und ihn dann auf Schmerzensgeld verklagen. Aber die kaputte Flasche sollten wir bezahlen. Ich sagte, das sei kein Problem, aber dann legte er erst richtig los und tat so, als hätte ich mich geweigert. Während er den Boden wischte, standen Libby und ich etwas dämlich daneben. Unsere Blicke begegneten sich und ich zog eine Grimasse. Ich bin mir ganz sicher, dass ihre Mundwinkel amüsiert zuckten, aber dann schaute sie schnell woanders hin, bevor aus dieser Zuckung ein richtiges Lächeln werden konnte.

Als der Ladenbesitzer fertig war, folgten wir ihm an die Kasse, wo er mit säuerlicher Miene mein, beziehungsweise Sebs Geld entgegennahm.

»Man sieht sich«, sagte ich zu Libby, als ich bezahlt hatte. Sie nickte nur. Ich nahm meine Papiertüte mit den Flaschen und setzte mich in Bewegung.

Ich war noch nicht weit gekommen, als ich sie rufen hörte: »Hey, warte mal!«

Ich blieb stehen.

»Lass mich dir was wiedergeben.« Sie hielt mir einen Zwanzig-Dollar-Schein hin.

»Nein, ist schon in Ordnung.«

»Aber ich …«

»Keine Sorge. Es ist sowieso nicht mein Geld.«

Sie zuckte mit den Schultern und steckte das Geld wieder ein. »Danke. Tut mir leid, dass ich dich umgerannt habe. Du hast recht, ich sollte besser aufpassen. Ich bin echt eine Gefahr für die Allgemeinheit.«

»Vergiss es. Halb so schlimm.« Ich sah auf das Tetra Pak Wein in ihrem Arm. »Große Pläne für heute Abend?«

»Nur eine kleine, aber feine Strandparty.«

»Fein?«

Um ein Haar hätte sie zum zweiten Mal fast gelächelt. »Okay, *fein* ist vielleicht das falsche Wort. Nur ein Lagerfeuer am Ripple Beach. Musik, tanzen, singen. Würstchen und billiger Wein. Du weißt schon …« Sie unterbrach sich kurz und lächelte tatsächlich, wenn auch etwas verschämt. Dann sagte sie: »Wenn ich mir so zuhöre, klingt es eher wie das Gegenteil von *fein*, aber bestimmt wird es lustig.«

»Klingt auf jeden Fall so.«

Einen Moment lang standen wir dumm herum, und keiner wusste, was er sage sollte.

»Also dann …«, sagte sie schließlich. »Ich sollte dann wohl lieber …«

»Klar«, sagte ich. »Man sieht sich.«

LIBBY

Auf der Strandparty stand ich, wenn ich mich nicht gerade mit jemandem unterhielt, mit dem lauwarmen Wein in meinem Plastikbecher am Lagerfeuer, schaute in die Flammen und dachte über die Begegnung mit Cooper nach. Es war so peinlich! Abgesehen davon, dass ich mich wie ein Vollidiot benommen hatte, konnte er sich nicht mal an mich erinnern. Okay, die Walloma Highschool war so riesig, dass unmöglich jeder jeden kennen konnte, aber Cooper und ich waren im selben Jahrgang gewesen und hatten zusammen unseren Abschluss gemacht. In der zehnten Klasse mussten wir sogar einmal drei Tage lang den Elternrundbrief zusammen austragen, und trotzdem wusste er nicht mehr, wer ich war. Um ihn nicht merken zu lassen, wie blöd ich mir vorkam, habe ich ihm eine ziemliche Abfuhr erteilt.

Cooper Bartholomew und seine Clique haben mich immer schon eingeschüchtert. Sie waren die coolsten, glamourösesten Typen der ganzen Schule. Einer sah besser aus als der andere, und ihre Selbstsicherheit konnte einen neidisch machen. Sie schienen die ganze Zeit Spaß zu haben, und im Vergleich zu ihnen waren alle anderen nur graue Mäuse.

Cooper war groß und athletisch gebaut. Breite Schultern, dunkles Haar, sonnengebräunte Haut, großes Zahnpastalächeln. Genau die Sorte, von der jedes Mädchen träumte. Nicht nur wegen seines Aussehens, sondern auch wegen seiner coolen Clique. Abgesehen davon fiel er aber nicht besonders auf. Er war weder Schul- noch Klassensprecher gewesen und nicht mal in einer der angesagten Schulsportarten hatte er sich hervorgetan. Trotzdem wussten alle, wer er war, und jeder kannte seinen Namen.

Aber der eigentliche Star seiner Clique war Sebastian Boccardo. Was heißt hier Star? Er war die Sonne, um die alle anderen wie Planeten kreisten. Auch er sah verdammt gut aus, aber anders als Cooper. Er war – wenn man das über einen Jungen sagen kann – eine regelrechte Schönheit, groß und schlank, beinahe drahtig und alles in allem irgendwie überirdisch, wie ein Paradiesvogel. Auch er hatte dunkles Haar, aber im Gegensatz zu Cooper war er so blass, als ginge er nie an die frische Luft, geschweige denn in die Sonne. Man brauchte ihn nur anzusehen, um zu wissen, dass er geradezu unanständig reich war. Sein Haarschnitt, seine Art, sich zu kleiden, seine Sorglosigkeit und sein selbstsicheres Auftreten – all das wies ihn als jemanden aus, der mit einem goldenen Löffel im Mund geboren worden war. Gerüchten zufolge war er schwul. Ich habe keine Ahnung, ob das stimmt, aber es hatte die Mädchen an der Schule nicht daran gehindert, sich reihenweise in ihn zu verlieben, ihn ständig im Blick zu haben und andauernd voller Bewunderung über ihn zu tratschen.

Wenn seine Eltern verreist waren, gab er bei sich zu Hause, in der vornehmen Wohngegend in den Hügeln, berühmt-berüchtigte Partys. Was dort stattfand, war in der Schule immer tagelang Gesprächsthema Nummer eins, wobei das Meiste, was man so hörte, bestimmt erfunden oder wenigstens maßlos übertrieben war. Niemand aus meinem Freundeskreis wusste etwas Genaues darüber, denn wir wurden nie eingeladen.

Wir fristeten unser unglamouröses Dasein am anderen Ende der gesellschaftlichen Skala und galten als uncoole, lernwütige Streber, die sich an Regeln hielten, schulische und moralische Erwartungen erfüllten und gute Noten bekamen. Graue Mäuse eben, angepasst und folgsam. Cooper, Sebastian und Co. nahmen kaum zur Kenntnis, dass wir überhaupt existierten.

Obwohl Cooper und ich nicht gerade Freunde geworden sind, als wir drei Tage lang die Rundbriefe austrugen, verbrachten wir doch jedes Mal gut eine halbe Stunde miteinander. Dabei kamen wir natürlich ins Gespräch. Er erzählte mir, dass er gern surfte und seine Mutter Krankenschwester war. Als er mich fragte, was ich am Wochenende vorhätte, und ich sagte, ich müsse einen Aufsatz schreiben, lachte er und meinte, das hätte er sich denken können. Es war kein gemeines Lachen, aber ich wäre vor Scham am liebsten im Boden versunken.

Ich konnte mich an all diese Kleinigkeiten erinnern, und deswegen empfand ich es als beleidigend, dass er nicht mal mehr meinen Namen kannte. Ich war von den drei Tagen damals ziemlich beeindruckt gewesen. Da war er mir nämlich gar nicht mehr so cool wie sonst vorgekommen, sondern zugänglicher, freundlicher, fast menschlich.

Offenbar hatte ich mich getäuscht.

Typen wie Cooper waren für uns Normalsterbliche wie Lichtgestalten, die unser gesellschaftliches Sonnensystem überstrahlten, während wir für sie nur wie mickrige Glühwürmchen glimmten. Wir wussten Dinge über sie, redeten darüber und beobachteten sie – und träumten davon, auf ihre blöden Partys eingeladen zu werden. Aber sie wussten nichts über uns und kannten nicht mal unsere Namen oder Gesichter. Wir waren ihnen vollkommen egal. Deswegen fühlten wir uns klein und unbedeutend und hielten uns selbst für Langweiler. Sie gaben uns das Gefühl, unsichtbar zu sein.

COOPER

Kurz vor zehn verließ ich Sebastians Party. In letzter Zeit konnte ich mit dieser ganzen Szene nicht mehr viel anfangen. Dabei hatten unsere Partys immer so viel Spaß gemacht. Man traf sich, ließ sich volllaufen, redete und lachte. In der zwölften Klasse hatten wir uns dabei vom Lernen und den Eltern erholen können. Und uns als die Erwachsenen aufgespielt, die wir jetzt offiziell waren. Aber dann veränderten sich diese Partys. Sie wurden immer größer und extravaganter und bekamen Wettbewerbscharakter. Wer trägt die coolsten Klamotten? Wer verträgt den meisten Alkohol? Wer hält am längsten durch?

Natürlich war auch Claire an diesem Abend da und zog wieder mal eine ganz besondere Show ab. Sie trug ein ultrakurzes Kleid und Schuhe mit so hohen Absätzen, dass ich mich fragte, wie sie darauf überhaupt laufen konnte. Sie sah aus wie ein Model, das jeden Moment auf den Laufsteg einer Modenschau geschickt wird, nicht wie jemand, der einfach nur mit guten Freunden eine Party feiert.

Wie üblich klebte Bree die ganze Zeit wie eine Klette

an ihr. Sie war genauso aufgetakelt, und angesichts der Art, wie die beiden kicherten und durch die Gegend torkelten, genauso abgefüllt.

Die beiden wohnten zusammen, arbeiteten zusammen und taten auch sonst alles zusammen. Sie sahen sich sogar ähnlich. Bree war blond und Claire brünett, aber beide hatten glattes Haar, das ihnen bis zur Taille fiel. Beide hatten eine klasse Figur und wussten sie durch entsprechende Kleidung zur Geltung zu bringen. Beide waren komplett durchgestylt, immer und überall. Vor unserer Trennung hatte ich einige Nächte mit Claire verbracht, aber ohne Make-up habe ich sie trotzdem nie gesehen.

Damals hatten mich beide schwer beeindruckt, aber inzwischen fragte ich mich, wozu sie sich so viel Mühe gaben und was sie eigentlich beweisen wollten.

Sebs Wohnzimmer im Erdgeschoss des Hauses erinnerte eher an die Lounge eines Sternehotels. Eine reichlich bestückte Bar zog sich an einer Wand entlang, Sofas und Sessel an einer anderen, eine große Terrassendoppeltür führte zu einem Pool, hinter dem sich ein atemberaubender Blick in die Landschaft öffnete. Im Laufe der Jahre hatte ich mich daran gewöhnt, aber der Unterschied zu meinem eigenen Elternhaus und dem Viertel, in dem ich aufgewachsen war, hätte nicht größer sein können. Als lebten Sebastian und ich in verschiedenen Welten.

Ich saß an der Bar, trank Bier und überlegte, wann ich wohl gehen könnte, ohne unhöflich zu wirken. Claire und Bree pirschten sich an und setzten sich auf die Barhocker links und rechts von mir. Ich wusste, dass sie mich schon den ganzen Abend beobachteten und nur auf eine Gelegenheit gewartet hatten, um sich auf mich zu stürzen.

»Amüsierst du dich gut, Cooper?«, fragte Bree.

»Es sieht gar nicht so aus«, sagte Claire, bevor ich antworten konnte. Sie hatte die Augen halb geschlossen und lallte schon. Was immer sie getrunken oder sonst wie konsumiert hatte – offenbar war es mehr als genug gewesen.

»Bis ihr gekommen seid, war's ganz nett«, sagte ich.

»Hör auf!«, sagte Claire. »Warum musst du so gemein sein?«

Gemein. Das sagte gerade die Richtige. Claire war die Gemeinheit in Person. Ich schüttelte den Kopf und stand auf.

»Du willst doch wohl noch nicht gehen«, sagte Claire. »Trink lieber noch was. Einen dieser Cocktails, die Seb vorhin gemacht hat. Oder vielleicht ein Bier? Oder Wein? Du trinkst doch gern Rotwein, oder?«

»Geht nicht, ich muss noch fahren.« Ich wünschte, Claire würde mich einfach in Frieden lassen, statt mich immer wieder in Situationen zu bringen, aus denen ich mich nur mit Unhöflichkeiten retten konnte. Doch bevor mir mein rüdes Verhalten leidtun konnte, erinnerte ich mich daran, was sie mir angetan hatte.

Ich murmelte irgendeinen Abschiedsgruß und ließ sie einfach stehen. Im Erdgeschoss konnte ich Seb nirgends finden, also ging ich nach oben, in die Wohnung seiner Eltern. Als auch da niemand zu sehen war, beschloss ich, zu gehen.

Auf dem Heimweg kam ich am Ripple Beach vorbei.

Ich hatte gar nicht mehr an Libby Lawson und die Strandparty gedacht, aber als ich jetzt ein flackerndes Lagerfeuer und mehrere Leute drum herum sitzen sah, fragte ich mich, ob es wohl Libbys Party war.

Es sah so aus, als herrschte da unten gute Stimmung, und für einen kurzen Moment wurde ich beinahe neidisch. Warum konnten Sebs Partys nicht so entspannt sein? Ich überlegte sogar, ob ich den Wagen abstellen und einfach mitmachen sollte. Doch dann erinnerte ich mich daran, wie kalt und abweisend Libby in dem Spirituosenladen war, dass sie praktisch durch mich hindurchgesehen hatte, als sei ich Luft. Aber meine Lust auf die Party hielt sich ohnehin in Grenzen. Wahrscheinlich waren die meisten da unten Intellektuelle und Streber, die versuchten, sich gegenseitig mit ihrem Wissen zu übertreffen, oder behaupteten, irgendwelche schräge Lyrik besser zu verstehen als jeder andere. Auch wenn diese Strandparty auf den ersten Blick vielversprechender zu sein schien als Sebs Partys, spielte sich dort unter der Oberfläche wahrscheinlich genau das Gleiche ab: verzweifelte Konkurrenzkämpfe.

Dennoch. Aus der Ferne sahen alle glücklich aus. Aber Fassaden konnten täuschen. Aus der Ferne wirkten Sebs Partys wahrscheinlich auch unbeschwert und gut gelaunt. Aus der Ferne machten wir wohl alle den Eindruck, als hätten wir Spaß.

Zu Hause öffnete und schloss ich die Tür so leise wie möglich, für den Fall, dass meine Mum schon schlief. Sie hatte diese Woche mehrere Nachtschichten und litt unter chronischem Schlafmangel.

»Du bist ja schon früh zurück«, rief sie aus ihrem Schlafzimmer.

»Ja.« Ich schaute kurz bei ihr rein. Sie saß im Bett und las. Im Schein ihrer Nachttischlampe standen einzelne Haare aus ihrer zerzausten Frisur ab. Die Lesebrille saß ihr auf der Nasenspitze. Ich hatte sie schon so oft in genau dieser Pose gesehen, dass ich sie eines Tages wahrscheinlich so in Erinnerung behalten würde.

»Hey.«

»Selber hey«, sagte sie. »Was ist los?«

»Nichts.«

»Alles in Ordnung?«

»Alles bestens.«

»Sicher? Du machst gar nicht den Eindruck.«

»Nein, wirklich, alles in Ordnung, Mum. Ich bin nur ziemlich müde.«

»Okay.« Sie nickte und schien noch etwas sagen zu wollen, doch dann lächelte sie nur und meinte: »Im Kühlschrank steht ein Rest vom Abendessen, falls du Hunger hast.«

Meine Mum machte sich immer zu viele Sorgen um mich. Wenn ich stiller war als sonst, wenn ich keine Lust zum Surfen hatte, wenn ich irgendetwas anders machte als sonst – immer dachte sie gleich, es sei etwas Schlimmes passiert. Wahrscheinlich lag es daran, was Dad getan hatte. Seitdem wusste sie, dass das Schlimmste tatsächlich eintreten konnte.

LIBBY

Am Montagnachmittag hatte ich Dienst im Zeitungskiosk des Campus', verkaufen und die Kasse bedienen. Ein endloser Strom Studenten, Dozenten und Professoren kauften Illustrierte, Zeitungen, Lottoscheine, Geburtstagskarten und Kaugummi. Nicht gerade der aufregendste Job der Welt. Im Gegenteil. Wenn ich dort arbeitete, schien die Zeit langsamer zu vergehen als sonst. Aber wenigstens verdiente ich mein eigenes Geld. Zwar musste ich zu Hause weder Miete noch Essen bezahlen, aber für meine persönlichen Ausgaben musste ich selbst aufkommen.

Kurz nach Beginn meiner Schicht betrat Cate den Laden. Grinsend kam sie auf mich zu und ging dann direkt an den Kühlschrank, um sich eine Flasche Wasser herauszunehmen. Dann kam sie damit an die Kasse und gab mir das Geld.

»Kannst du in die Bar kommen, wenn du hier fertig bist?«, fragte sie. »Hari meint, wir sollten uns mal zusammensetzen und die Sache mit Atticus besprechen.«

»Gute Idee. Um zehn nach?«

Cate nickte, warf mir einen Handkuss zu und verließ den Kiosk mit ihrem Wasser.

Um fünf machte ich die Abrechnung, und Julia, meine Chefin, machte den Laden sauber. Dann ging ich quer über den Campus zur Bar. Es war Frühherbst und die unerträgliche Sommerhitze war milderen Temperaturen gewichen, sodass ich den Spaziergang genießen konnte. Einzelne Sonnenstrahlen drangen durch die Blätter der hohen Bäume und unter meinen Füßen knirschte der Kies. Der Herbst war schon immer meine Lieblingsjahreszeit gewesen.

Die Universität von Walloma war in den Siebzigern gleich neben der Innenstadt erbaut worden und erstreckte sich über mehrere Blocks. Die Gebäude selbst waren kastenförmig und funktional, aber jemand war so schlau gewesen, den Campus mit Dutzenden von Laubbäumen zu bepflanzen, die inzwischen so groß geworden waren, dass die ganze Uni älter und gediegener wirkte, als sie tatsächlich war. Für viele Einwohner von Walloma war der Campus der schönste Teil der Stadt. Mir persönlich gefielen die Strände besser, aber der Campus kam gleich an zweiter Stelle.

Die Bar war voller als gewöhnlich. Sämtliche Tische und Stühle waren belegt, und sogar dazwischen standen jede Menge Studenten herum. Ich fragte mich schon, ob wir nicht lieber woanders hingehen sollten, denn ich war müde und wollte mich gern hinsetzen, aber da sah ich Hari in einer Nische ganz hinten sitzen. Sie hatte einen Haufen Bücher und ihren aufgeklappten Laptop vor sich auf dem Tisch und hackte selbstvergessen auf der Tastatur herum.

»Hey.« Ich setzte mich neben sie. »Du hast einen Tisch für uns ergattert. Genial!«

Ohne von ihrer Arbeit aufzusehen, hob sie zur Begrüßung eine Hand. Kurz darauf drückte sie mit großer Geste die letzte Taste, lächelte zufrieden und klappte den Laptop zu. »Fertig!«

»Gut«, sagte ich. »Hallo, übrigens.«

Sie rutschte ein Stück näher und schmatzte mir einen Kuss auf die Wange.

»Tut mir leid. Ich weiß, ich bin ein schrecklicher Mensch.«

»Was ist hier eigentlich los? So voll ist es hier doch sonst nicht.«

»Angeblich spielt heute irgendeine angesagte Band aus Sydney. The Grass oder so ähnlich.«

»The Greens.«

»Kennst du sie?«

Ich zeigte auf ein riesiges Poster an der Wand gleich neben uns.

»Ah ja.« Sie zuckte mit den Schultern. »The Greens. Noch nie was von denen gehört. Ich hole uns mal was zu trinken.«

Ich sah ihr nach, wie sie sich durch die Menge kämpfte. Auch die anderen sahen in ihre Richtung und machten sich gegenseitig auf sie aufmerksam. Hari war neunzehn, sah aber aus wie zwölf, und auf den ersten Blick konnte man nicht erkennen, ob sie Männlein oder Weiblein war.

Ihr schwarzes Haar war ultrakurz geschnitten, und sie hatte einen schlanken, jungenhaften Körper. Andauernd musste sie ihren Ausweis vorzeigen, aber das störte sie nicht, denn es machte ihr Spaß, Menschen zu überraschen.

Hari war die Kurzform von Maharani. Sie war in Sydney geboren, aber ihre Eltern kamen aus Indonesien. Unter all meinen Freunden war sie diejenige, die das Studium am ernstesten nahm. Wann immer man sie traf, war sie gerade dabei, etwas zu lesen oder zu schreiben, auswendig zu lernen oder zu analysieren. Ihre Denkgeschwindigkeit lag bei zirka hundert Stundenkilometern.

Bevor sie vom Tresen zurückkehrte, kam auch schon Cate. Sie rutschte auf die gegenüberliegende Bank unserer Nische und nahm ihren voluminösen Schal ab, sodass ihr das honigblonde Haar frei über die Schultern fiel. Sie lächelte ihr riesengroßes Cate-Lächeln, das sie so unwiderstehlich und ihre Grübchen praktisch zur Dauereinrichtung machte.

»Tut mir leid, dass ich so spät komme«, sagte sie, stopfte ihren Schal in die Tasche und ließ ihr Handy fallen. Als sie sich unter den Tisch beugte, um es aufzuheben, fiel der komplette Inhalt ihrer Tasche hinterher. Typisch Cate! Ich lachte und half ihr, alles wieder einzusammeln.

»Wow«, sagte sie, als wir wieder saßen. »So voll war's hier ja noch nie. Die Band muss wirklich gut sein. Wie hast du es geschafft, einen Tisch zu ergattern?«

»Das war Hari.«

»Sie ist schon da?«

Ihre Bücher bedeckten den ganzen Tisch, und auch ihr

quietschbunter Rucksack stand gut sichtbar neben mir auf der Bank, aber für derlei hatte Cate keinen Blick.

»Sie holt gerade was zu trinken.«

Cate schaute Richtung Tresen. »Herrgott, was für ein Gedränge! Nicht dass sie zu Tode gequetscht wird!«

In dem Moment tauchte Hari aus der Menge auf, unsere Getränke in den Händen. So schmächtig sie war, so durchsetzungsfähig war sie auch.

Wir alle waren im zweiten Studienjahr. Cate und ich studierten beide Kunst, sie, um Lehrerin an einer Highschool zu werden. Hari absolvierte natürlich ein Doppelstudium – Internationale Beziehungen und Jura. Sie hatte sich vorgenommen, die Welt zu retten. Hauptberuflich. Im Gegensatz zu den beiden wusste ich noch nicht, was ich nach dem Studium machen wollte. Ich interessierte mich für Philosophie und hoffte, dass mir in absehbarer Zeit klar werden würde, was ich tun sollte.

Hari stellte unsere Drinks auf den Tisch, setzte sich, und wir stürzten uns in die Planung für Atticus. Sein zwanzigster Geburtstag stand bevor und wir wollten ihm etwas Besonderes schenken. Seit eineinhalb Jahren hatte er Leukämie und vor Kurzem seine letzte Chemo beendet. Deswegen wollten wir nicht nur seinen Geburtstag, sondern auch seine Zukunft und den Sieg über den Krebs feiern. Wir waren uns ganz sicher, dass er es geschafft hatte, und wild entschlossen, das perfekte Geschenk zu finden.

COOPER

Am Montagnachmittag ging ich zur Uni, um Seb abzufangen. Ich wollte mich dafür entschuldigen, dass ich so früh von seiner Party verschwunden war, und hoffte, dass er nicht allzu sauer auf mich war. Deswegen verließ ich die Arbeit früher als sonst, fuhr zur Uni und fand einen Parkplatz genau neben seinem Wagen. Ich wusste, dass seine letzte Vorlesung bis vier ging, und jetzt war es zehn nach. Ich stieg aus, lehnte mich an die Motorhaube von Mums Mazda und wartete. Wenn sie den Wagen nicht brauchte, um zur Arbeit zu fahren, überließ sie ihn mir.

Der Unterschied zwischen Sebs Hochglanzkarosse und Mums alter Karre hätte nicht größer sein können. Ich musste mich schwer beherrschen, um nicht schon wieder neidisch zu werden. Seb fuhr diesen roten, sportlichen, schnellen VW nicht nur, er besaß ihn auch.

Kurz darauf sah ich ihn in meine Richtung schlendern, und als er mich sah, verzog er genervt das Gesicht.

»Was machst du denn hier?«

»Lust auf ein Bier?«

Desinteressiert zuckte Seb mit den Schultern, warf dann aber seine Bücher in den Wagen und schloss ihn wieder ab. Schweigend gingen wir über den Campus zur Uni-Bar. Als wir ankamen, war sie total überfüllt und es herrschte ein ohrenbetäubender Lärm.

»Verdammt.« Seb starrte auf das Gewimmel. »Das ist ja das reinste Irrenhaus.«

»Dann lass uns woanders hingehen.«

Doch Seb schüttelte den Kopf und kämpfte sich zum Tresen durch. Es dauerte eine Weile, bis er bedient wurde, und als wir beide ein Bier in der Hand hatten, schauten wir uns nach einem Sitzplatz um. Alle Tische waren besetzt und rundum an den Wänden lehnten Leute. Wie bestellt und nicht abgeholt standen wir mitten im Raum.

»Tut mir leid wegen Samstag«, sagte ich. »Ich meine, dass ich so früh gegangen bin.«

»Was?«, rief Seb. »Ich kann dich nicht hören.«

»Schon gut.«

Er musste aber doch etwas gehört haben, denn gleich darauf fragte er: »Verabschiedest du dich neuerdings nicht mehr?«

»Ich konnte dich nicht finden.«

»In letzter Zeit gehst du doch immer so früh. Warum solltest du dich plötzlich dafür entschuldigen?«

Er hatte recht. In letzter Zeit war ich wirklich immer der Erste, der seine Partys verließ, so früh, dass ich lange vor Mitternacht nach Hause kam. Im Wesentlichen tat ich es aus zwei Gründen: um Claire aus dem Weg zu gehen und weil ich mit Sebs Partys nicht mehr viel anfangen konnte.

Ich versuchte, das Thema zu wechseln und Seb aufzuheitern, aber er blieb in seiner Schmollecke, gab sich weiter desinteressiert und mied jeglichen Blickkontakt. Langsam fragte ich mich, warum er überhaupt mitgekommen war.

»Das hier ist doch das Letzte«, schimpfte er. »Es kann doch nicht angehen, dass kein einziger Platz frei ist. Die Jugend von Walloma muss echt ziemlich verzweifelt sein, wenn sie sich komplett in diese eine Bar quetscht.«

Ich hatte genug von seiner schlechten Laune und dem Menschengewimmel und wollte gerade vorschlagen, woanders hinzugehen, als ich Libby Lawson mit ihren Freundinnen in einer Nische ganz hinten in der Bar sitzen sah. Zu dritt saßen sie an einem Tisch, der Platz für sechs hatte.

»Hey!«, sagte ich zu Seb. »Da hinten können wir uns bestimmt dazusetzen.«

LIBBY

Als wir ausgetrunken hatten, stürzte ich mich als Nächste ins Getümmel, um eine zweite Runde vom Tresen zu holen. Danach vertieften wir uns wieder in unsere Pläne für Atticus' Geburtstag, bis Hari plötzlich mitten im Satz verstummte und aufsah. Ein Schatten war auf unseren Tisch gefallen, und als ich mich umdrehte, war ich völlig perplex, weil es Cooper Bartholomew war, der vor mir stand. Sebastian Boccardo stand neben ihm. Beide mit einem Glas Bier in der Hand.

»Hey«, sagte Cooper. »Libby. Wie geht's?«

Ich wusste gar nicht, warum ich mich so freute, ihn zu sehen. Jedenfalls richtete ich mich ein Stück auf und lächelte. »Gut. Danke. Und selbst?«

»Auch gut. Sagt mal, macht es euch was aus, wenn wir uns zu euch setzen? Oder erwartet ihr noch jemanden? Hier ist es heute ja unheimlich voll.«

An unserem Tisch war noch genug Platz, und es wäre unhöflich gewesen, Nein zu sagen. Früher oder später hätten wir sowieso mit irgendwelchen Leuten zusammenrücken müssen. Hari steckte ihre Bücher in den Rucksack und wir machten den beiden Platz.

»Danke.« Cooper setzte sich neben mich. Wir sagten alle Hallo. Sebastian war höflich, aber irgendwie distanziert. Er hatte einen Platz ganz außen und war mehr damit beschäftigt, in die Menge zu schauen, als uns anzusehen. Im Grunde schien er lieber woanders sein zu wollen. Hari verdrehte die Augen und grinste mir mit einem Kopfnicken Richtung Sebastian heimlich zu.

»Wie war eure Party?«, fragte Cooper.

»Was?«

»Die Strandparty, am Samstag.«

»Ach so. Gut. Wir hatten viel Spaß. Danke für die Nachfrage.«

Ich merkte, dass Hari mich ansah, und wusste, wie neugierig sie war. Als ich ihrem Blick begegnete, machte ich das neutralste Gesicht, zu dem ich fähig war. Enttäuscht zuckte sie mit den Schultern und knallte die Ellenbogen trotzig auf den Tisch.

»Also gut, Mädels«, sagte sie. »Wir müssen uns langsam entscheiden. Ich finde ja immer noch, dass eine Staffelei das beste Geschenk wäre.«

»Aber wir haben doch schon in diesem Laden für Künstlerbedarf nachgefragt«, sagte Cate. »Hat Libby dir nicht erzählt, dass sie keine haben, die groß genug ist?«

»Wirklich? Das ist aber schade.«

»Typisch Walloma. Hast du was anderes erwartet?«

»Kann man denn keine bestellen? Habt ihr es schon mal online versucht?«

Cooper nippte an seinem Bier und beugte sich vor. »Worüber redet ihr eigentlich?«

Hari warf ihm einen finsteren Blick zu, aber Cate schien Mitleid mit ihm zu haben. »Wir suchen nach einem Geschenk für einen Freund«, sagte sie. »Zum Geburtstag. Es soll etwas ganz Besonderes sein. Er malt und benutzt immer riesige Leinwände. Wir können keine Staffelei finden, die groß genug ist und das Gewicht tragen kann. Normalerweise legt er seine Leinwände auf den Fußboden oder lehnt sie gegen die Wand, wenn er arbeitet. Aber das ist keine ideale Lösung.«

»Ihr wollt ihm also eine Staffelei schenken?«

»Das ist der Plan.«

»Also … ich könnte eine bauen.«

»Im Ernst?«

»Ich glaube schon. Ich arbeite in einer Tischlerei und bekomme alle möglichen Aufträge für Maßanfertigungen. Ich wüsste nicht, was dagegen spricht. Wenn ihr mir genau sagt, was ihr braucht und wie das Ding aussehen soll …« Er zuckte mit den Schultern. »Ich könnte es zumindest versuchen.«

»Das wäre total genial!« Cate strahlte.

»Moment mal!«, schaltete sich Hari ein. »Wir können keinen Bauplan für so ein Ding machen. Wir wissen doch gar nicht, wie das geht. Schließlich sind wir keine Tischler oder Ingenieure, oder wer auch immer für so was zuständig ist. Eine nach unseren Plänen gebaute Staffelei würde bestimmt umkippen.«

»Dabei kann ich euch ja helfen. Es ist nicht besonders

kompliziert. Wichtig ist nur, dass das Ding ausbalanciert und stabil genug ist, um ein gewisses Gewicht zu tragen. Und falls ich nicht weiterweiß, kann ich meinen Chef fragen. Er ist ziemlich gut.« Cooper holte sein Portemonnaie heraus, entnahm eine Visitenkarte und gab sie mir.

»Da bin ich montags bis freitags zu erreichen«, sagte er. »Ruf an oder komm einfach vorbei. Wir kriegen das bestimmt hin.«

CLAIRE

Als Claire Cooper auf dem Campus entdeckte, machte ihr Herz schon wieder diesen blöden kleinen Hüpfer, und einen Moment lang gab sie sich der Illusion hin, er sei ihretwegen gekommen. Dass er ihr verziehen hätte und sich mit ihr versöhnen wollte. Sie dachte sogar schon an den wilden Sex, den sie in ein paar Stunden lang haben würden, doch dann sah sie, dass er mit Sebastian sprach und beide Richtung Campus-Bar gingen.

Sie folgte ihnen in sicherer Entfernung und betrat die Bar einige Minuten nach ihnen. Drinnen war es so voll, dass es nicht schwer war, sich vor den beiden zu verstecken. Sie holte sich einen Wodka Tonic und mischte sich in einer Ecke zu einer Gruppe von Leuten, von wo aus sie Cooper und Seb im Auge behalten konnte, ohne selbst gesehen zu werden.

Einen Moment lang standen die beiden etwas unschlüssig da, doch dann gingen sie zu einer Nische weiter hinten und setzten sich zu einigen Mädchen an den Tisch.

Claire überlegte, ob sie sich dazusetzen sollte. Sie könnte einfach hingehen und sich neben Cooper auf die Sitzbank fallen lassen. Dann wäre er sozusagen gefangen und hätte gar keine andere Wahl, als mit ihr zu reden.

Glücklich wäre er darüber aber wohl nicht. Wahrscheinlich würde er kaum etwas sagen, nur steif dasitzen und immer unfreundlicher werden. Claire konnte sich das Gesicht, das er machen würde, lebhaft vorstellen – abweisender Blick, verkniffener Mund, ein Fleisch gewordenes »Geh weg!«. Sie merkte, dass ihr die Tränen kamen, und blinzelte sie schnell weg. Dann atmete sie tief durch, leerte ihr Glas und dachte so lange darüber nach, wie unfair das alles war, bis ihre Gefühle in eine Richtung kippten, mit der sie besser umgehen konnte: Ihre Wut kochte wieder hoch. Wie konnte er es wagen, sie so unglücklich zu machen? Es war *ihre* Universität und Cooper nicht mal hier Student! Sebastian war einer *ihrer* besten Freunde! Sie würde sich hinsetzen, wo es ihr passte!

Wütend ging sie zur Nische und erkannte erst dann, wer neben Cooper saß. Libby! *Libby fucking Lawson*!

Warum saßen die beiden nebeneinander? Dazu noch so eng beisammen. Woher kannten sie sich überhaupt? Claire blieb stehen und starrte die beiden an. Ihre Wut drohte überzukochen. Sie ballte die Fäuste und ging weiter auf die Nische zu.

Das Nächste, was sie bewusst wahrnahm, war, dass Sebastian sie am Arm packte und zum Ausgang führte. Er öffnete die Tür und zog Claire ins Freie.

»Was tust du da?« Sie befreite sich und sah wütend zu ihm auf. »Was, zum Teufel, soll das?«

»Ich versuche nur, dich vor dir selbst zu schützen.«

»*Was*?«

»Du hattest einen ziemlich irren Blick da drinnen und warst drauf und dran, was Dummes zu tun«, sagte Sebastian. »Ich konnte es dir ansehen.«

Sie wollte ihm die Meinung sagen und in die Bar zurückgehen, um sich noch einen Drink zu holen, aber dann begriff sie, dass er wahrscheinlich recht hatte. Sie würde sich nur zum Affen machen.

»Ich wollte euch nur Hallo sagen.«

»Es wäre ein ziemlich grimmiges Hallo gewesen.«

»Ach, halt doch die Klappe«, sagte sie etwas milder und seufzte. »Hast du mal 'ne Zigarette?«

»Im Wagen. Komm mit. Ich bringe dich nach Hause.«

SEBASTIAN

Den größten Teil des Wegs legten sie schweigend zurück. Claire rauchte. Sebastian fuhr. Sie hörten laute Musik.

Als Sebastian vor Claires Wohnblock hielt, stieg sie nicht gleich aus, sondern rauchte erst ihre Zigarette zu Ende, drückte sie dann im Aschenbecher aus und stellte die Musik leiser. Sebastian seufzte. Claire konnte so rücksichtslos sein. Auch er rauchte, aber er würde es niemals im Auto tun. Er hasste verrauchte Autos und die herumfliegende Asche, die sich überall niederließ. Nun musste er extra den Aschenbecher ausleeren und waschen, um den Gestank loszuwerden.

Claire wandte sich ihm zu. »Er interessiert sich doch wohl nicht für sie, oder?«

»Wer interessiert sich nicht für wen?«

»Du weißt ganz genau, wen ich meine. Cooper. Für Libby Lawson.«

»Glaub ich nicht. Welche war das überhaupt?«

»Die Große mit den strähnigen roten Haaren. Die Fette. Mit den riesigen Titten.«

Keins der Mädchen war auch nur ansatzweise fett gewesen, und Sebastian konnte sich auch an keine mit strähnigen Haaren erinnern, aber er wusste, wen Claire meinte. Rotbraunes Haar. Große Brüste. Eine ziemliche Schönheit, wenn man auf diesen Typ stand.

»Ach was«, sagte er beschwichtigend. »Warum sollte er? Die ist doch nichts Besonderes. Viel zu gewöhnlich für ihn.«

Claire lächelte erleichtert. »Finde ich auch.« Ihr Lächeln verschwand aber schnell wieder. Seufzend fuhr sie sich mit den Händen durchs Gesicht. »Ich könnte es echt nicht ertragen, wenn er sich an so eine verschwenden würde. Libby Lawson. Die ist doch so was von …«

»Du scheinst sie ja regelrecht zu hassen. Warum?«

»Weil sie eine falsche Schlange ist, Seb. Eine, die dir ein Messer in den Rücken rammt. Ich weiß, wie süß und unschuldig sie auf den ersten Blick rüberkommt, aber darauf fällt man nur rein, wenn man sie nicht kennt. Das ist alles nur Fassade. Glaub mir, ich kenne sie und weiß, wie sie wirklich ist.« Claire lachte bitter auf. »Man sollte es nicht glauben, aber wir waren mal beste Freundinnen. Zu der Zeit damals habe ich mir sogar überlegt, in den Debattierclub zu gehen.«

»Debattierclub? Du?« Sebastian lachte. »Das kann nicht dein Ernst sein.«

Claire warf ihm einen vernichtenden Blick zu. »Du meinst wohl, ich wäre zu dumm dafür, was?«

»Das habe ich nicht gesagt. Aber du warst nicht gerade eine Musterschülerin. Ich meine, du hast doch nicht mal …«

»Ist ja auch egal. Ich muss los.«

Claire nahm sich noch ein paar von Sebastians Zigaretten und steckte sie in ihre Tasche. Dann stieg sie aus, ohne sich zu bedanken oder auch nur zu verabschieden. Sie knallte einfach nur die Tür zu und marschierte davon. Sebastian sah ihr nach. An ihrem Hauseingang blieb sie stehen und drehte sich um. Sie hob eine Hand, streckte den Mittelfinger in die Luft und die Zunge raus.

Alles war verziehen.

Sebastian drehte die Musik wieder auf, fuhr aus der Parklücke und beschleunigte bis übers Tempolimit. Er dachte an Cooper und Libby und fragte sich, ob Claires Paranoia womöglich berechtigt war. Er konnte nur hoffen, dass das nicht der Fall war.

Die bloße Vorstellung, Cooper könnte sich eine feste Freundin zulegen – dazu noch eine, die nicht aus ihren Kreisen stammte –, machte ihn krank. Cooper würde eine Beziehung so ernst nehmen, dass in seinem Leben kein Platz mehr für andere wäre. Kein Platz für Freunde. Kein Platz für Sebastian.

COOPER

Mein Chef, Cameron, und ich arbeiteten am nächsten Tag in der Werkstatt im Hinterhof, als wir die Ladenglocke vorne im Verkaufsraum hörten.

»Ich gehe schon.« Cameron legte sein Werkzeug beiseite.

Ich arbeitete weiter an dem großen Bücherregal, das ich heute fertigstellen wollte. Es ging nur noch um die letzten Handgriffe. Schmirgeln, ölen, kleine Unebenheiten mit Harz ausbessern. Alles, um die Oberfläche schön glatt und eben zu machen.

»Für dich«, sagte Cameron, als er in die Werkstatt zurückkam.

»Wer denn?«

»Keine Ahnung. Ein Mädchen. Libby, glaube ich.«

Cameron war der unneugierigste Mensch, den ich kannte. Selten fragte er einen etwas Persönliches und niemals schnüffelte er hinter einem her. Das heißt aber nicht, dass er abweisend war. Er hatte einfach nur gern seine Ruhe und legte Wert auf Privatsphäre. Ganz Walloma kannte ihn als einen ausgezeichneten Handwerker und Perfektionisten. Darauf war er stolz und er war gnadenlos ehrlich. Ich hatte großen Respekt für ihn.

Ich wischte mir die Hände an einem Lappen ab und ging in den Laden. Libby fuhr gerade mit den Fingern über ein Stück Musterholz.

»Das ist wunderschön«, sagte sie und legte das Holzstück wieder hin, als ich hereinkam. »So eine satte Farbe.«

»Rotzeder«, sagte ich. »Eins meiner Lieblingshölzer. Und eins der teuersten.«

»Oh … na ja … man sieht, warum.«

»Bist du wegen der Staffelei gekommen? Für euren Freund?«

»Ich hätte nicht gedacht, dass du dich daran noch erinnerst.«

»Natürlich erinnere ich mich. Ihr wolltet euch noch überlegen, wie das Ding aussehen soll.«

Sie holte ein zusammengefaltetes Blatt Papier aus der Tasche und gab es mir. »Das haben wir gezeichnet, aber wir sind uns nicht sicher, ob … Wir dachten, du kannst bestimmt besser einschätzen, ob diese Konstruktion auch …«

»Stabil ist und nicht umkippt?«

»Genau.«

Ich faltete das Blatt auseinander und legte es auf die Werkbank.

»Sieht doch gut aus«, sagte ich. »Aber ich frage lieber mal Cameron, meinen Chef, was er davon hält.«

Ich ließ Libby im Laden stehen und ging mit der Zeichnung in die Werkstatt. Cameron sah sie sich an und brachte hier und da ein paar Änderungen an. Dann schlug er vor, dass ich die Staffelei in meiner Freizeit bauen und mir so ein bisschen was dazuverdienen könnte.

Ich ging zu Libby zurück und erklärte ihr Camerons Änderungen. Da sie und ihre Freundinnen nicht viel Geld hatten, schlug ich vor, die Staffelei aus Kiefernholz zu bauen.

»Aber sieht das gut aus?«, fragte sie zweifelnd.

»Wir können das Holz am Ende dunkel abbeizen, dann stimmt die Optik.«

»Das geht? Super. Soll ich irgendwas unterschreiben? Oder eine Anzahlung leisten?«

»Nicht nötig. Bezahl, wenn ich fertig bin. Wann braucht ihr das Ding denn?«

»Bald. Unser Freund hat nächste Woche Geburtstag.« Sie biss sich auf die Lippe. »Ist das zu knapp?«

Komischerweise hatte ich plötzlich nur noch einen Gedanken: Libby eine Freude zu machen.

»Ich versuche, noch diese Woche fertig zu werden.«

»Wirklich?«

»Ich tue mein Bestes.«

Vielleicht wollte ich ihren Panzer aus höflicher Distanz knacken oder sie beeindrucken oder einfach nur mit meiner Arbeitsmoral punkten. Jedenfalls halste ich mir ein ziemliches Arbeitspensum auf.

Sie grinste breit – ein wunderschönes und ansteckendes Lächeln, wie ein Sonnenstrahl, der in ein dunkles Zimmer fällt. Es war unmöglich, nicht zurückzulächeln.

LIBBY

Als ich meiner Mum am Donnerstagabend nach dem Essen geholfen hatte, die Küche aufzuräumen, ging ich in mein Zimmer, um mit meinem Essay für das Filmseminar anzufangen. *Erörtern Sie das Konzept der Popularität, das den Filmen »Girls Club« und »Heathers« zugrunde liegt.*

Als wir das Thema erfahren hatten, hatte ich nur die Augen verdreht. Die Idee, ein Essay über Popularität zu schreiben, kam mir absolut banal, fast schon kindisch vor. Aber der Kontakt mit Cooper – und am Rande auch mit Sebastian Boccardo – hatte mich nachdenklich gemacht, sodass ich das Thema jetzt gar nicht mehr so dumm fand.

Als Erstes googelte ich *Popularität* und stellte fest, dass der Begriff – soziologisch gesehen – auf zwei Arten definiert werden konnte. Zum einen so, wie ich für mich wahre Popularität definierte, die auf Liebenswürdigkeit basierte und erklärte, warum freundliche, empathische und umgängliche Menschen so beliebt waren. Zum anderen gab es die Sorte Popularität, bei der Auftreten, Sozialstatus und Ansehen die Hauptrolle spielten – genau die Sorte, um die es an der Highschool immer gegangen war.

An meiner Schule jedenfalls hatten Sebastian, Cooper, Claire und ihre Clique eine »Popularität« genossen, die in meinen Augen zur zweiten Kategorie gehörte. Sie waren gut aussehend und selbstbewusst und das machte ihren Erfolg aus. Liebenswert waren sie nicht. Wir beneideten sie und ließen uns von ihnen sogar einschüchtern, aber das bedeutete nicht, dass wir sie mochten.

Ich kaute auf meinem Stift herum und dachte darüber nach, wie ich all das so zu Papier bringen konnte, dass es wissenschaftlichen Ansprüchen genügte, als mein Handy summte. Ich schaute aufs Display: eine Nachricht von Atticus.

Hey. Bin wieder zu Hause. Soll mich ausruhen, bin aber nicht müde. Was machst du gerade?

Hey! Seit wann bist du zurück? Froh, wieder zu Hause zu sein?

Seit gestern. Fühle mich endlich wieder frei. Kommst du rüber? Habe Langeweile.

Langeweile? Jetzt schon?

Was heißt »jetzt schon«? Seit Wochen! Krankenhäuser sind keine Erlebnisparks. Kommst du? Brauche jemanden zum Reden.

Gehe sofort los!!! Du bist meine Rettung! Müsste sonst ein Essay schreiben. Guter Grund, es aufzuschieben.

Super. War schon immer fürs Prokrastinieren.

Ich ging ins Wohnzimmer, um meiner Mum zu sagen, dass ich noch mal rausgehen würde. Sie saß an ihrem Schreibtisch, auf dem sich juristische Lehrbücher und Notizen stapelten. Sie war Sozialarbeiterin, hatte ihren Job aber aufgegeben, als mein Vater starb. Seine Lebensversicherung reichte aus, um die Hypothek auf unser Haus abzuzahlen und von dem Rest zu leben. Mum fand es wichtiger, sich eine Zeit lang ganz auf mich zu konzentrieren. Als ich im letzten Jahr der Highschool war, fing sie aber an, sich zu langweilen, und suchte sich einen Job in einer Anwaltskanzlei. Inzwischen studierte sie nebenher Jura.

Solange ich denken konnte, war sie sehr häuslich gewesen. Sie liebte es zu backen, das Haus in Ordnung zu halten und zu kochen. Aber der Job hatte sie verändert. Statt ihrer bequemen Hauskleider trug sie elegante schwarze Kostüme und High Heels, legte sich eine flotte Frisur zu und begann, Make-up zu benutzen. Vor allem aber hatte sie seitdem mehr Energie und sah viel jünger aus.

Und ich war nicht mehr ihr Ein und Alles, was Vor- und Nachteile hatte. Einerseits war sie zu beschäftigt, um an mir herumzunörgeln oder sich Sorgen um mich zu machen, sodass ich mehr Freiheiten hatte. Andererseits war das Haus oft dunkel und leer, wenn ich von der Uni kam, und ich vermisste ihre Kuchen, die regelmäßigen Mahlzeiten und Geborgenheit. Ja, manchmal bedauerte ich, nicht mehr der Mittelpunkt ihrer Welt zu sein.

Aber ich konnte ihr wohl kaum verübeln, dass sie ihr eigenes Leben führte.

»Ich dachte, du musst ein Essay schreiben«, sagte sie.

»Ich habe ja auch angefangen, aber dann hat Atticus geschrieben. Er ist wieder zu Hause.«

Darüber freute sie sich so sehr, dass sie anbot, mich zu ihm zu fahren, aber ich sagte, ich würde lieber zu Fuß gehen. Lächelnd winkte sie mir einen Abschiedsgruß zu und vertiefte sich gleich wieder in ihre Bücher.

Atticus wohnte nur zehn Minuten entfernt. Als ich ankam, öffnete mir Theo, Atticus' fünfzehnjähriger Bruder, die Tür. Gleich darauf kam auch Atticus' Vater. Er schimpfte mit Theo und sagte, er solle wieder in sein Zimmer gehen und mit seinen Hausaufgaben weitermachen, aber dabei lächelte er die ganze Zeit, und es war nicht zu übersehen, wie glücklich er über die Heimkehr seines Erstgeborenen war. Er umarmte mich und sagte, ich solle reinkommen und nach hinten durchgehen.

Atticus wohnte im hinteren Teil des Hauses, wo sich früher der Hobby- und Partyraum der Familie befunden hatte. Als er krank wurde, hatten ihm seine Eltern dort ein kombiniertes Wohn- und Schlafzimmer eingerichtet. Da er oft bettlägerig war, sollte er es so bequem wie möglich haben.

Ich trat an seine offene Tür und sah ihn über den Boden gebeugt an einem Bild arbeiten. Mit seiner neuen Staffelei würde er im Stehen arbeiten oder sogar auf einem Hocker vor seinen Leinwänden sitzen können.

Als er mich bemerkte, sprang er auf und kam auf mich zu. Wie immer erstaunte mich seine schiere Größe im ersten Moment. Mit seinem staksigen Gang erinnerte er mich an eine sprechende Giraffe.

»Hey, du siehst gut aus«, sagte ich. Wir umarmten uns und ich küsste ihn auf die Wange. »Dein Haar fängt sogar schon wieder an, nachzuwachsen. Gott, ich freue mich echt, dich zu sehen!«

»Genau wie ich, mi amigo.« Er fuhr sich mit der Hand über das Stoppelhaar und zeigte dann aufs Sofa. »Komm doch endlich rein! Oder wartest du auf eine förmliche Einladung?«

Ich ging in sein Zimmer und ließ meinen Blick durch den Raum schweifen. Man konnte gar nicht anders, denn überall an den Wänden hing seine Kunst. Er malte in dunklen, intensiven Farben und benutzte die größten Leinwände, die er auftreiben konnte. Man musste die Bilder aus einiger Entfernung betrachten, um sie richtig zu erfassen, um »den Albtraum in seinem vollen Ausmaß« zu erleben, wie Atticus es selbst ausdrückte. Die Darstellungen waren sehr subtil, auf den ersten Blick abstrakt, flüchtig – wie Schatten oder Spiegelungen. Nur aus angemessener Entfernung konnte man erkennen, was sie wirklich waren. Zuerst entdeckte man beispielsweise ein entsetztes Augenpaar, ein Kinn, einen im Schrei aufgerissenen Mund. Sobald sich das ganze Bild erschloss, bekam man eine Gänsehaut, und es zog einen regelrecht in seinen

Bann, denn Atticus' Bilder waren ebenso Furcht einflößend wie kraftvoll.

Ich sah mir sein neustes Werk an. Das Bild war noch düsterer und beängstigender als die anderen – falls das überhaupt möglich war. Es bestand aus abgestuften Schattierungen von Schwarz und Dunkelblau. Zusammen ergaben die dunklen Farbflächen ein männliches Gesicht, ein stilles, abwartendes Gesicht. Doch die Augen waren so voller Angst, dass man das Gefühl körperlich spüren konnte.

»Ziemlich gut«, sagte ich.

»Ich weiß.«

»Von Bescheidenheit hältst du wohl nicht viel, was?«

»Bescheidenheit – am Arsch!«, sagte er verächtlich. »Aber mal im Ernst: Die Krankheit und die Nähe des Sensenmanns haben meine Bilder besser gemacht. Authentischer. Inzwischen kommt es mir vor, als seien sie vorher irgendwie unecht gewesen, hohl. Weil ich vorher keine wirkliche Angst kannte.«

»Es muss wirklich beängstigend sein«, sagte ich. »Krebs zu haben, meine ich.«

»Stimmt. Und deprimierend. Und wütend macht es auch. Und sag jetzt bloß nicht, ich sei tapfer. Ich kann dir gar nicht sagen, wie mir die Leute auf den Keks gehen, die mich für tapfer halten.«

»Ach ja? Warum?«

»Tapferkeit setzt eine Wahlmöglichkeit voraus. Aber ich hatte keine Wahl, und hätte ich eine gehabt, glaub bloß nicht, dass ich mich für den Krebs entschieden hätte!« Er drehte sich auf dem Absatz um wie ein Tänzer. »Komm an die Bar. Ich brauche einen Drink.«

Die »Bar« bestand aus einem Schreibtisch, der an einer Wand stand. Atticus holte zwei Gläser und eine Flasche Tequila heraus und stellte alles auf den Couchtisch. Dann schenkte er uns zwei großzügige Shots ein, setzte sich und sah mich erwartungsvoll an.

Ich setzte mich zu ihm und er reichte mir meinen Drink.

»Auf ex!«

»Muss das sein? Darfst du das überhaupt?«, fragte ich.

»Darf ich was?«

»Alkohol trinken.«

»Warum denn nicht?«

»Keine Ahnung. Weil es nicht gesund ist, vielleicht.«

Er sah mich an, als zweifelte er an meinem Verstand.

Ich betrachtete mein Glas und entdeckte einen öligen Fleck am Rand.

»Ist das überhaupt sauber?«, fragte ich.

»Keine Ahnung.« Atticus stürzte seinen Drink hinunter und schnappte nach Luft. »Wahrscheinlich nicht. Kipp's einfach runter! Ein bisschen Dreck bringt dich nicht um.«

Ich folgte seinem Beispiel und trank den Tequila in einem Zug. Zuerst schmeckte er wie flüssiges Feuer, das sich durch meine Speiseröhre fraß und mir den Atem nahm. Doch nach einer Weile breitete sich eine angenehme Wärme in mir aus, und ich begann mich ganz weich zu fühlen, wie ein Wattebausch. Ich ließ mich tiefer ins Sofa sinken. »Mmm. Das tut gut.«

Atticus hob die Flasche an. »Noch einen?«

»Warum nicht?«

Nach dem zweiten Shot war ich noch entspannter und sank noch tiefer ins Sofa.

»Erzähl doch mal, wie es im Krankenhaus war«, sagte ich.

»Schlimmer, als ich erwartet hatte, aber in mancher Hinsicht auch besser«, sagte er. Dann begann er zu erzählen. Von entwürdigenden Behandlungsmethoden, Chemos und Transfusionen, Fieberschüben und unvorstellbarer Übelkeit. Von Albträumen, die als Nebenwirkungen seiner Medikamente auftraten. Und wie alleingelassen und schutzlos er sich gefühlt hatte, obwohl er ständig von Menschen umgeben war.

»Ich wusste gar nicht, dass du dich einsam gefühlt hast«, sagte ich. »Das hättest du mir doch sagen können! Dann hätte ich dich öfter besucht.«

Er schüttelte den Kopf. »Es war irgendwie etwas ganz Existenzielles. Daran hättest du nichts ändern können. Manchmal war es sogar schlimmer, wenn ich Besuch hatte. Als sei ich anders als alle anderen und würde nicht mehr dazugehören.«

Dann erzählte er ebenso komische wie rührende Geschichten von den Krankenschwestern, die ihn betreut hatten, ihm den Hintern abwischten und ihn zum Lachen brachten, sogar an Tagen, an denen er sich wie der lebendige Tod gefühlt hatte.

»Wenn du Krebs hast, lernst du eine Menge über andere Menschen und dich selbst. Das ist ziemlich beängstigend, aber auch interessant. Jedenfalls habe ich jetzt die größte Hochachtung vor Krankenschwestern.«

»Weil sie so gute Arbeit leisten?«

»Nein. Weil viele von ihnen ziemlich heiß sind.«

Wir kicherten. Atticus schenkte uns den dritten Shot ein und dann kamen wir uns irgendwie näher. Bis sich unsere Beine berührten.

»Heute hat der Arzt angerufen und mir das Ergebnis der letzten Untersuchung mitgeteilt.«

»Und?«

»Alles bestens. Die Prognose ist gut. Wie's aussieht, verlasse ich das irdische Jammertal noch nicht so schnell.«

»Im Ernst?« Ich setzte mich auf und legte ihm die Hände auf die Knie. »Ist das wirklich wahr, Atticus? Du willst mich nicht auf den Arm nehmen? Hat der Arzt das wirklich gesagt?«

»Warum sollte ich dich auf den Arm nehmen?« Er lachte.

Ich freute mich so sehr für ihn, dass ich mich vorbeugte, um ihn auf die Wange zu küssen. Jedenfalls hatte ich vor, seine Wange zu treffen, aber entweder machte er genau in dem Moment eine Bewegung oder ich hatte mich verkalkuliert. Jedenfalls landeten plötzlich unsere Lippen aufeinander, und im nächsten Moment spürte ich seine Hände an meinem Hals und in meinem Haar.

Ich schloss die Augen und ließ es geschehen. Einen Moment lang genoss ich es sogar. Aber als Atticus noch näher rückte und sich mit seinem ganzen Gewicht an mich drückte, als wollte er mich aufs Sofa legen, wehrte ich mich.

Natürlich hatte ich ihn sehr gern, aber nur als Freund.

Ich wand mich aus seiner Umarmung und drehte mich weg. »Tut mir leid«, sagte ich. »Tut mir wirklich leid.«

»Hey.« Seine Hand lag auf meinem Knie. »Libby!«

Ich drehte mich wieder zu ihm und versuchte zu lächeln, aber irgendwie wurde eine komische Grimasse daraus. Dann sagte ich: »Ich sollte besser gehen.«

»Was?«

Ich starrte auf meine Hände. »Ich habe unheimlich viel zu tun. Hausarbeiten, Essays … du weißt schon.«

Plötzlich war alles oberpeinlich. Es war ein Fehler gewesen, ihn überhaupt küssen zu wollen, selbst wenn es nur ein freundschaftlicher Schmatzer werden sollte. Ein blöder Fehler, den er nur allzu leicht missverstehen konnte. Es war total unfair und er tat mir fast leid. Ich nahm seine Hand und drückte sie. »Wir sehen uns bald, ja?«

Er lächelte knapp. »Du gehst? Einfach so?«

Ich nickte. »Ist besser so. Tut mir wirklich leid, Atticus. Ich hätte das nicht tun sollen.«

»Was hättest du nicht tun sollen?«

»Dich küssen.«

»Schade«, sagte er kühl. »Dabei hast du mich gar nicht geküsst. Wir haben uns gegenseitig geküsst. Alle beide. Bilde dir bloß nicht ein, du hättest hier die Hosen an! Und kein Mitleid, bitte! Ich küsse nur, wenn ich küssen will.«

»Natürlich. Ich weiß. Tut mir leid.«

»Tut mir leid, tut mir leid, tut mir leid«, äffte er mich nach. »Wie oft willst du das noch sagen, verdammt?«

Kurz darauf ging ich. Lieber hätte ich mich als Freundin verabschiedet, aber Atticus sah mich kaum noch an und reagierte auf meine Versuche, die Wogen zu glätten, mit ebenso knappen wie ätzenden Bemerkungen. Er verabschiedete sich nicht einmal richtig von mir.

Auf dem Heimweg fühlte ich mich ganz elend und kam mir unendlich blöd vor.

COOPER

Diese Woche habe ich reichlich Überstunden gemacht, wegen der Staffelei, und am Freitag bin ich nach Feierabend noch so lange in der Werkstatt geblieben, bis das Ding fertig war. Glücklicherweise war alles so geworden, wie ich es mir vorgestellt hatte, und am Ende hatte ich etwas geschaffen, das – um es mit Camerons Worten auszudrücken – funktional und formschön war.

Libby hatte mir ihre Nummer gegeben. Also schickte ich ihr eine Nachricht, um ihr zu sagen, dass sie kommen und die Farbe der Beize aussuchen könne. Sie antwortete sofort.

Wow, fantastisch! Danke! Wie sieht sie aus? Kann ich vorbeikommen und sie mir anschauen?

Jederzeit.

Wie? Jetzt gleich? Ich kann in 10 Minuten da sein.

Ich liebte meinen Job, aber wenn eine Arbeitswoche um war, hatte ich für gewöhnlich genug von dem Sägemehl, das ständig durch die Luft wirbelte, dem Ölgeruch, der Hitze und Enge der Werkstatt, die ursprünglich mal nicht viel mehr als ein Gartenschuppen gewesen war. Zwei Minuten vorher hatte ich mich noch nach dem Strand und einer erfrischenden Surfpartie gesehnt, aber jetzt machte es mir plötzlich nichts mehr aus, noch etwas länger hierzubleiben.

Alles klar. Ich warte auf dich. Geh einfach nach hinten zur Werkstatt durch, wenn du kommst.

Während ich wartete, machte ich mit meinem eigenen Projekt weiter – ein ovaler Esstisch, den ich meiner Mutter schenken wollte. Daran arbeitete ich schon seit Monaten, obwohl er eher klein war, damit er in unserem Haus nicht überdimensioniert wirken würde.

Ich schmirgelte gerade die Oberfläche ab, als ich die Ladenglocke hörte. Dann näherten sich Schritte.

»Hier hinten!«, rief ich.

Gleich darauf kam Libby herein. Aus Sicherheitsgründen sollten Kunden die Werkstatt eigentlich nicht betreten, aber die Geräte waren alle abgeschaltet, sodass keine Gefahr bestand. Sorgen brauchte ich mir also nicht zu machen, aber komisch war es trotzdem, dass jemand hier eindrang. Ich war es nicht gewohnt, hier jemand anderen als Cameron zu sehen – und gelegentlich die Typen, die das Holz anlieferten und sich um die Wartung der Sägen kümmerten. Der Anblick von Libby zwischen den Holzstapeln und Geräten auf dem nackten Betonboden war wie eine erfrischende Dusche für meine müden, staubigen Augen.

Sie trug das halblange Haar offen und ihre eng sitzende Jeans und das T-Shirt modellierten eine erstaunlich gute Figur. Anders als Claire präsentierte sie ihren Körper zwar nicht wie Frischfleisch, aber sie war definitiv sexy.

»Hey!« Ich grinste sie an.

»Was für ein schöner Tisch!«, sagte sie.

»Danke.«

»Auch eine Auftragsarbeit?«

»Nein, den mache ich für meine Mum.«

»Ach, wirklich?«

»Hmm«, machte ich nur. Warum es mir wichtig war, meiner Mum diesen Tisch zu bauen, konnte ich nicht erklären, ohne es nach einer rührseligen Geschichte klingen zu lassen oder – schlimmer noch – verbittert rüberzukommen. Fakt war, dass sie niemals ein wirklich schönes Möbelstück besessen hatte. Alles war secondhand. Sie tat ihr Bestes, um es uns gemütlich zu machen und dem Haus etwas Einladendes zu geben, was ihr auch gelang, aber das täuschte nicht darüber hinweg, dass alles, was wir besaßen, ein bisschen schäbig war. Mit diesem Tisch wollte ich ihr für all ihre Mühe danken.

Libby kam näher und legte die Hand auf die Tischplatte. Ich fand es immer wieder erstaunlich, wie gern Menschen Holz berührten. Sie fuhren mit den Fingern an der Maserung entlang, folgten den Spuren von Astlöchern und

Jahresringen. Wahrscheinlich lag es daran, dass diese Werkstücke einmal lebende Organismen waren, Wärme und Leben repräsentierten. So etwas machte Menschen glücklich.

Ich beobachtete Libby, wie sie meinen Tisch umrundete. Ihre Fingerspitzen hinterließen feine Spuren im Sägemehl.

»Was für eine Holzart ist das?«, fragte sie.

»Rotzeder, wie das Holzstück, das dir neulich so gut gefallen hat. Es ist erstklassiges Möbelholz, lässt sich gut bearbeiten und ist trotzdem nicht zu weich. Besonders schön ist es, wenn man es poliert.«

»Wirklich schön«, sagte Libby. »Wunderschön.«

»Danke. Mir gefällt's auch.«

»So einen schönen Tisch habe ich noch nie gesehen. Und dass du ihn selbst gemacht hast, für deine Mum …« Sie unterbrach sich und beugte sich über die Tischplatte. »Er riecht sogar gut.«

Als sie wieder hochkam, hatte sie Sägemehl auf der Nasenspitze, und ich konnte das Grinsen nicht zurückhalten, das sich über mein Gesicht ausbreitete.

»Was grinst du so?«

»Nichts«, sagte ich. »Komm, ich zeige dir die Staffelei.«

Ich hoffte, davon wäre sie genauso begeistert wie von dem Tisch, aber ihr Enthusiasmus hielt sich in Grenzen. Sie fuhr mit den Fingern über ein sorgfältig abgeschmirgeltes Bein und nickte anerkennend, lächelte aber nur verhalten.

»Sieht gut aus«, sagte sie bloß. »Perfekt. Atticus wird sich freuen.«

Ich zeigte ihr verschiedene Beizen, die infrage kamen. Sie entschied sich für die hellste, die auch nach dem Polieren fast matt wirken würde. Eine gute Wahl.

»Danke, Cooper. Es ist wirklich nett von dir, dass du das so schnell geschafft hast.«

»Kein Problem.« Ich sah sie unsicher an. »Bist du wirklich zufrieden? Du wirkst ein wenig enttäuscht.«

»Nein, nein. Es ist nur ...« Sie schüttelte den Kopf. »Ist schon gut. Mach dir keine Sorgen. Wirklich nicht! Alles in Ordnung.«

»Habt ihr es euch anders überlegt? Wollt ihr ihm lieber was anderes schenken?«

»Nein, das ist es nicht.« Sie seufzte und trat von einem Fuß auf den anderen. »Gott, wie soll ich es bloß ausdrücken? Ich habe bloß ... Also es ist so: Ich glaube, dass Atticus ziemlich sauer auf mich ist.«

»Ach ja?«

»Ich glaube es nicht nur, ich weiß es. Und er ist nicht nur *ziemlich* sauer, sondern ganz gewaltig. Aus gutem Grund.«

Ich fragte nicht, was passiert war, aber sie erzählte es trotzdem. Eine Geschichte, in der Tequila und ein ungewollter Kuss die Hauptrollen spielten. Sie sprach sehr schnell, sodass sie ganz außer Atem war und rot anlief. Am Ende glühten ihre Wangen regelrecht. »Ich habe ihn sehr gern, aber nicht auf diese Art«, sagte sie nach einer kleinen Pause. »Er ist wirklich ein klasse Typ, und ich bewundere ihn, aber ich ... habe keine Gefühle für ihn. Hatte ich noch nie. Nicht die Bohne. Jetzt komme ich mir wie der letzte Idiot vor ... wie eine dieser oberflächlichen Schnepfen, die Kerlen routinemäßig das Herz brechen. Verstehst du, was ich meine?«

Ich wusste genau, was sie meinte.

»Wahrscheinlich hasst er mich jetzt. Ich könnte es ihm nicht mal übel nehmen.« Sie redete immer weiter. Dass sie nicht »so eine« sein wolle, dass Atticus eine schreckliche Krankheit hinter sich habe und ein wirklich netter Kerl sei, der es nicht verdient habe, schlecht behandelt zu werden. Ich hörte nur mit halbem Ohr zu. In erster Linie war ich damit beschäftigt, ihre Schönheit und Lebhaftigkeit zu bewundern. Und ich war froh, dass sie sich bei dieser irgendwie missglückten Küsserei nicht in Atticus verliebt hatte. Ich schaute auf ihren Mund und dachte daran, wie gern *ich* sie küssen würde.

»Also?«, fragte sie schließlich. »Was meinst du?«

»Wie bitte? Was meine ich wozu?«

»Glaubst du, dass er drüber hinwegkommt?«

»Woher soll ich das wissen?«

»Natürlich kannst du es nicht wissen, aber du könntest zumindest versuchen, mich zu beruhigen, indem du wilde Behauptungen aufstellst, wie ›Natürlich kommt er drüber hinweg‹. Jeder andere würde das tun, oder jedenfalls die meisten.«

»Stimmt«, sagte ich und gab mich zerknirscht. »Natürlich kommt er drüber hinweg. Fühlst du dich jetzt besser?«

Ihr Lächeln war wieder da, dieses wunderschöne Lächeln, das ihr ganzes Gesicht erfasste und ihre Augen ganz warm und weich werden ließ.

»Weißt du was?«, sagte ich. »Ich gehe jetzt surfen. Willst

du nicht mitkommen? Dabei bekommt man den Kopf am besten frei.«

Sie zögerte. »Ich war seit Jahren nicht mehr surfen.«

»Aber du hast schon mal?«

»Ja, früher.«

»Dann komm mit.«

Ich staunte über mich selbst, genauer gesagt darüber, wie sehr ich mir wünschte, dass sie mitkam. Normalerweise ging ich nämlich lieber allein surfen. Außerdem wusste ich nicht mal, wie gut Libby schwimmen konnte, aber aus irgendeinem Grund war mir das egal.

»Cameron hat ein Surfboard, das er nicht mehr benutzt«, sagte ich. »Und irgendwo liegt hier sogar noch ein Neoprenanzug herum, der dir passen müsste. Cam hat bestimmt nichts dagegen, wenn du dir die Sachen ausleihst. Wir können zu Bradley's Reef fahren. Am südlichen Ende ist der Wellengang meist nicht so stark.«

Einen Moment lang dachte sie darüber nach. Dann sagte sie: »Okay.«

Nachdem Libby sich in der Werkstatt umgezogen hatte, kam sie in den Laden und zupfte und zerrte an dem steifen Anzug herum. Ihr Körper dehnte den Gummistoff an Stellen, die noch nie gedehnt worden waren. Trotzdem stand er ihr gut. Wir nahmen den Mazda meiner Mum und fuhren zum Strand. Libby hatte vorgeschlagen, mit ihrem alten Volvo hinzufahren, aber ich wollte nicht, dass er nass und sandig wurde. Unterwegs fragte ich sie, wann sie mit dem Surfen aufgehört hatte.

»In der achten Klasse, glaube ich. So um die Zeit jedenfalls.«

»Und warum?«

»Weiß ich gar nicht so genau. Wahrscheinlich hatte es was mit der Pubertät zu tun. Ich hing wohl lieber mit meinen Freundinnen ab. Dann noch der Debattierclub und das Blasorchester … lauter so Zeug.«

»Blasorchester? Klingt ja versaut!«

»Hör auf!« Sie grinste und kniff mir mit gespielter Empörung in den Arm.

»Welches Instrument hast du denn gespielt?«

»Klarinette.«

»Wirklich? Spielst du immer noch?«

»Eigentlich nicht. Ich weiß, ich sollte mehr üben. Ich habe ein ganz schlechtes Gewissen deswegen. Wahrscheinlich habe ich nicht mal mehr die Blättchen, die man fürs Mundstück braucht. Bestimmt würde ich keinen Ton hinbekommen, wenn ich das Ding wieder mal rauskrame.«

Ich nickte, als seien Debattierclubs und Klarinettespielen etwas ganz Alltägliches für mich. Als gehörten diese Wörter zu meinem Grundwortschatz. Ich kam mir vor wie ein Heuchler.

Bradley's Reef lag am Stadtrand und war ein beliebter unbewachter Strandabschnitt, an dem viel gesurft wurde. Am nördlichen Ende tummelten sich die besten beziehungsweise wagemutigsten Surfer, denn dort brachen sich die Wellen an den Felsen und rollten bei bestimmten Windrichtungen und -stärken mit Urgewalt ins Meer zurück. Wenn man gut genug und in der richtigen Stimmung war, machte das Surfen dort riesigen Spaß. Im Süden waren die Wellen flacher und gleichmäßiger, sodass es dort einfacher und sicherer war.

Als wir ankamen, stand die Sonne hinter uns schon tief im Westen, aber der Wellengang war perfekt. Die Luft schmeckte nach Salz und Seetang, und ich konnte es gar nicht abwarten, mit Haut und Haar ins Meer einzutauchen.

Libby stellte sich geschickter an als erwartet. Man konnte sehen, dass sie nicht zum ersten Mal surfte. Sie schob sich aufs Board, balancierte sich aus, und dann paddelten wir nebeneinander hinaus. Sie hatte kein Problem, mit meinem Tempo mitzuhalten, und lenkte ihr Board unerschrocken in jede Welle, die heranrollte.

Als wir hinter den Bereich kamen, wo die Wellen sich brachen, seufzte sie und sagte: »Das ist so schön!« Und das war es wirklich. Bis zum Horizont erstreckte sich das Meer und lag vor uns wie ein dunkelblauer Teppich, auf dem hier und da Lichtpunkte tanzten.

Über eine Stunde blieben wir im Wasser. Die Wellen waren flach, aber kräftig. Ich erwischte eine nach der anderen und ließ mich darauf bis zum Strand tragen. Libby verlor öfter mal die Balance und rutschte vom Board, aber dann kletterte sie wieder rauf, und ich konnte ihre Ausdauer und Entschlossenheit nur bewundern. Statt zu jammern oder aufzugeben, paddelte sie jedes Mal wieder raus und versuchte, die nächste Welle zu meistern.

Als sie mehrmals hintereinander absolut kein Glück hatte, paddelte ich zu ihr.

»Reicht's dir?«, fragte ich. »Sollen wir wieder gehen?«

»Nein«, sagte sie. »Nicht, bevor ich noch einen richtig guten Lauf hatte.«

Ich blieb in ihrer Nähe und schaute zu, wie sie die nächste Welle in Angriff nahm. Sie sprang aufs Board, blieb eine halbe Sekunde stehen und fiel dann wieder ins Wasser.

Ohne mich zu beachten oder etwas zu sagen, paddelte sie gleich wieder los, die nächste heranrollende Welle fest im Blick. Das nasse Haar klebte ihr im Gesicht und ihre Wangen und Nase waren vor Kälte schon ganz rot angelaufen.

Dieses Mal schaffte sie es. Ausbalanciert stand sie auf dem Board und ließ sich von der Welle an den Strand tragen. Dabei schrie sie ihren Triumph in den Wind. Kaum war die Welle ausgelaufen, machte sie kehrt und versuchte es gleich noch mal. Wieder surfte sie bis an den Strand. In dem Moment sah sie aus, als wollte sie mit dem Surfen nie wieder aufhören.

Als es zu kalt wurde, beschlossen wir, es für heute gut sein zu lassen. Langsam gingen wir über den Strand auf den Wagen zu, die Boards unter die Arme geklemmt. Libby half mir, sie im Kofferraum zu verstauen.

»Du zitterst ja richtig«, sagte ich, klappte den Kofferraum zu und legte ihr eine Hand auf die Schulter, als könnte ich das Zittern damit stoppen.

»Ja, das tu ich immer.« Sie lächelte mich schief an. »Wie ein Baby.«

»Du musst schnell aus dem Ding raus.« Ich hob ihren

Neoprenanzug an der Schulter an. »Und deine normalen Sachen wieder anziehen.«

»Stimmt.«

»Du hast dich da draußen echt gut geschlagen.«

»Danke. Du aber auch.«

»Wir sollten uns dann wohl auf den Weg machen.«

Aber keiner von uns rührte sich. Wir standen einfach nur da und sahen uns an. Plötzlich hatte ich nur noch einen Gedanken: Ich wollte sie küssen. Sie aufwärmen. Uns beide aufwärmen. Ich dachte nicht darüber nach, was ich da tat oder was es zu bedeuten hatte, als ich einen Schritt auf sie zuging und mich zu ihr hinabbeugte. Doch dann machte sie eine plötzliche Bewegung und wir rasselten mit den Köpfen aneinander, genauer gesagt: ihre Stirn an meine Nase. Es tat höllisch weh. Ich fluchte und wandte mich schnell von ihr ab.

»O Gott! Sorry, Cooper! Es tut mir so leid!«

»War nicht dein Fehler«, schniefte ich. Dann musste ich lachen. Mir tränten die Augen.

»Du musst mich für ein Monster halten«, sagte sie. »Erst zerschmettere ich eine Flasche vor deinen Füßen, dann gebe ich dir eine Kopfnuss.«

Ich wartete im Wagen, während sie sich umzog. Auf dem Rückweg zur Werkstatt redeten wir nicht viel, aber unsere Einsilbigkeit hatte nichts Peinliches. Ich glaube, wir waren beide damit beschäftigt, der Surf-Ekstase nachzuspüren. Und obwohl mein Versuch, sie zu küssen, ein Desaster war, hatte ich nicht das Gefühl, dass sie es mir übel nahm – weder den Versuch noch das Desaster.

Als ich in die Einfahrt zur Werkstatt bog, berührte sie meinen Arm und sagte: »Danke, Cooper. So viel Spaß hatte ich schon ewig nicht mehr.«

Das machte mich so absurd stolz, als hätte ich die Wellen selbst erzeugt.

SEBASTIAN

Als Sebastian am Freitagnachmittag um fünf nach Hause kam und den Jaguar seines Vaters in der Einfahrt stehen sah, wurde ihm ganz mulmig – eine Mischung aus Unsicherheit und Widerwillen. Das war nicht ganz fair, denn immerhin war es Leonards Haus, und es war sein gutes Recht, sich dort aufzuhalten, aber das änderte nichts an Sebastians Gefühlen. Er überlegte sogar kurz, ob er gleich wieder kehrtmachen sollte, aber er wusste nicht, wohin er hätte fahren sollen. Die meisten seiner Freunde arbeiteten um diese Zeit noch, und außerdem hatte er das dringende Bedürfnis, zu duschen, sich die Haare zu waschen und umzuziehen.

Sein Vater importierte Luxuswagen, die in eleganten Autohäusern entlang der Südküste von New South Wales ausgestellt und verkauft wurden. Sein Unternehmen, Boccardo's Auto, nahm den größten Teil seiner Zeit in Anspruch. Früh morgens ging er aus dem Haus, und erst spät abends kehrte er zurück. Sebastian wusste das sehr zu schätzen. Und obwohl seine Mutter es niemals so ausgedrückt hätte, war er sich sicher, dass sie das Gleiche empfand. Ohne Leonard lebte es sich nämlich wesentlich angenehmer.

Aber zumindest hatte Sebastian es leichter als seine Mutter. Von ihr wurde erwartet, dass sie Leonard auf seinen häufigen Wochenendtrips entlang der Küste begleitete, während Sebastian zu Hause bleiben durfte und das Haus dann ganz für sich allein hatte.

Seufzend stieg er aus. An einer Seite des Hauses gab es einen separaten Eingang, der direkt zu seinem Zimmer im Erdgeschoss führte. Er schloss die Tür auf, ging hinein und legte Schlüssel und Portemonnaie in eine flache Schüssel auf dem Sideboard im Flur. Dann nahm er die Sonnenbrille ab, klappte die Bügel sorgfältig zusammen und legte sie neben die Schüssel, exakt parallel dazu.

Als er sein Zimmer betrat, fühlte er sich schon etwas wohler. Heute Abend würde er zu Hause bleiben. Ein bisschen Gras rauchen, ein paar beruhigende Drinks zu sich nehmen, sich irgendetwas Unterhaltsames im Fernsehen anschauen, eine Pizza bestellen. Bloß kein Stress!

Er duschte, zog eine frische Jeans und ein frisches T-Shirt an und kämmte sich das Haar so, wie es ihm am besten gefiel: nach links über die Stirn ins Gesicht fallend. Dann umrahmte er seine Augen mit schwarzem Eyeliner und tupfte sich Aftershave an Kinn und Hals.

Mit dreizehn hatte er angefangen, auf sein Äußeres zu achten, und inzwischen konnte er auf das tägliche Ritual nicht mehr verzichten. Er brauchte das Gefühl, das Bestmögliche aus seinem Aussehen zu machen. Wenn er nicht gut gekleidet war, fühlte er sich verletzlich und konnte nicht einmal das eigene Spiegelbild ertragen.

In der Küchennische schenkte er sich einen großzügigen Whisky auf Eis ein. Eigentlich trank er Whisky nicht gern pur, sondern mischte ihn lieber mit etwas Süßem wie Cola oder Limonade, aber er wusste, dass es kultivierter war, Whisky pur zu trinken, auch wenn man sich an den Geschmack erst gewöhnen musste. Also hatte er sich vorgenommen, seine Geschmacksnerven zu trainieren. Warum auch nicht? Immerhin konnte sich Leonard die edelsten Marken leisten.

Als er die Gegensprechanlage summen hörte, seufzte er, ging zu dem Gerät an der Wand und drückte auf Empfang.

»Hallo?«

»Darling?«

Es war seine Mutter.

»Ja?«

»Kommst du zum Essen rauf?« Sie zögerte, ehe sie weitersprach. »Dein Vater ist zu Hause. Wir können heute mal alle zusammen essen.«

Als sei das wünschenswert.

»Ich bleibe lieber hier und bestelle mir eine Pizza.«

Seine Mutter sagte nichts, aber er spürte ihre Anspannung förmlich durch die Leitung. Wie sie in ihrer Not mit unsichtbaren Tentakeln nach ihm griff und ihn einzufangen versuchte. Wieder seufzte er.

»In zehn Minuten bin ich oben.«

»Gut.«

Leonards Eltern, Sebastians Großeltern, stammten ursprünglich aus Italien. Ein Jahr vor Leonards Geburt waren sie nach Australien ausgewandert. Sebastian nannte sie Grandma und Grandpa Boo. Sie sprachen mit starkem Akzent und schwärmten in den höchsten Tönen von italienischer Kultur, italienischem Essen und dem Leben in Rom, das so viel besser war als das hier. Sebastian hatte sie immer geliebt, genau wie sie ihn, und konnte das gespannte Verhältnis von Leonard zu seinen Eltern nie verstehen. Wie so vieles an Leonard hatte es ihn immer unsicher und traurig gemacht.

Grandpa Boo war vor einigen Jahren an einem ebenso überraschenden wie massiven Herzinfarkt gestorben. Seither hatte Leonard eine merkwürdige Wandlung vollzogen. Hatte er früher alles Italienische verachtet und weit von sich gewiesen, betrachtete er es jetzt mit einer nostalgischen Wehmut. Er hörte CDs mit italienischen Opern und beschallte das Haus mit Klängen, die Sebastian melodramatisch und deprimierend fand. Wenn Grandma Boo heute von Italien schwärmte, verdrehte Leonard nicht mehr genervt die Augen. Hatte er seine Wurzeln früher verleugnet, waren sie ihm nun plötzlich wichtig geworden.

Einige Monate nach dem Tod von Grandpa Boo war Sebastian einmal zu seinem Vater ins Büro gegangen und hatte diesen mit geschlossenen Augen zurückgelehnt am Schreibtisch sitzend vorgefunden. Er schien unendlich traurig zu sein. Er seufzte, und als ihm etwas aus der Hand fiel, sah Sebastian, dass es das gerahmte Foto von Grandpa

Boo war, das sonst auf dem Klavier stand. Sebastian wunderte sich sehr und schlich sich schnell wieder davon, bevor sein Vater ihn bemerkte. Noch nie hatte sein Vater irgendeine Art von Schwäche gezeigt, und Sebastian selbst hatte sich zu diesem Zeitpunkt in einem solchen Gefühlschaos befunden, dass er nicht wusste, was er davon halten sollte. Sein Vater tat ihm leid, denn genau wie Sebastian schien er um Grandpa Boo zu trauen und ihn zu vermissen, aber gleichzeitig war er furchtbar wütend auf Leonard, weil der unfähig war, seine eigene Familie freundlich zu behandeln.

Jetzt ging Sebastian nach oben, wo seine Eltern schon am Tisch saßen und auf ihn warteten. Für eine dreiköpfige Familie war der Esstisch grotesk überdimensioniert. Als Kind war Sebastian davon immer eingeschüchtert gewesen, und er hatte sich gefragt, warum sie nicht wie ganz normale Menschen um einen kleinen Tisch sitzen konnten. Doch jetzt war Sebastian froh, dass der Tisch so groß war und sein Platz weit weg von dem seines Vaters lag.

»Danke«, sagte er, als er sich setzte und seine Mutter anlächelte. Sie hatte Hackbällchen in Tomatensoße gekocht, dazu gab es Kartoffeln und Bohnen. »Das sieht gut aus.«

Leonard sah er nicht an, aber er spürte, dass sein Vater ihn vom anderen Ende des Tisches aus missbilligend musterte. Als er nach seiner Gabel griff, seufzte sein Vater und fragte: »Was ist das für schwarzes Zeug an deinen Augen?«

Sebastian benutzte schon seit einer ganzen Weile Eyeliner und verstand nicht, warum Leonard darüber ausgerechnet heute einen Streit vom Zaun brechen wollte. Aber so war er nun mal: unberechenbar und irrational.

Sebastian überlegte, wie er reagieren sollte. Er könnte sich entschuldigen, aus dem Zimmer gehen, sich das Gesicht waschen und Leonard dann versichern, dass er sich nie wieder schminken würde. Dass er gar nicht wüsste, warum er es überhaupt je getan hatte. Dann könnte er in Tränen ausbrechen und zerknirscht um Vergebung bitten.

Oder er könnte versuchen, sich zu behaupten.

Er entschied sich für Letzteres.

»Eyeliner«, sagte er und lächelte gequält.

»Und was soll das, Sebastian?«

»Es gefällt mir.«

»Davon gehe ich aus. Aber warum? Willst du etwa wie eine Frau aussehen?«

»Bitte, Leonard!«, flehte Sebastians Mutter. »Lass uns in Ruhe essen.«

Leonard ignorierte sie und durchbohrte Sebastian mit seinen Blicken. Dann neigte er den Kopf und lächelte beinahe, als führten sie hier ein freundschaftliches Vater-Sohn-Gespräch. Sein Blick blieb jedoch hart und fordernd und die kleine Ader an seiner Schläfe pulsierte.

»Nein«, sagte Sebastian. »Ich will nicht wie eine Frau aussehen.«

»Warum schminkst du dich dann?«

»Weil es mir gefällt.« Er lachte nervös. »Was soll ich sonst sagen?«

»Dir fällt bestimmt etwas ein. Versuch's!«

Sebastian räusperte sich und reckte das Kinn vor. »Erstens finde ich, dass es gut aussieht, und zweitens hilft es mir, meine Identität auszudrücken.«

»Deine Identität als was?«

»Als Schwuler.«

Leonard schnaubte verächtlich. Dann fasste er sich an den Kopf und lachte laut. Er lachte und lachte, bis er rot anlief und ihm die Augen tränten. Sebastian sah seine Mutter an, und die schüttelte kaum merklich den Kopf. *Bloß nichts sagen*, bedeutete diese Geste. *Warte einfach ab, bis er sich wieder beruhigt*.

Irgendwann war der Lachanfall vorbei. Leonard wischte sich über die Augen und schüttelte den Kopf. Dann lud er sich die Gabel übervoll und schob sie sich in den Mund. Während er kaute, sah er Sebastian an.

»Seit du zehn warst, weiß ich, dass du schwul bist. Aber du wusstest nicht, dass ich es wusste, oder? Tatsache ist: Ich wusste es vor dir. Deine Angst, auf Bäume zu klettern. Dass du nie richtig Fahrradfahren konntest. Alles, was normale Jungen gern tun, hast du nicht hingekriegt. Stattdessen fingst du an, dich für so lächerliche Dinge wie deine Frisur zu interessieren. Ich habe deine Freunde beobachtet, die hier ja ein- und ausgingen, und der Unterschied war kaum zu übersehen. Zu Cooper beispielsweise … Schon damals war klar, dass mit dir etwas nicht stimmt.«

Sebastian fielen verschiedene Antworten auf diese lächerliche und beleidigende Argumentation ein, aber er wusste aus Erfahrung, dass es sinnlos war, sich mit Leonard auf eine Diskussion einzulassen. Das führte zu nichts und zog höchstens die schlechte Stimmung in die Länge. Leonard ließ sich nichts sagen. Er hörte gar nicht erst zu, denn er wollte seine Meinung ohnehin nicht ändern.

Andererseits war er nicht der Einzige, der Worte als Waffe einsetzen konnte.

»Du bist ein sensibler Beobachter«, sagte Sebastian und lächelte provokant. »Hoffentlich ist das eine Fähigkeit, die ich von dir geerbt habe.«

Leonard kniff die Augenbrauen zusammen und sein Kinn wurde ganz kantig. Sebastian konnte seine Wut körperlich spüren und wusste, dass es nur eine Frage der Zeit war, bis sein Vater explodieren würde. Er bereitete sich auf eine Flut weiterer Beleidigungen vor, doch dann zuckte Leonard nur gelangweilt mit den Schultern, spießte ein Hackbällchen auf seine Gabel und steckte es in den Mund. Mechanisch kaute er darauf herum und starrte mit leerem Blick ins Nichts. Sebastian verstand es als eine Geste der Missachtung. Als sei er zu unwichtig, um sich über ihn aufzuregen.

Gleich nach dem Essen ging Sebastian in sein Zimmer zurück. Erst als er die Tür hinter sich abgeschlossen hatte, ließ er seinen Gefühlen freien Lauf, ballte die Fäuste, trat gegen die Wand und fluchte. Dann setzte er sich ans Fußende seines Betts, legte den Kopf in die Hände und weinte, bis ihm die Schläfen pochten und der Hals brannte. Er wusste, was für einen jämmerlichen Anblick er jemandem bieten würde, der durchs Fenster spähte, und dafür schämte er sich. Schnell richtete er sich auf und sah sich fast panisch um, aber natürlich war er allein. Niemand beobachtete ihn. Immerhin hatte ihn die Panikattacke aus seinem Selbstmitleid katapultiert. Er wischte sich die Tränen ab, stand auf und ging ins Badezimmer, um sich das Gesicht zu waschen.

Resigniert starrte er auf sein Spiegelbild. Dass er gut aussah, wusste er. Er hatte symmetrische Züge, ein markantes Kinn, tiefliegende dunkle Augen und eine lange gerade Nase. Ein Gesicht von bemerkenswerter Schönheit. Mädchen himmelten ihn an. Genauso wie gewisse Männer.

Doch was er selbst sah, waren Schwäche und Verzweiflung, eine jämmerliche Bedürftigkeit. Er hasste sich. Vor allem, wenn er weinte. Und am allermeisten, wenn er es wegen Leonard tat.

Keine Stunde später hörte er, dass ein Wagen angelassen wurde und aus der Einfahrt fuhr. Kurz darauf klopfte es an seiner Tür. Seine Mutter stand an der Treppe und hielt ihm eine große Schüssel Eis hin.

»Er ist in den Club gefahren«, sagte sie.

Sebastian nahm die Schüssel und bedankte sich, obwohl er nicht dankbar war. Er würde das Eis mit heißem Wasser ins Waschbecken spülen, wenn seine Mutter wieder gegangen war.

»Es tut mir so leid, Darling«, sagte sie. »Lass dich von ihm nicht unterkriegen. Er hat viel Stress auf der Arbeit, aber er liebt dich. Das weißt du doch, oder? Du bist sein Ein und Alles.«

Darauf legte Sebastian nicht den geringsten Wert. Im Gegenteil. Schon seit Jahren versuchte er, unter dem Radar seines Vaters hindurchzuschlüpfen. Leonard sollte ihn in Ruhe lassen. Zwanzig Jahre lang hatte sein Vater nichts gutgeheißen, was auch nur entfernt mit ihm zu tun hatte, und inzwischen konnte er auf seine Anerkennung längst verzichten. Schon als Kind hatte er aufgehört, das Unmögliche herbeizusehnen. Aber das konnte er seiner Mutter nicht erklären. In dieser Familie war alles Wichtige und Richtige unsagbar.

Am Morgen seines zehnten Geburtstags war er früh aufgewacht. Draußen war es noch dunkel, und im Haus war es ganz still, aber er stand auf und schlich in die Küche. Der Ofen war warm, und die Küchenlampe verbreitete ein warmes Licht, dazu ertönte das beruhigende *tick-tick-tick* der Küchenuhr. Es war erst fünf, also würde es noch Stunden dauern, bis seine Mutter aufstand und ihm seine Geschenke gab.

Er war froh, endlich zehn zu sein. Mit zehn – da war er sich sicher – würde er mutiger sein, ja vielleicht sogar furchtlos. Die Dunkelheit verlöre ihren Schrecken, genau wie das große kalte Haus. Zehnjährige fürchteten sich nicht in der Dunkelheit und riefen nachts nicht nach ihrer Mami.

Die zwei Stunden bis sieben, als seine Eltern endlich aufstanden, kamen ihm vor wie eine Ewigkeit. Als Erste erschien seine Mutter in der Küche, umarmte ihn und drückte ihn an ihren parfümierten Morgenrock.

»Herzlichen Glückwunsch zum Geburtstag, Darling.«

Es war immer oberpeinlich, wenn sie vor seinem Vater mit ihm kuschelte, und Sebastian wusste dann nie, wo er mit all seinen Armen und Beinen hin sollte. Er wollte sie nicht zurückweisen, aber sein Vater machte unmissverständlich klar, was er von dieser »Affenliebe« hielt. Deswegen machte er sich in solchen Momenten stocksteif und entzog sich seiner Mutter. Umso mehr genoss er ihre Zärtlichkeit jetzt, da sein Vater nicht zuschaute, warf ihr die Arme um den Hals und drückte sich an sie.

Doch dann tauchte sein Vater auf, richtete sich die Krawatte und seufzte ungehalten.

»Kaffee? Sarah? Ich komme noch zu spät!«

»Natürlich, Darling, sofort.« Sebastians Mutter war stets freundlich und zuvorkommend. Doch gerade das missfiel seinem Vater. Sebastian wusste das, seit er denken konnte, und er verstand nicht, warum seine Mutter es nicht begriff, obwohl es doch so offensichtlich war. Eines Tages, wenn er größer war, würde er es ihr erklären. Eines Tages, wenn er den nötigen Mut aufbrachte, würde er auch seinem Vater sagen, was er wirklich von ihm hielt. Und er würde von ihm verlangen, seine Mutter nicht länger so schlecht zu behandeln.

Als sein Vater zur Arbeit gegangen war, sagte seine Mutter, er solle in sein Zimmer gehen und sich anziehen.

»Danach bekommst du deine Geschenke«, sagte sie.

»Kann ich sie nicht jetzt schon haben? Muss ich mich erst anziehen?« Wenn sein Vater nicht da war, konnte er solche Verhandlungen mit seiner Mutter führen. Dann konnten sie beide ganz normal sein, glücklich und entspannt.

»Nun ja, dein Geschenk ist draußen. Du musst dir also wenigstens Schuhe anziehen.«

»Dann komm mit«, sagte er. »Ich ziehe mir schnell die Hausschuhe an.« Seine Mutter hatte nichts dagegen, ihn zu begleiten. Sie wusste, dass er Angst davor hatte, allein durchs Haus zu gehen. Es war ein wirklich großes Haus mit hohen Decken und kalten Fußböden, und überall lauerten irgendwelche Schatten.

Sebastians Freunde wohnten alle in ganz normalen Häusern, klein und gemütlich und voll mit Zeug und Kram. Dort lagen Teppiche auf den Böden, an den Fenstern hingen Vorhänge, und überall stand irgendwelcher Nippes herum. Wenn der Fernseher im Wohnzimmer lief, konnte man ihn auch im Schlafzimmer oder in der Küche hören. Sebastians Haus dagegen war ganz still. Wenn er unten in seinem Zimmer war, das fast so groß war wie manche Häuser seiner Freunde, hatte er manchmal das Gefühl, der einzige Mensch auf diesem Planeten zu sein.

Er zog seine Hausschuhe an, und seine Mutter führte ihn in den Garten hinterm Haus, vorbei am Pool und dem Tennisplatz, auf die dichten Koniferen zu, hinter denen der südlichste Zipfel des Grundstücks lag.

»Okay«, sagte sie. »Augen zu!«

»Ach, Mum!«, protestierte er. »Ich bin doch kein Baby!«

Trotzdem schloss er die Augen, und sie führte ihn an der Hand hinter die Bäume.

»Jetzt kannst du die Augen wieder aufmachen.«

Wo früher ein verwilderter Rasen mit kleineren Büschen gewesen war, herrschte jetzt peinliche Ordnung. Es gab einen neu angelegten Weg in Form eines Ovals, der über frisch angelegte Hügel und Senken führte. Sebastian war sich nicht sicher, was das Ganze darstellen sollte, geschweige denn, was es mit ihm zu tun hatte. Aber seine Mutter legte ihm die Hände auf die Schultern und drehte ihn um, sodass er zwei nagelneue BMX-Räder sehen konnte, die auf ihren Ständern nebeneinander standen.

»Es ist ein Fahrradparcours, Darling. Wir haben ihn anlegen lassen, als du in der Schule warst. Dazu gehört natürlich auch das passende Rad.«

»Ein Rad?«, wiederholte er und versuchte, sich die Enttäuschung nicht anmerken zu lassen. Er fuhr nicht gern Rad und hielt sich lieber in geschlossenen Räumen auf, spielte Videospiele, sah sich Filme an oder hörte Musik. Er legte Wert auf sein Äußeres und mied Aktivitäten, bei denen man sich verletzen konnte. Er hasste es, sich blaue Flecken oder Kratzer zu holen. Er hasste es auch, sich schmutzig zu machen.

»Dein Vater hatte die Idee«, sagte seine Mutter. »Das Gelände. Die Fahrräder. Er hat an alles gedacht.«

»Warum zwei Räder?«, fragte Sebastian, weil er sich nicht vorstellen konnte, was er damit anfangen sollte.

»Wunderbar, nicht wahr?« Seine Mutter klatschte in die Hände und versuchte auch stimmlich, Enthusiasmus zu verbreiten. »Eins ist für Cooper. Damit du jemanden zum Spielen hast. Eine prima Idee, was? Du kannst Cooper gleich heute Nachmittag einladen.«

Sebastian mochte es nicht, wenn seine Mutter Fröhlichkeit vortäuschte und so tat, als sei alles in Ordnung. Als merkte sie nicht, wie enttäuscht er war. Sie wusste ganz genau, dass er sich nichts aus Fahrrädern machte und nicht gut Fahrrad fahren konnte. Sie wusste ganz genau, dass er sich über dieses Geschenk nicht freute.

»Wir machen uns einen schönen Tag, Darling. Ich habe ein Picknick vorbereitet und eine große Schokoladentorte bestellt. Dann kannst du mit Cooper durch die Gegend radeln. Daddy kommt heute früher von der Arbeit, und dann essen wir alle was Schönes, ja?«

So ging es in einem fort weiter. Den ganzen Tag lang wurde so getan, als sei alles in schönster Ordnung.

Alles in allem wurde es aber doch ein schöner Tag, jedenfalls bevor Sebastians Vater nach Hause kam. Zusammen mit Cooper und seiner Mutter machte er am Pool ein Picknick, bei dem es nur seine Lieblingsspeisen gab – Würstchen und Süßigkeiten und die beste Schokoladentorte, die er je gegessen hatte, und so viel Limonade, wie er wollte. Nach dem Mittagessen vergnügten sie sich im Pool, und obwohl Cooper der Sportlichere war, stellte sich heraus, dass Sebastian ihn im Freistil-Wettschwimmen schlagen konnte. Zuerst lag Cooper zwar in Führung, aber sein Anfangstempo war zu hoch. Er wurde müde und Sebastian konnte ihn auf den letzten Metern überholen. Sebastian liebte es zu gewinnen. Ihm wurde dann ganz schwindelig vor Glück. Und weil er Geburtstag hatte, erklärte Cooper sich einverstanden, das Wettschwimmen mehrfach zu wiederholen, sodass Sebastian immer wieder gewann.

Als sein Vater dann kam, bestand er darauf, dass die Jungen sich anzogen und biken gingen. Unwillig trödelte Sebastian ein paar Schritte hinter Vater und Cooper her, und beide merkten nicht, dass es mit seiner guten Laune plötzlich vorbei war. Bereitwillig beantwortete Cooper Leonards Fragen, plauderte über seine Mutter, die Schule und seine neueste Leidenschaft, das Surfen. Er war so gelöst, wie Sebastian in Leonards Gegenwart nie sein konnte. Wenn sein Vater in der Nähe war, versteinerte er und konnte nicht er selbst sein.

Er wusste, dass er auf dem Fahrrad eine lächerliche Figur abgab, und es war ihm unendlich peinlich, dass er sich vor dem Rad und dem unebenen Gelände fürchtete. Ganz im Gegensatz zu Cooper, der offenbar viel Spaß hatte. Aber Sebastian gab sich große Mühe, sich seine Scham nicht anmerken zu lassen. Dabei hätte er heulen können und sein Rad am liebsten sonst wohin geschmissen. Stattdessen machte er gute Miene zum bösen Spiel und gab sich beim Wettfahren als fairer Verlierer. Schließlich war er es gewohnt, seine Gefühle zu verbergen.

Sein Vater sollte nicht wissen, wie enttäuscht er von seinem Geburtstagsgeschenk war, sich nicht für seinen unsportlichen Sohn schämen. Doch als Leonard dann ein Rennen über die doppelte Distanz vorschlug und Cooper gleich in die Pedale trat, während Sebastian ungeschickt hinterherschnaufte, verstand er seinen Vater nicht mehr. Cooper schlug ihn um Längen, und doch stand sein Vater mit einem breiten Grinsen da.

JETZT

SEBASTIAN

Nahe der Kirche findet Sebastian einen Parkplatz. Vor der Kirchentür stehen schon Leute, festlich gekleidet und mit traurigen Gesichtern. Claire seufzt, als sie sich nach der Menge umdreht, macht aber keine Anstalten, auszusteigen.

»O Gott!«, murmelt sie. »Müssen wir da wirklich hin?«

»Natürlich«, sagt Sebastian. »Das schulden wir Cooper.«

»Ich weiß. Aber das ist alles einfach so … beschissen. Lieber würde ich …« Sie spricht nicht zu Ende, sieht Sebastian an und beißt sich auf die Lippen. »Hast du was dabei? Speed oder so? Irgendwas, um diesen Tag durchzustehen?«

Damit hat er schon gerechnet. Er beugt sich seitlich vor und öffnet das Handschuhfach. »Da drinnen. Beeil dich, sonst kommen wir noch zu spät.«

Hastig greift sie nach dem Tütchen, nimmt eine Prise des weißen Pulvers zwischen die Fingerspitzen und führt sie zur Nase. Aber ihre Hände zittern so stark, dass das

Pulver runterrieselt. Glücklicherweise landet es wieder in dem Tütchen. Sie öffnet es weiter, hält es sich direkt unter die Nase und versucht es erneut.

»Mein Gott, du scheinst es ja wirklich nötig zu haben«, sagt Sebastian.

Sie zuckt mit den Schultern und schließt die Augen.

Als sie genug geschnupft hat, steckt sie sich das Tütchen in die Tasche.

»Danke, Sebastian«, sagt Sebastian sarkastisch. »Kein Problem, Claire. Für dich habe ich doch immer was vorrätig.«

»Ich wollte mich ja gerade bedanken.«

»Es war das letzte Mal«, sagt er. »Du nimmst zu viel von dem Zeug.«

»Was redest du da? Ich bin traurig, das musst du doch verstehen! Wahrscheinlich stehe ich sogar unter Schock. Ich brauche etwas, das mir über diese schreckliche Zeit hinweghilft.«

Claire fährt fort, sich zu rechtfertigen und immer mehr Ausreden zu bringen. Mehr um sich selbst zu beruhigen als ihn, denkt Sebastian. Er lässt ihr Gerede an sich vorbeiplätschern und sieht aus dem Fenster zur Trauergemeinde hinüber, die sich langsam in die Kirche begibt. Er fragt sich, was wohl passieren würde, wenn er einfach wieder wegfährt. Würde er es für den Rest seines Lebens bereuen? Würde es überhaupt jemand bemerken? Und wenn ja: Würde es ihnen etwas ausmachen? Seit Cooper tot ist, geht es ihm schlecht. Er ist angespannt, wie aufgedreht und fühlt sich hundeelend. Wie er auch noch die Beerdigung überstehen soll, ist ihm ein Rätsel. Er hat das Gefühl, jeden Moment zusammenzubrechen.

Die letzte Beerdigung, die er erlebt hat, war die seines Großvaters. Damals war er fünfzehn, und während der Zeremonie hat er sich wie ein Dampfkochtopf gefühlt, nur dass es statt Hitze Kummer war, der ihn bersten zu lassen drohte. Er war nicht nur traurig, sondern hatte regelrechte Angstzustände. Die ernsten Gesichter. Der Sarg. Die Vorstellung, dass sein Großvater darin vermoderte. Überhaupt der Tod. Unfassbar! Damals hatte er das erste Mal wirklich begriffen, dass die Erwachsenen in seiner Umgebung die Welt nicht kontrollierten. Aber wenn nicht sie – wer dann?

»Komm schon!« Seufzend öffnet er die Tür. »Wir müssen.«

Sie betreten die Kirche als Letzte und finden nur noch ganz hinten zwei Plätze. Sebastian ist das sehr recht. Hier kann ihn wenigstens keiner sehen. Er hat keine Lust auf Umarmungen, will seine Trauer nicht teilen und auch nicht getröstet werden.

Er entdeckt seine Eltern auf der anderen Seite des Gangs. Leonard schaut sich suchend im ganzen Kirchenschiff um. Seine Miene ist noch düsterer als gewöhnlich. Als er Sebastian sieht, nickt er ihm kurz zu und dreht sich dann wieder nach vorn. Im nächsten Moment tritt der Pastor an den Altar und alles wird ruhig.

LIBBY

Die Beerdigung ist ein Albtraum, beinahe unerträglich. Zuerst vergieße ich nur stumme Tränen. Seit Tagen weine ich mir in meinem Zimmer die Augen aus dem Kopf und bin inzwischen zu erschöpft, um laut zu weinen.

Der Pastor hält eine Predigt, dann halten andere Leute Trauerreden. Die von Coopers Chef, Cameron, ist voller Hochachtung und Respekt. Die seines früheren Footballtrainers witzig. Die einer Tante kurz und tränenreich. Ich höre zu, während mir die Tränen das Gesicht runterlaufen und langsam meinen Kragen durchweichen. Sie abzuwischen, ist mir zu anstrengend.

Ich sitze neben meiner Mutter in der zweiten Reihe. Sie hält die ganze Zeit meine Hand. Coopers Mum, Tessa, sitzt genau vor mir. Sogar von hinten kann ich sehen, wie verzweifelt sie ist, am Rande des Zusammenbruchs. Sie kann sich kaum aufrecht halten. Ihre Schwester und Mutter sitzen so nah bei ihr, dass sie sie stützen können, und ab und an wischen sie ihr die Tränen ab.

Der Pastor beendet die Trauerandacht mit ein paar

Worten über die Tragik eines Selbstmords. Er spricht über das »schwarze Biest« Depression, wie wichtig Mitgefühl sei, wie nötig Aufmerksamkeit. Er sagt, wir merken es nicht immer, wenn jemand leidet. Dass manche ihr Unglück sehr geschickt vor ihren Mitmenschen verbergen.

Nein, denke ich. *Cooper war nicht unglücklich. Er hat nicht gelitten. Was du da sagst, trifft nicht auf den Menschen zu, den ich geliebt habe. Du kanntest ihn nicht. Du irrst dich. Du irrst dich ganz gewaltig.*

Ich bin drauf und dran, aufzustehen und es laut herauszuschreien, Cooper zu verteidigen. Aber bevor ich meine Gedanken sortieren und den nötigen Mut aufbringen kann, ist der Pastor schon fertig, tritt vor die Kanzel und enthüllt eine Leinwand.

Er dimmt das Licht, und dann kommen und gehen Fotos von Cooper, geisterhafte Bruchstücke und Stationen eines Lebens, vom Baby bis zum jungen Mann, kurz vor seinem Tod. Cooper auf einem Fahrrad. Cooper, der als Kind in die Kamera grinst, mit schmutzigem Gesicht, zerzausten Haaren und Zahnlücken. Cooper mit seiner Mum. Mit Kindern, die ich nicht kenne. Die melancholischen Klänge von *Wish You Were Here* von Pink Floyd, einer von Coopers Lieblingssongs, untermalen die Fotos, und ich höre, wie die Leute hinter mir ihr Schluchzen zu unterdrücken versuchen. Tessa sinkt zitternd in sich zusammen. Auch ihre Mutter und Schwester sind von Trauer überwältigt und vergraben ihre Gesichter in den Händen.

Dann ein Foto von Cooper und mir. Wir stehen auf einem Bahnsteig, Arm in Arm, und lächeln verschämt.

Wir sehen so glücklich aus. Ich verschlucke mich, schluchze laut auf, obwohl ich das gar nicht will, und kann nicht wieder aufhören. Meine Mutter legt ihren Arm um mich und drückt mich an sich. Es ist unerträglich. Unfassbar. Es kann einfach nicht wahr sein.

Aber es ist wahr. Es ist wirklich passiert, und wir haben keine andere Wahl, als es zu akzeptieren.

CLAIRE

Mehrere Trauergäste halten Reden, aber Claire hört nicht zu. Sie nimmt nur wahr, wie gebrochen ihre Stimmen klingen, und das allein ist schon schlimm genug. Sie starrt vor sich hin und zählt immer wieder bis hundert, wenigstens versucht sie es. Wenn sie ins Stocken kommt oder einen Fehler macht, schließt sie die Augen und fängt von vorn an. Das Plastiktütchen in ihrer Tasche gibt ihr ein wenig Sicherheit. Sie stellt sich vor, wie sie ins Badezimmer geht und sich eine Line reinzieht. Die bloße Möglichkeit machte alles erträglicher.

Als die Fotos gezeigt werden und der langweilige alte Song ertönt, den Cooper so mochte, hört sie Sebastian aufschluchzen und spürt, dass er zittert. Sie bringt es nicht über sich, ihn anzusehen, seine Hand zu nehmen oder ihn sonst wie zu trösten. Die Musik und die Fotos durchbrechen ihr Schutzschild, und sie ist vollauf damit beschäftigt, die Fassade zu wahren. Dass ihr Tränen über die Wangen rollen, ist okay, aber sie will nicht lauthals anfangen zu heulen.

Coopers Mum führt den Auszug aus der Kirche an, aber mitten im Gang bleibt sie plötzlich stehen und wird von einem Weinkrampf geschüttelt. Sie schlägt die Hände vors Gesicht und gibt markerschütternde Geräusche von sich. Claire blinzelt die Tränen weg und schluckt, um nicht selbst so eine jämmerliche Figur abzugeben. Dann passiert etwas Schreckliches: Tessa sinkt zu Boden. Claire fragt sich, wie lange diese Folter noch dauern soll. Würden sie hier etwa in alle Ewigkeit feststecken, in einer klaustrophobischen Hölle, aus der es keinen Ausweg gibt? Doch dann eilen mehrere Leute auf Tessa zu und helfen ihr auf, sodass der Auszug aus der Kirche fortgesetzt werden kann.

Draußen wird der Sarg in den Leichenwagen geladen. Der Gedanke an Coopers verrottenden Körper ist zu deprimierend, also stellt sie sich lieber vor, dass der Sarg voller Blumen ist – Rosenblätter und andere duftende Blüten. Die Menschen putzen sich die Nasen, wischen sich über die rot geweinten Augen und umarmen einander. Die gemeinsame Trauer und die Nähe der anderen zueinander gibt Claire das Gefühl, sich gleich übergeben zu müssen. *Shit happens*, denkt sie, aber das hier ist zu viel.

Als sich der Leichenwagen in Bewegung setzt und die Zurückgebliebenen verloren und unglücklich herumstehen, begreift Claire, dass es wirklich das Ende ist und sich daran nichts mehr ändern wird.

Cooper kommt nicht zurück. Nie, niemals wird sie Gelegenheit bekommen, alles wiedergutzumachen.

Sie hat immer geglaubt, ihm eines Tages alles erklären zu können, sich für ihr Verhalten aus der Zeit, als sie zusammen waren, entschuldigen zu können. Außerdem war sie immer sicher, dass er ihr verzeihen würde und dass sie dann gute Freunde werden könnten, wenn nicht sogar wieder ein Paar. Cooper war ein viel zu wunderbarer Mensch, um ihn als Freund zu verlieren.

Vielleicht könnte sie seinen Tod besser akzeptieren, wenn sie sich daran erinnern könnte, was am Abend seines Todes wirklich passiert ist. Wenn sie nicht so nervös wäre, so voller Angst und Schuldgefühlen, könnte sie bestimmt besser trauern. Doch wenn sie diesen Abend zu rekonstruieren versucht, bleiben zu viele Lücken, die sich zu einer undurchdringlichen schwarzen Wand vereinen.

D'AM'ALS

LIBBY

Als ich nach dem Surfen nach Hause kam, zitterte ich immer noch vor Kälte. Drinnen sagte ich zu meiner Mum nur kurz Hi. Sie schien etwas erstaunt über meinen zerzausten Anblick, aber ich fror zu sehr, um stehen zu bleiben und mich mit ihr zu unterhalten. Deswegen sagte ich nur, dass ich ihr später alles erklären würde. Dann ging ich schnell ins Bad, ließ heißes Wasser in die Badewanne laufen, zog meine salzig-klebrigen Klamotten aus und glitt in die Wanne.

Nach so langer Zeit wieder einmal zu surfen, war eine Offenbarung. Ich hatte ganz vergessen, wie dabei die Zeit stillstand und wie vollkommen man sich dem Moment hingeben konnte. Nur noch ich und das Board und das Meer. Schwerelosigkeit, Wind und Adrenalin. Es war wie Magie.

Aber das Surfen war nicht die einzige Offenbarung dieses Nachmittags.

Cooper.

Ich hatte so viele Vorurteile über ihn: dass er blöd, arrogant, egozentrisch und kalt wie ein Fisch war.

Da hatte ich wohl falschgelegen, und zwar komplett. Er war nichts von alledem. Ich hatte mir ein Urteil über ihn gebildet, ohne ihn zu kennen. Ein Urteil, das lediglich auf seiner Popularität und meiner eigenen Unsicherheit basierte. Unfair, total unfair.

Ich war mir ziemlich sicher, dass er mich küssen wollte, als unsere Köpfe zusammengestoßen sind, und obwohl es peinlich war und ich mich über meine Ungeschicklichkeit ärgerte, hätte ich am liebsten einen Freudentanz aufgeführt. Er mochte mich! Wer hätte das gedacht?

Ich lehnte mich in der Badewanne zurück, schloss die Augen und stellte mir vor, wie ich Cooper küsste. Dieses Mal richtig.

COOPER

Am Montag rief ich Libby an, um ihr zu sagen, dass ich die Beize aufgetragen hatte und sie die Staffelei jederzeit abholen könnte. Sie dachte laut über die Logistik nach. Atticus' Geburtstag war am Donnerstag, und etliche Freunde wollten ihn zusammen gegen Abend überraschen, dann erst etwas essen und danach die Geschenke überreichen. Sollte sie die Staffelei in ihrem Auto verstecken und sich nach dem Essen rausschleichen, um sie zu holen? Glaubte ich, dass sie sie allein tragen konnte, oder brauchte sie Hilfe?

»Weißt du was?«, sagte ich. »Ich bringe sie einfach vorbei, während ihr seinen Geburtstag feiert. Schreib mir eine SMS, wenn ihr so weit seid. Dann spiele ich den Geschenkekurier.«

»Wirklich? Ist das nicht zu viel verlangt?«

Sie war von meinem Angebot total überrascht. Ich aber, ehrlich gesagt, auch. Normalerweise arbeitete ich abends nämlich nicht.

»Nein, das geht schon in Ordnung«, sagte ich. »Das tu ich doch gern.«

LIBBY

Ich freute mich total, als Cooper sagte, er würde die Staffelei selbst vorbeibringen. Nicht weil er es mir damit einfacher machte, sondern weil es bedeutete, dass ich ihn wiedersehen würde. Immer wenn ich an ihn dachte, wurde ich ganz aufgeregt, und wenn ich mit ihm redete, schlug mein Herz schneller und meine Wangen begannen zu glühen.

Wenn ich mich also auf die Party freute, dann nicht, weil Atticus Geburtstag hatte. Wir hatten seit dem Kussvorfall noch nicht wieder miteinander geredet, und wenn ich daran dachte, sah ich immer noch sein versteinertes Gesicht vor mir. Das verdarb mir die Vorfreude auf seinen Geburtstag gründlich. Wenn wir die Sache vorher nicht klärten, würde es eine ziemlich peinliche Angelegenheit werden. Ich musste ihn anrufen.

Auf seinem Handy erreichte ich nur die Mailbox. Also schickte ich ihm eine SMS und bat ihn, mich anzurufen. Danach checkte ich mein Telefon immer wieder, aber er meldete sich nicht. Ich schickte eine zweite SMS und versuchte es noch einmal mit einem Anruf, bevor ich an diesem Abend ins Bett ging, aber ich konnte ihn nicht erreichen. Erst am nächsten Tag hörte ich von ihm.

Per E-Mail.

An: Libby Lawson
Von: Atticus Putland
Betreff: Sorry

Habe deine SMS bekommen. Tut mir leid, dass ich mich jetzt erst melde. Meine Familie hat mich gestern den ganzen Tag belagert. Cousins, Cousinen, Onkel und Tanten. Alle wollten meine positive Prognose feiern. Du weißt ja, wie das ist ...

Ich dachte, ich schicke dir am besten eine E-Mail, weil ich ziemlich viel zu sagen habe und es so mühsam ist, lange SMS zu schreiben.

Jedenfalls ist eine Entschuldigung fällig. Hier kommt sie:

Es tut mir leid, dass ich mich neulich wie ein Idiot benommen habe. Das hast du nicht verdient. Vielleicht bist du nicht ganz so wütend auf mich, wenn du dir klarmachst, was für ein Scheißgefühl es ist, jemanden zu küssen, der das nicht besonders toll findet.

Aber im Ernst, Libby, ich habe dich furchtbar gern. Du bist eine der besten Freundinnen, die ich habe. Hättest du gewollt, hätte ich nur zu gern mit dir geschlafen. Aber in dich verliebt bin ich nicht. Ich fühle mich zwar ein bisschen zurückgewiesen, aber mein Herz hast du nicht gebrochen. Du brauchst dir also keine Vorwürfe zu machen. Es ist mir wichtig, dass sich unser Verhältnis wieder normalisiert. Du bist ein Mädchen, ich ein Kerl, und das Leben ist kurz. Also dachte ich mir: Warum

nicht? Das war alles. Wirklich. Wärst du die Liebe meines Lebens, würde ich es dir sagen. Im Übrigen würde ich dann um dich kämpfen. Was ich, wie du siehst, nicht tue.
Tatsache ist, dass es da ein Mädchen gibt, das ich insgeheim schon fast lächerlich lange liebe. Aber sie sieht mich einfach nicht, scheint nicht mal zu registrieren, dass ich überhaupt existiere. Sie ist echt heiß und spielt in einer anderen Liga. Wahrscheinlich habe ich bei ihr also sowieso keine Chance.
Jedenfalls möchte ich nicht, dass du dich schlecht fühlst. Bitte geh mir deswegen jetzt nicht aus dem Weg. Du kannst mir sogar von deinem Liebesleben erzählen, falls du eins hast. Solltest du keins haben und trotzdem – oder gerade deswegen – einmal rein körperliche Bedürfnisse haben, kannst du jederzeit mit mir rechnen. Was das betrifft, bin ich großzügig ... ;-)
Ich weiß, dass ein Klappergestell ohne Haare und voller Chemie nicht unbedingt ein Mädchenschwarm ist, aber ich würde doch gern wissen, ob du womöglich abgetörnt warst, weil ich schlecht rieche oder so!? Manchmal mache ich mir Sorgen über den ganzen Mist, den sie in mich reingepumpt haben. Schließlich ist es reines Gift. Völlig verrückt: Sie geben dir Gift, damit du gesund wirst. Manchmal zweifle ich daran, dass so etwas Paradoxes funktionieren kann ...

An: Atticus Putland
Von: Libby Lawson
Betreff: Sorry
Ich bin froh, dass du die Sache so siehst. Danke für deine E-Mail! Ich hatte mir schreckliche Sorgen gemacht. Ich habe

dich auch furchtbar gern. Du bist ein wirklich guter Freund. ABER WER IST DIESES MÄDCHEN, ATTICUS? WER?
Natürlich riechst du nicht schlecht. Du riechst nach Kaffee. Wie immer. Und nach Farbe. Nach Kaffee und Farbe.

An: Libby Lawson
Von: Atticus Putland
Betreff: Sorry
Eau de Café mit Farbe. Soll ich es in Flaschen abfüllen und bei ebay verkaufen?
Wer das Mädchen ist? Ich ziehe es vor, dir mit dieser Frage schlaflose Nächte zu bereiten ...

An: Atticus Putland
Von: Libby Lawson
Betreff: Hmmm
Du willst ein großes Geheimnis aus deiner großen Liebe machen? Da kann ich mithalten. Ich habe nämlich auch jemanden kennengelernt ...

An: Libby Lawson
Von: Atticus Putland
Betreff: Hmmm
WEN???

An: Atticus Putland
Von: Libby Lawson
Betreff: Hmmm
Kein Kommentar.

An: Libby Lawson

Von: Atticus Putland

Betreff: Hmmm

Interessant! Ich werde herausfinden, wer es ist. Ich habe so meine Mittel und Wege.

COOPER

Libbys SMS kam am Donnerstagabend gegen acht. Die Staffelei lag schon verpackt in meinem Kofferraum. Ich hatte sie in schlichtes braunes Packpapier gewickelt und mit Paketband verschnürt – der eher hilflose Versuch einer Geschenkverpackung.

Atticus wohnte im Osten Wallomas, in Eastside, wo die Stadt zwar nicht mit dem Charme und der atemberaubenden Hügellandschaft aufwartete, wie beispielsweise in Sebastians Wohnviertel, aber immer noch schicker war als das Viertel, in dem ich wohnte. Eastside war ein alter, verschlafener Stadtteil, lag aber in der Nähe des Strands, und auch zum Einkaufszentrum war es nicht weit. Die meisten Häuser waren aus Holz und ebenerdig, aber trotzdem groß, und hatten einen ländlichen Charakter. Dazwischen standen gut erhaltene alte Bungalows. Die Vorgärten waren gepflegt, die Rasen frisch gemäht, die Zäune intakt. Polierte VWs, Volvos und Audis standen in den Einfahrten. Große Eichen überwölbten Straßen und Gärten mit einem imposanten Blätterdach. Alles war ruhig und verbreitete ein Gefühl von Sicherheit und Geborgenheit.

Vom Westen Wallomas, wo ich wohnte, waren es nur zehn Minuten Fahrzeit, und doch war das hier eine ganz andere Welt. Westside war hässlich. Die Häuser waren klein und unscheinbar und bestanden aus hellem Backstein oder rötlichen Fertigbauplatten. Gras und Gestrüpp in den Vorgärten wuchsen, wie sie wollten, und da, wo es überhaupt Zäune gab, waren sie kaputt oder in einem jämmerlichen Zustand. Bäume gab es in Westside kaum, und wenn, dann waren sie dürr und klapprig. Im Sommer brannte die Sonne gnadenlos herunter, im Winter war es eine trostlose Gegend, die weit ab von jeglicher Zivilisation zu liegen schien. Gleichgültigkeit und Verwahrlosung lagen in der Luft.

Ich betrat Atticus' Veranda und klingelte. Ein sehr großer Mann kam an die Tür.

»Du musst Cooper sein.« Er winkte mich herein und führte mich durch den Flur. Dabei redete er nonstop. »Ich bin Ryan, Atticus' Vater. Libby hat gesagt, dass du kommen und die Staffelei bringen würdest. Danke. Atticus wird sich bestimmt freuen. Libby sagt, du hast sie selbst gebaut? Was für ein begabter junger Mann! Ein guter Handwerker, was? Sachen selber machen … Ich bin Pathologe und habe zwei linke Hände.« An einer geschlossenen Tür blieb er stehen. »Das ist sein Zimmer. Viel Spaß.«

Er ging in den vorderen Teil des Hauses zurück, und ich wusste nicht, was ich tun sollte – anklopfen oder einfach reingehen? Ich wollte nichts falsch machen oder die Überraschung verderben. Einen Moment lang stand ich unschlüssig da, das klobige, ungeschickt verpackte Teil in der Hand, und kam mir wie ein Idiot vor.

Aus Atticus' Zimmer drangen Stimmen und Gelächter. Leise klopfte ich an die Tür und wartete. Als nichts passierte, stellte ich die Staffelei ab, holte mein Handy aus der Tasche und schrieb Libby eine SMS.

Bin da. Stehe direkt vor Atticus' Tür. Habe die Staffelei dabei.

Im nächsten Moment öffnete sie die Tür, schlüpfte in den Flur und schloss die Tür hinter sich. »Hi«, sagte sie und grinste.

»Hi.«

»Du hast sie sogar eingepackt.« Sie zupfte an dem Paketband. Ihre Wangen waren rot, ihre Augen leuchteten. Sie schien ganz außer Atem zu sein und roch nach etwas Süßem, Alkoholischem. »Vielen, vielen Dank! Daran hatte ich gar nicht gedacht.«

»Ist bloß Packpapier. Sorry. Ich hatte nichts Besseres.«

»Ist doch cool«, sagte sie. »Kein Schnickschnack.«

Dann machte sie die Tür wieder auf und wir gingen in Atticus' Zimmer. Ich begriff sofort, warum hier eine Staffelei gebraucht wurde. An den Wänden hing ein Bild neben dem anderen. Sie waren kühn, groß und so eindrucksvoll, dass ich einen Moment innehielt, um sie auf mich wirken zu lassen. Atticus' Talent war offensichtlich, aber seine Motive waren so düster, dass ich mich fragte, ob er nachts wohl gut schlafen konnte.

»Brillant, findest du nicht?«, fragte Libby.

»Absolut«, sagte ich.

Libbys Freundinnen, Cate und Hari, kamen zu uns herüber. Cate küsste mich auf die Wange, lächelte freundlich und sagte: »Hallo.« Hari sagte nur: »Hi«, und es klang nicht besonders freundlich. Zu viert standen wir um die Staffelei und versperrten Atticus die Sicht darauf. Ich erkannte ihn noch aus unserer gemeinsamen Schulzeit. Umgeben von Leuten saß er auf dem Sofa. Er war so ins Gespräch vertieft, dass er nicht auf uns achtete, bis die Mädchen die Staffelei direkt vor ihm aufbauten.

»Herzlichen Glückwunsch zum Geburtstag!«

Atticus stand auf und wickelte Paketband und Papier ab. Er schien zutiefst gerührt und überrascht zu sein, dankte den Freundinnen und umarmte sie eine nach der anderen. Er war so groß, dass er alle überragte und mich an eins dieser stabartigen Insekten erinnerte – und zwar eins, das von einem Ohr bis zum anderen grinste.

»Cooper hat sie gebaut«, sagte Cate und strahlte. »Ein echter Könner, was?«

»Allerdings«, sagte Atticus und sah zu mir herüber. Seine Größe und sein forschender Blick flößten mir beinahe Angst ein. Abgesehen von seiner Glatze deutete nichts darauf hin, dass er bis vor Kurzem noch im Krankenhaus gelegen hatte.

Er bewegte sich auf mich zu, verschränkte die Arme vor der Brust und inspizierte die Staffelei. Sie schien ihm zu gefallen. »Offenbar verstehst du dein Handwerk«, sagte er, und klang wie ein Lehrer, der meine Leistung beurteilte.

Natürlich verstand ich mein Handwerk, mit oder ohne seine Anerkennung. Ich zeigte auf eins der Bilder an den Wänden und sagte: »Du aber auch.«

»Zumindest bin ich auf dem richtigen Weg«, sagte er. »Hoffe ich zumindest.«

Ich holte meinen Autoschlüssel aus der Tasche und sagte: »Ich sollte dann wohl wieder …«

»Trink doch erst noch ein Bier«, sagte er.

»Nein, danke. Ich muss noch fahren.«

»Komm schon! *Ein* Bier kann ja wohl nicht schaden.« Er holte eine Dose aus einem Eimer mit Eiswürfeln, riss den Verschluss ab und drückte sie mir in die Hand. »Du machst also eine Tischlerlehre?«, fragte er.

»So ähnlich. Aber nicht offiziell. Ich arbeite in Cameron Woodleys Holzwerkstatt einfach nur mit und lerne das Handwerk quasi nebenbei.«

»Und was hast du vor? Willst du eines Tages eine eigene Werkstatt eröffnen?«

Ich wusste, was ich vorhatte: nach Sydney ziehen und dort edle Möbel bauen. Unikate nach den Wünschen von Kunden, die sich so etwas leisten konnten und es zu schätzen wussten. Damit müsste gutes Geld zu verdienen sein, mit dem ich meine Mutter unterstützen würde. Und Walloma hinter mir lassen konnte.

Aber nichts von dem sagte ich, denn irgendetwas störte mich an diesem Atticus. Ich hatte das Gefühl von ihm auffällig genau beobachtet und beurteilt zu werden, und ich hatte keine Ahnung, warum. Jedenfalls hatte ich keine Lust, ihm zu antworten, und fragte zurück: »Und was sind deine Pläne?«

»Keine Ahnung.« Er trank einen Schluck von seinem Bier. »Eigentlich habe ich keine. Noch nicht. Ursprünglich wollte ich studieren. Kunst. Aber dann bin ich krank geworden.« Er lächelte bitter. »In erster Linie habe ich vor, am Leben zu bleiben.«

Eine angemessene Antwort darauf zu finden, blieb mir erspart, weil Atticus' Familie in diesem Moment hereinkam. Seine Mutter hielt eine große Torte in den Händen. Das Licht wurde ausgeschaltet und alle sangen Happy Birthday. Atticus wurde von den Gratulanten umringt. Es war der perfekte Moment, um zu verschwinden. Ich stellte mein Bier irgendwo hin und verließ das Haus.

Als ich meine Wagentür aufschloss, hörte ich Schritte hinter mir.

»Cooper, warte mal!«

Libby war so außer Atem, als sei sie mir nachgerannt. In der Abenddämmerung sah ich wieder ihre Wangen glühen und ihre Augen glänzen.

»Danke, dass du die Staffelei hergebracht hast«, sagte sie. »Kein Problem.«

»Ich wollte dich fragen …« Ihre Stimme überschlug sich regelrecht. »Ich dachte … Es war neulich so toll, als wir surfen waren, und da dachte ich, ob wir es nicht noch mal wiederholen wollen … Natürlich nur, wenn du Lust hast … Aber wahrscheinlich hast du zu viel zu tun und …«

»Gern«, unterbrach ich sie. »Hast du Samstagmorgen schon was vor?«

»Samstags arbeite ich.«

»Um sechs Uhr morgens?«

»Ähm … nein. Ich fange um neun an.«

»Dann haben wir ja genug Zeit. Ich hole dich um viertel vor sechs ab. Das ist die schönste Tageszeit zum Surfen.«

Sie gab mir ihre Adresse und blieb in der Einfahrt stehen, als ich den Wagen startete und zurücksetzte. Sie winkte, und als ich in den Rückspiegel schaute, kurz bevor ich in die Straße einbog, stand sie immer noch da und sah mir nach. Den ganzen Weg nach Haus hatte ich ein Grinsen im Gesicht.

LIBBY

Als mein Wecker am Samstagmorgen klingelte, war es noch dunkel. Ungläubig sah ich vom Bett aus dem Fenster und hätte mich am liebsten wieder umgedreht und weitergeschlafen. Wäre es nicht Cooper gewesen, mit dem ich verabredet war, hätte ich genau das getan.

Ich zog meinen Badeanzug und einen dicken Trainingsanzug an und machte mir einen Kaffee. Als Cooper kam, um mich abzuholen, begann die Sonne gerade aufzugehen, sodass der Horizont blassrosa wurde, und als wir am Strand ankamen und auf unseren Surfboards in die Wellen paddelten, stand sie schon so hoch am Himmel, dass das Meer glitzerte und uns beinahe blendete. Es würde ein kühler, aber schöner, klarer Tag werden – die Wassertemperatur frisch, aber der Himmel blau.

Wir surften eineinhalb Stunden lang. Die Wellen rollten gleichmäßig an den Strand und ich kam von Anfang an gut aufs Board. Mein Körper aktivierte sein »Muskelgedächtnis« und wusste genau, was er zu tun hatte, wie ich die Füße aufs Bord setzen, die Balance halten, mein Gewicht verlagern und die Knie beugen musste. Es war der totale Kick, dieses Gefühl, mit Kräften eins zu sein, die viel größer und mächtiger sind als man selbst, und ich konnte nicht verstehen, warum ich je mit dem Surfen aufgehört hatte. Es war der beste Stresskiller, den ich mir vorstellen konnte, tausendmal besser als Meditation oder Yoga.

Wir redeten nicht viel. Das war auch nicht nötig. Das Surfen schuf eine Verbindung zwischen uns, die stärker war als Worte. Als wir schließlich aufhören mussten, uns glücklich angrinsten und müde über den Strand schleppten, war das Kommunikation genug. Ich zitterte vor Kälte, und mein Haar klebte durchnässt in meinem Nacken, aber im Wagen war es dann schön warm, und ich schloss – immer noch grinsend – die Augen, weil die Sonne direkt von vorn kam. Ich war so glücklich, dass ich einfach nichts gegen dieses Dauergrinsen tun konnte.

»Das war so …« Ich seufzte und suchte nach dem richtigen Wort.

»Ich weiß«, sagte Cooper. »Glaub mir. Ich weiß.«

SEBASTIAN

Am Montagmorgen bekam Sebastian eine SMS, in der Cooper ihn fragte, ob er Lust hätte, sich zum Mittagessen auf dem Campus zu treffen. Eigentlich wollte er cool bleiben und die SMS ignorieren, aber dann musste er sich eingestehen, dass ein Mittagessen mit Cooper der einzige Lichtblick eines todlangweiligen Tags sein würde. Also schrieb er zurück, dass er um ein Uhr Zeit dafür hätte.

Sie trafen sich auf dem Platz vor der Cafeteria. Drinnen entschied sich Sebastian für Sushi und eine Flasche Saft, Cooper für Sandwiches. Sie nahmen das Essen mit nach draußen und setzten sich unter einem der großen Bäume auf den Rasen. Als sie aufgegessen hatten, kam Sebastian auf Claire zu sprechen. Er wollte, dass die beiden sich wieder versöhnten, und sagte, Claire bedaure sehr, was sie getan hatte.

»Meinst du nicht, du hast sie schon genug bestraft?«, fragte er. »Es tut ihr wirklich leid. Kannst du sie nicht einfach wieder normal behandeln?«

Doch Cooper antwortete nicht und schien kaum zuzuhören. Er zuckte mit den Schultern, rollte sich mit nichtssagendem Gesichtsausdruck auf den Bauch und zupfte an den Grashalmen. Am liebsten hätte Sebastian ihm einen Tritt gegeben.

Plötzlich setzte Cooper sich wieder auf und fragte: »Wo ist eigentlich die Philosophische Fakultät?«

»Was?«

»Wenn man Philosophie studiert, wo muss man dann hin? In welches Gebäude?«

»Die Philosophen sitzen bei den Künstlern. Da drüben.« Sebastian zeigte auf eine Ansammlung quadratischer Flachbauten hinter der Cafeteria. »Warum?«

»Libby Lawson.« Cooper grinste. »Wir haben sie neulich in der Bar getroffen.«

Sebastian begriff, warum Cooper auf den Campus gekommen war, und war alles andere als glücklich darüber. »Doch wohl nicht diese Rothaarige?«, fragte er abfällig.

Cooper sah ihn fragend an. »Was soll das heißen?«

»Ich wundere mich nur …« Sebastian musste sich beherrschen, um nicht zu sagen, was ihm auf der Zunge lag, nämlich dass Cooper sich nicht an eine Libby Lawson verschwenden sollte. Stattdessen räusperte er sich, holte tief Luft und bemühte sich um einen neutralen Ton. »Was willst du denn von der?«

»Wir waren zweimal surfen. Sie ist ziemlich gut.« Es klang, als wollte Cooper sich rechtfertigen. »Sie studiert Philosophie. Ich dachte nur, dass ich sie vielleicht hier treffe.«

»Heute?«

»Hmm.«

»Aha.« Sebastian merkte selbst, dass er beleidigt klang. Beleidigt und voller Selbstmitleid. Ganz gegen seinen Willen schob er nach: »Dann bist du also gar nicht meinetwegen gekommen.«

»Doch. Ich wollte dich sehen. Ich hatte nur gehofft, ihr vielleicht irgendwo über den Weg zu laufen.« Cooper sah Sebastian genervt an. »Herrgott, Seb! Sei doch nicht so …«

»So was?«

Doch statt zu antworten, richtete Cooper sich kerzengerade auf und drehte sich in Richtung der Kunst- und Philosophiegebäude. »Da ist sie ja!« Er sprang auf. »Sorry, ich will nur schnell …« Entschuldigend lächelte er Sebastian an. »Wir sehen uns später?«

Sebastian schüttelte den Kopf. Cooper benahm sich unmöglich. Echt unmöglich.

Einen Moment lang zögerte Cooper, als wollte er noch etwas sagen. Sebastian wartete gespannt und hoffte, sein Freund käme wieder zur Besinnung. Doch dann verzog Cooper so resigniert das Gesicht, als sei Sebastian derjenige, der sich danebenbenahm, und sagte nur: »Ich rufe dich an.«

Wütend sah Sebastian ihm nach. Am liebsten wäre er Cooper nachgerannt und hätte ihn geschlagen. Ins Gesicht. Mitten ins Gesicht. Dann musste er über sich selbst lachen. Gegen Cooper hatte er keine Chance. Der würde ihn einfach plattmachen.

Er grub den Daumen in die weiche Stelle an der Innenseite seines Handgelenks und drückte zu, bis es wehtat. Bis irgendetwas da drinnen womöglich kaputtging. Bis ihm Tränen in die Augen schossen und er vor Schmerz aufstöhnte. Er war ein Idiot. Cooper empfand nichts für ihn. Jedenfalls nicht das Gleiche. Ihre Beziehung war eine Einbahnstraße.

Als von hinten ein Schatten auf ihn fiel, erschrak er so sehr, dass er beinahe aufgesprungen wäre.

»Was tust du da, Sebastian Eliot Boccardo? Willst du dich verstümmeln?«

Erleichtert sah Sebastian, dass es bloß Claire war. Mit verschränkten Armen stand sie vor ihm und sah amüsiert auf ihn herab. »Bist du jetzt völlig übergeschnappt?«, fragte sie.

Er richtete sich auf, ließ sein Handgelenk los und lächelte ihr knapp zu. »Kann schon sein.«

»Na dann. Immerhin bist du nicht der Einzige.« Sie lachte. »Willkommen im Club!«

Einladend klopfte Sebastian auf den Rasen und Claire setzte sich zu ihm. Er zeigte auf Cooper und Libby, die ans Ende des Platzes gegangen waren und sich dort an ein Gebäude lehnten, offensichtlich in ein Gespräch vertieft.

Sogar von Weitem war zu erkennen, dass es zwischen den beiden knisterte. Sie standen verdächtig nah beieinander und grinsten sich völlig belämmert an. Libby spielte mit ihren Haaren, und wenn sie lachte, berührte sie Coopers Hand oder Arm. Cooper hatte nur Augen und Ohren für sie und sein ganzer Körper war ihr zugewandt. Die gegenseitige Anziehung war unübersehbar. Widerlich.

»Na und?«, sagte Claire so forsch und selbstsicher wie

eh und je, aber Sebastian merkte ihr an, dass ihr der Anblick der beiden Turteltauben alles andere als egal war. Als er sie ansah, erkannte er es auch an ihrem Blick und den malmenden Backenzähnen. Er spürte ihre Eifersucht beinahe körperlich und empfand Mitleid für sie. Nur zu gut konnte er nachvollziehen, wie sie sich fühlte.

»Lad Libby doch zu der Party am Samstag ein«, sagte er.

Sie sah ihn an, als sei er verrückt geworden. »Warum sollte ich?«

»Keine Ahnung. Aber was willst du sonst tun? Außerdem heißt es doch, man soll seine Feinde immer im Blick behalten.«

Einen Moment lang schien Claire zu überlegen und sah nachdenklich auf das selbstvergessene Pärchen. Dann sagte sie: »Weißt du was, Seb? Ich glaube, das ist eine sehr gute Idee. Geradezu brillant.«

CLAIRE

Libby zu einer Party einzuladen, fiel Claire nicht leicht. Jahrelang hatte sie Libby nicht nur ignoriert, sondern einen regelrechten Hass auf sie entwickelt. Jetzt gute Miene zum bösen Spiel zu machen, fand sie ungefähr so angenehm, wie über glühende Kohlen zu laufen. Sie überlegte, wie sie die Einladung begründen sollte, damit Libby nicht misstrauisch wurde. Doch ihr fiel nichts ein.

Ihr würde nichts anderes übrig bleiben, als sich zu verstellen und so zu tun, als sei es die selbstverständlichste Sache der Welt, Libby zu irgendetwas einzuladen.

Während der nächsten Tage hielt sie die Augen offen und trieb sich in der Nähe der Kunstgebäude herum, so oft sie konnte, aber erst am späten Donnerstagnachmittag sah sie Libby schließlich, als sie sich an der Essensausgabe der Cafeteria einreihte. Sie unterhielt sich mit Freundinnen, der Zwergin und dem Hippie mit den langen, bunten Schals.

Claire hievte sich ihren Rucksack über die Schulter, holte tief Luft und ging auf sie zu.

»Libby?«

Libby drehte sich um, und ihr offener, freundlicher Blick wurde sofort reserviert, als sie Claire sah. »Ja?«

Claire zwang sich zu lächeln. »Wie geht es dir?«

Libby zuckte mit den Schultern und schaute sich so suchend um, als sei eine Erklärung für Claires plötzliches Interesse hier in der näheren Umgebung zu finden. Dann sagte sie: »Danke, gut.«

»Wie schön. Hey, das kommt jetzt vielleicht überraschend, aber Sebastian und ich haben uns neulich unterhalten und … Also, da kamen wir auch auf dich, und wir haben uns gefragt, ob du nicht vielleicht Lust hättest, am Wochenende zu unserer Party zu kommen. Samstagabend. Bei Sebastian.«

Verblüfft sah Libby sie an.

»Um sieben geht's los, aber du kannst kommen, wann du willst. Cooper kommt auch.«

Libby sagte immer noch nichts. Stattdessen trat sie einen halben Schritt zurück, als hätte Claire eine ansteckende Krankheit. Am liebsten hätte Claire sie angeschrien und gefragt, was, zum Teufel, ihr Problem war. Ob sie plötzlich die Stimme oder womöglich den Verstand verloren hätte. Doch sie beherrschte sich. Jetzt einen Streit vom Zaun zu brechen, wäre kontraproduktiv. Sie wollte unbedingt, dass Libby zu der Party kam. Wie sollte sie sonst herausfinden, was sich da zwischen ihr und Cooper anbahnte? Und wann sonst würde sie, falls nötig, eine Chance zum Dazwischenfunken bekommen?

Sie lächelte breit und programmierte ihre Stimme auf

Süßholzraspeln. »Normalerweise laden wir ja per Facebook ein, aber da sind wir ja nicht befreundet ... Ich weiß nicht mal, ob du überhaupt bei Facebook bist. Wahrscheinlich nicht ... Ist ja auch egal. Jedenfalls dachte ich, ich lad dich einfach persönlich ein. Ist irgendwie netter, meinst du nicht?«

»Ja, schon«, sagte Libby, klang aber nicht besonders überzeugt.

»Cool. Super.« Claire wusste nicht weiter, als glücklicherweise ihr Handy klingelte. Sie kramte in ihrem Rucksack danach, und während sie sich von Libby abwandte, sagte sie: »Dann sehen wir uns hoffentlich am Samstag. Solltest du dir echt nicht entgehen lassen! Sebs Partys sind die besten.«

Den Anruf von Sebastian erwischte sie nicht mehr rechtzeitig. Auf dem Weg aus der Cafeteria rief sie ihn zurück, froh, etwas zu tun zu haben, und den Eindruck zu erwecken, als sei sie mit etwas Wichtigem beschäftigt.

»Ich hab's getan«, sagte sie, sobald Sebastian sich meldete. »Ich habe die blöde Kuh eingeladen.«

LIBBY

»Du musst unbedingt hingehen«, sagte Cate, als wir Claire nachsahen, die telefonierend die Cafeteria verließ.

»Auf keinen Fall!« Empört stemmte Hari die Hände in die Hüften. Dann imitierte sie Claire, als sie sagte: »Unsere Partys sind die besten!« Wütend schüttelte sie den Kopf. »Widerlich, diese Arroganz!«

»Na und? Stell dir bloß mal vor, was es hinterher alles zu tratschen gibt!«, sagte Cate. »Das ist Stoff für ein ganzes Jahr. Allein das ist es doch wert.«

Wir rückten zur Essensausgabe vor, bestellten und bezahlten unseren Kaffee und setzten uns an einen freien Tisch.

»Was soll das, Libby? Warum lädt dich Claire Forrester plötzlich zu einer Party ein? Und warum hat sie Cooper erwähnt?« Hari sah mich herausfordernd an. »Ich wusste doch, dass du uns etwas verheimlichst!«

Ich rührte Zucker in meinen Kaffee und mied ihren Blick. »Unsinn! Ich habe keine Ahnung, was Claire damit gemeint hat.«

Hari und Cate waren meine besten Freundinnen, und ich vertraute ihnen blind, aber ich war noch nicht so weit, über Cooper zu reden. Was immer sich da zwischen uns entwickelte, war noch so frisch, dass ich es selbst nicht einschätzen konnte. Und solange das so war, wollte ich es lieber für mich behalten. Ich war mir einfach noch nicht sicher, wohin es führen würde, und fühlte mich deswegen so angreifbar, dass ich keine neugierigen Fragen oder tiefschürfenden Charakteranalysen ertragen hätte. Noch nicht.

Ich merkte, dass ich rot wurde, und wusste, dass Hari mich spätestens jetzt durchschaute.

»Du bist rot wie ’ne Tomate«, sagte sie. »Verdammt, Libby! Du hast dich doch wohl nicht allen Ernstes in Cooper Bartholomew verknallt?«

Ich hielt mir die Kaffeetasse vors Gesicht, als könnte ich mich dahinter verstecken, und wünschte, ich könnte meinem Blut befehlen, aus dem Gesicht zu verschwinden und in meine Zehen zu fließen.

»Lass sie zufrieden, Hari«, sagte Cate. Doch dann sah auch sie mich fragend an. »Libby?«

»Also ich …«, begann ich ausweichend und kam sofort ins Stocken. »Ich will hier jetzt nicht … Können wir bitte das Thema wechseln?«

Beide starrten mich ganz entgeistert an. Dann grinste Cate, stieß Hari in die Rippen und sagte im Befehlston: »Hari!«

»Na gut«, sagte Hari nach einer Weile. »Für den Moment hake ich nicht weiter nach. Aber nur, weil ihr mich nicht lasst. Nur eins noch: Er hat dich nicht verdient, Libby. *Überhaupt* nicht verdient!«

Dann wechselten wir tatsächlich das Thema und tranken unseren Kaffee aus. Hari und Cate sprachen über Projekte, die ihnen ihre Dozenten zugeteilt hatten und die sie möglichst schnell erledigen wollten, damit sie am Wochenende den Rücken frei hätten und etwas Nettes unternehmen könnten. Ich hörte nur mit halbem Ohr zu, weil ich in Gedanken noch mit Claires Einladung beschäftigt war und mich fragte, was sie damit bezweckte. Denn es war offensichtlich, dass die Freundlichkeit, die sie an den Tag gelegt hatte, eine aufgesetzte Performance gewesen war.

Claire Forrester war einmal meine beste Freundin, fast während der ganzen ersten Schuljahre. Dann kamen wir auf die Highschool, und Anfang der achten Klasse begannen wir uns in unterschiedliche Richtungen zu entwickeln. Wir lernten neue Mitschülerinnen kennen und unsere Interessen drifteten auseinander. Claire war plötzlich verrückt nach Jungs und Mode, während ich mich für den Debattierclub und Musik interessierte. Zuerst machte es sich noch nicht so stark bemerkbar, aber im zweiten Schulhalbjahr gab es einen regelrechten Bruch. Wir hatten einen schrecklichen Streit über irgendetwas, das ich gesagt hatte, und die Freundschaft war von heute auf morgen beendet. Schon wenige Wochen darauf umgab Claire sich nur noch mit den coolen Kids. Wenn sie mir in der Schule über den Weg lief, lächelte ich und begrüßte sie, aber sie ignorierte mich und sah mich nicht mal an. Sie tat, als hätten wir uns nie gekannt, geschweige denn unsere größten Geheimnisse miteinander geteilt, und zwar sechs Jahre lang.

Anfangs schrieb ich ihr noch ein paar E-Mails und sagte ihr, wie leid es mir tat etc., aber darauf antwortete sie nicht, und darüber war ich, ehrlich gesagt, nicht besonders traurig. Mit dem Debattierclub und der Schulband war ich voll ausgelastet, sodass ich mit dem Lernen kaum noch hinterherkam. Ich schloss neue Freundschaften mit Menschen wie Cate, Hari und Atticus. Mit ihnen fühlte ich mich so viel wohler, dass ich mich nach einer Weile fragte, warum ich überhaupt je mit Claire befreundet gewesen war. Inzwischen behandelte sie mich geradezu feindselig, und mir wurde immer klarer, wie verschieden wir waren. Wir hatten absolut nichts gemeinsam.

Am Ausgang der Cafeteria trennten sich Cates, Haris' und meine Wege. Die beiden mussten zur nächsten Vorlesung, während ich schon frei hatte. Wir verabschiedeten uns und ich ging zum Schultor. Kurz darauf hörte ich Cate nach mir rufen.

»Warte mal, Libby!« Sie kam hinter mir hergerannt und packte mich am Arm. »Ich wollte dir nur sagen, dass du dich nicht über Hari ärgern sollst. Du weißt ja, wie sie ist.« Sie grinste mich an. »Ich habe gesehen, wie Cooper dich neulich bei Atticus' Geburtstag angesehen hat. Ich glaube, er mag dich sehr. Das kann eine richtige Romanze werden. Ich finde ihn jedenfalls süß. Abgesehen davon sieht er einfach unfassbar gut aus.«

CLAIRE

Claire fuhr mit dem Bus nach Hause. Am Abend sollte sie kellnern, bei Alfredo's – ein beliebtes mexikanisches Restaurant in der Innenstadt, in dem es oft ziemlich hektisch zuging. Aber Bree arbeitete auch dort und das machte die Sache wesentlich angenehmer. Außerdem nahm Bree sie oft in ihrem Wagen mit zur Arbeit oder nach der Schicht mit nach Hause. Was den zusätzlichen Vorteil hatte, dass Claire sich heimlich den einen oder anderen Drink gönnen konnte, und das wiederum machte die langen Schichten und späten Arbeitszeiten erträglicher.

Alles in allem fand Claire den Job ganz in Ordnung, aber oft hatte sie keine Lust, hinzugehen. Wie heute Abend zum Beispiel. Die Gäste, die würzigen Speisen, der Lärm – alles würde ihr auf den Geist gehen. Zu Hause angekommen, rief sie bei Alfredo's an, um zu sagen, dass sie nicht kommen würde. Sie sprach mit einer Kellnerin namens Sally, die sie nicht persönlich kannte, und sagte ihr, sie hätte Durchfall.

Dann schrieb sie Bree eine SMS:

Wo bist du gerade? Bin zu Hause, im Palast. Krank. Kann nicht zur Arbeit.

Sie ging in die Küche und suchte in der Speisekammer etwas zu essen. Viel war nicht zu finden. Ein paar Dosen Kokosmilch. Eine Dose Mais. Ein Beutel grünliche Kartoffeln. Verschiedene Fertiggerichte auf Nudelbasis. Ganz hinten in einem Regal lag noch eine große Tüte Kartoffelchips, die ihr Herz im ersten Moment höher schlagen ließ. Aber als sie danach griff, merkte sie, dass sie schon – wer weiß, wie lange – offen war, sodass die Chips ganz pappig geworden waren.

Sie seufzte, warf die Tüte zurück und nahm eins der Nudelgerichte vom Regal. In der Küche stellte sie es neben der Spüle auf die Arbeitsplatte, um es später in der Mikrowelle warm zu machen.

Worauf sie wirklich Appetit hatte, war etwas Selbstgekochtes. Lammbraten mit Backkartoffeln. Erbsen und Karotten. Die Bratensoße ihrer Mutter. Wohlfühlessen.

Der »Palast«, wie sie und Bree ihr Zuhause bezeichneten, war eine schäbige, düstere Dreizimmerwohnung im Westen der Stadt, nahe dem Industriegebiet und meilenweit von allem entfernt, was in und um Walloma irgendwie von Interesse war. Egal, wohin man wollte, musste man das Auto oder den Bus nehmen. Etwas Vernünftiges zu essen machten sie sich selten, denn Strom und Gas mussten extra bezahlt werden. Aber es war ihr eigenes Reich. Sie konnten kommen und gehen, wann sie wollten, tun und lassen, was sie wollten. Keine elterlichen Verhöre.

Keiner, der einem sagte, wann man abends zu Hause sein sollte. Keine Regeln, außer denen, auf die sie sich untereinander geeinigt hatten. Claire wusste diesen Luxus zu schätzen, auch wenn sie, um sich die Wohnung leisten zu können, drei Abende pro Woche arbeiten musste. Und auf den Lammbraten ihrer Mutter verzichten.

Sie schenkte sich einen großen Wodka ein, holte Eis aus dem Tiefkühlfach und gab einen Schuss Zitronenlimonade ins Glas. Dann setzte sie sich aufs Sofa. Sie hatte mehrere Essays zu schreiben und andere Hausaufgaben zu erledigen, aber schon der bloße Gedanke an Bücher und Laptop trieb sie zur Verzweiflung. Sie studierte Stadtplanung. Das hatte sich bei der Berufsberatung in der zwölften Klasse interessant angehört. Auch ihre Eltern hatten sie zu diesem Studium ermutigt. Aber als sie dann anfing, wusste sie gleich am ersten Tag, dass es ein Fehler war. Das erste Studienjahr hatte sie gerade so überlebt, mit dem niedrigsten Punktestand, der erlaubt war, aber jetzt, im zweiten Jahr, türmten sich die unerledigten Aufgaben und unverstandenen Studieninhalte immer weiter auf. Inzwischen, fand sie, war zu viel aufgelaufen, um alles noch abarbeiten zu können. Sie hatte so große Lücken, dass ihr schleierhaft war, wie sie das Semester überstehen sollte. Selbst wenn sie sich sofort in die Arbeit stürzte, war fraglich, ob sie es überhaupt schaffen konnte.

Sie griff nach der Fernbedienung, schaltete den Fernseher ein und hörte auf, an die Uni zu denken. Es lief nichts Interessantes, aber das machte nichts. Die Geräusche und die bunten Bilder waren eine willkommene Ablenkung.

In der Wohnung bekamen sie nur zwei Sender rein, weil sich keine von ihnen aufschwingen konnte, die Antenne zu reparieren. Also schaltete sie zwischen einer übersexten Daily-Soap und einer Doku über eine Besteigung des Mount Everest hin und her. Die Seifenoper hatte sie vorher noch nie gesehen, deswegen konnte sie den verschiedenen Handlungssträngen nicht folgen, und die Bergsteigerdoku war einfach nur langweilig. So dauerte es nicht lange, bis ihre Gedanken zu ihrem derzeitigen Lieblingsthema zurückkehrten: Cooper.

Als er Claire zum ersten Mal geküsst hatte, saßen sie auf der Rückbank eines Wagens. Es war kein leidenschaftlicher Kuss gewesen, nicht mal auf die Lippen, aber es war romantisch und wunderschön – ein Kuss, den sie nie vergessen würde. Sie waren zu sechst in dem Wagen, zwei vorne, vier hinten. Das war zwar verboten, bot aber die Gelegenheit zu Körperkontakt. Claire war als Letzte eingestiegen, als eigentlich kein Platz mehr frei war. Also musste sie sich bei jemandem auf den Schoß setzen. Cooper hatte sich auf den Schenkel geklopft und grinsend gesagt, es wäre ihm eine Ehre, ihr Thron sein zu dürfen. Als sie dann auf ihn geklettert war, legte er die Arme um ihren Körper und sagte, er würde sie festhalten, damit sie beim Bremsen oder so nicht umkippte.

Es war Sebs Wagen, aber Toby, der einzig Nüchterne, saß am Steuer. Claire hatte zwar einige Drinks intus, war aber noch lange nicht betrunken. So viel sie wusste, hatte Cooper nur zwei Bier getrunken. Sie wollten zum Strand.

Es war ein elend heißer Tag im Januar. Normalerweise faulenzten sie bei solchem Wetter an Sebs Pool, aber Sebs Eltern waren zu Hause, und sein Vater hatte wieder mal schlechte Laune. Er war zum Pool gekommen und hatte gesagt, er müsse arbeiten, die ganze Bande solle sich gefälligst verziehen. Und das, bevor auch nur einer von ihnen den großen Zeh zur Abkühlung ins Wasser gehalten hatte. Seb, der Ärmste, hatte das Haar zurückgeworfen und auf seine »Ihr könnt mich alle mal«-Art gelacht, aber Claire wusste, wie peinlich ihm das Ganze war. Vor anderen konnte er seine Gefühle gut verbergen – wie er seine Gefühle überhaupt gut im Griff hatte –, aber Claire durchschaute ihn, weil sie ihm in dieser Hinsicht sehr ähnlich war.

Sie trug einen neuen, pinkfarbenen Bikini und ein Handtuch um die Hüften. Als sie den Strand erreichten, stieß sie die Wagentür auf. Sie wollte gerade aussteigen, als Cooper ihr die nackte Schulter küsste. Zärtlich und sanft drückte er seine Lippen darauf, und Claire kam es wie eine halbe Ewigkeit vor. Es war kein freundschaftlicher oder brüderlicher Kuss, und Cooper tat es vor aller Augen, was Claire das Gefühl gab, etwas ganz Besonderes zu sein. Vor Glück hätte sie jauchzen können. Die anderen zogen sie deswegen auf, aber es gab ihr einen Kick, der mehrere Stunden anhielt, besser als jede Droge.

Alle stiegen aus und rannten direkt ins Wasser, das ihnen im ersten Moment eiskalt vorkam, weil sie so überhitzt waren. Bree und Claire kreischten, die Jungen fluchten, und die Mütter, die mit kleinen Kindern am Strand waren, schüttelten die Köpfe und warfen ihnen böse Blicke zu. Über eine Stunde tobten sie im Meer herum, bespritzten sich gegenseitig, schubsten sich und tauchten unter den Wellen hindurch. Erst als das Salzwasser in ihren Augen zu brennen begann und ihre Finger- und Zehenspitzen schrumpelig wurden, gingen die Ersten langsam wieder Richtung Strand. Claire und Cooper schenkten einander keine besondere Beachtung und suchten nicht die Nähe des anderen, und doch war Claire sich jeder seiner Bewegungen bewusst und beobachtete ihn aus den Augenwinkeln. Als die anderen schon zurück am Strand waren, blieb sie mit Cooper noch eine Weile im Wasser. Sie wollte etwas Witziges und Geistreiches zu ihm sagen, aber er streckte die Hände nach ihr aus und umschloss ihre Handgelenke.

»Das vorhin tut mir leid«, sagte er. »Das im Wagen, meine ich. Hoffentlich war es dir nicht allzu peinlich. Es kam einfach so über mich.«

Ihr tat es kein bisschen leid, und sie wollte auch nicht, dass er es so empfand. Vielmehr hoffte sie, dass er es wiederholte. »Du brauchst dich nicht zu entschuldigen«, sagte sie. »Ich fand's schön.«

Er lachte und zog sie mit sich zum Strand. Dann setzten sie sich zusammen auf sein Handtuch. So nah beieinander, dass sich ihre Schenkel berührten, während sie sich von der Sonne trocknen ließen. Als Seb vorschlug, ins Strandcafé zu gehen und dort etwas zu essen, sagte Cooper, er und Claire würden zurückbleiben und auf die Sachen aufpassen.

Claire (genau wie alle anderen – außer Cooper) sah,

dass Seb davon alles andere als begeistert war. Er stand auf, strich sich den Sand von den Beinen und blickte düster auf die beiden hinab. Cooper lächelte, holte etwas Geld aus seiner Hosentasche und hielt es ihm hin.

»Bring mir irgendwas mit, das lecker aussieht«, sagte er. »Egal, was.«

Seb riss ihm das Geld aus der Hand, drehte sich wortlos um und marschierte los. Die anderen folgten ihm.

»Der scheint ja ziemlich angepisst zu sein«, sagte Claire.

»Wieso sollte er?«

»Weil wir hierbleiben«, sagte Claire, lehnte sich zu ihm hinüber und küsste ihn auf den Mund. »Und deswegen.«

Cooper lächelte und sah sie lange an, bevor er nachdenklich den Kopf schüttelte. »Glaube ich nicht«, sagte er dann. »Was sollte er dagegen haben?«

Das war typisch Cooper. Er war nett, offen, ehrlich und all so etwas, aber manchmal bekam er offensichtliche Sachen einfach nicht mit.

Claires Handy vibrierte, und als sie aufs Display schaute, war da eine SMS von Bree.

> Hey, Babe. Bin schon bei der Arbeit. Rod wollte, dass ich eher anfange und die Tische eindecke. Wäre sonst zu Hause vorbeigekommen, um dich mitzunehmen. Tut mir leid, dass du krank bist. Geschlossene Gesellschaft heute, ein 21. Geburtstag, die Bude rappelvoll. Weiß noch nicht, wie lange ich bleiben muss. Versuche, nicht zu spät zu kommen. Hoffe, du erholst dich bis dahin. xox

Von Erholung konnte keine Rede sein. Vielleicht sah man ihr nicht an, wie verzweifelt sie war. Schließlich hatte sie gelernt, nach außen hin stets heiter und selbstbewusst zu wirken. Aber das hatte nichts damit zu tun, wie es in ihrem Inneren aussah. Sie fühlte sich schrecklich. Wie durchgekaut und ausgelutscht. Seit Wochen war sie der Panik nahe. Die Uni war unerträglich, und dass sie früher oder später rausgeworfen würde, war klar. Auch sonst hatte sie keinen Schimmer, was sie mit ihrem Leben anstellen sollte. Aber das Schlimmste war – und diese Sache quälte sie am meisten –, dass sie die einzige Beziehung ruiniert hatte, die ihr Sicherheit gegeben hatte. Mit dem Menschen, auf den sie sich am meisten verlassen konnte. Cooper.

Und nun, so schien es, hatte sie die Chance verpasst, alles wieder ins Lot zu bringen.

Er hatte sich in eine andere verliebt.

Sie stand auf und ging in die Küche, um sich Wodka nachzuschenken.

LIBBY

Ich habe Cooper am Freitag angerufen und gefragt, ob er Lust hätte, am Wochenende mit mir eine kleine Wanderung zu machen. Vorher hatte ich stundenlang überlegt, ob er sich über den Anruf freuen würde und was ich überhaupt sagen sollte. Das Surfen machte zwar Spaß, aber dabei konnte man sich kaum unterhalten oder besser kennenlernen. Ich hatte überlegt, ob ich ihn zum Essen oder ins Kino einladen sollte, aber beides klang zu sehr nach einem Date. Eine Wanderung dagegen war eine unverbindliche Sache. Etwas, das Freunde miteinander unternahmen.

Das Telefonat gestaltete sich dann überraschend einfach. Cooper schien sich sehr zu freuen, dass ich anrief, und ihn einzuladen, war nicht annähernd so schwer, wie ich befürchtet hatte. Wir verabredeten uns für Samstagnachmittag, wenn ich mit der Arbeit im Kiosk fertig war.

»Wir können auf den Mount Timbi gehen«, sagte ich. »Oben bei Bradley's Edge hat man eine schöne Aussicht.«

»Es soll auch einen schönen Wanderweg vom Southbeach aus in die Berge geben«, sagte er. »Da war ich noch nie.«

»Ich auch nicht. Aber es soll ein siebenstündiger Marsch bis zum Gipfel und zurück sein, und zwar für geübte Wanderer.«

»Das wäre dann wohl doch ein bisschen viel.«

»Spricht irgendwas gegen Mount Timbi?«

Er zögerte. Dann lachte er. »Nein, gar nichts. Also abgemacht.«

Am Samstag schien die Sonne, aber es war nicht heiß – der perfekte Tag für eine Wanderung. Ich packte ein paar Snacks in meinen Rucksack, etwas Schokolade, Mandarinen und Wasser, und wartete vor dem Haus auf Cooper. Meiner Mum hatte ich zwar erzählt, was ich vorhatte, aber nicht, mit wem. Sie hat auch nicht danach gefragt. Es war eine dieser Situationen, in denen ich froh war, dass sie zu sehr mit ihrem Jurastudium beschäftigt war.

Bradley's Edge war der höchste Punkt von Walloma. Von meinem Haus aus lag der Gipfel eine Stunde Fußmarsch entfernt, wenn man zügig vorankam. Das taten wir, aber es war ziemlich anstrengend, weil es die ganze Zeit bergauf ging. Folglich redeten wir nicht viel. Cooper war so still und zurückhaltend, dass ich mich schon fragte, ob er nicht doch lieber woanders wäre und nur aus Höflichkeit mitgekommen war.

Auf dem Gipfel gab es eine Lichtung, auf der die Leute gern Picknicks veranstalteten. Im Osten blickte man auf den Pazifik, im Süden auf Walloma. Es war ein spektakuläres Panorama. Wir fanden eine ebene Grasfläche, auf der wir uns niederließen und etwas tranken. Ich holte die Mandarinen und die Schokolade aus meinem Rucksack und legte alles aufs Gras. Cooper nahm sich eine Mandarine und schälte sie. Sorgfältig pulte er auch das Weiße ab und holte die Kerne aus jedem Scheibchen, bevor er es in den Mund steckte. Dabei sagte er kein Wort und sah mich auch nicht an.

»Alles in Ordnung?«, fragte ich nach einer Weile.

»Ja, klar«, sagte er. »Tut mir leid, dass ich so schweigsam bin, aber ich muss die ganze Zeit an meinen Dad denken, der ...« Ohne den Satz zu beenden, blickte er in die Ferne.

Ich wusste, dass Coopers Vater tot war, aber es war nur eine abstrakte Info, genau wie ich wusste, dass Cooper in West Walloma wohnte und seine Mutter in einem Pflegeheim arbeitete. Jeder wusste das. Neuigkeiten über einen wie Cooper verbreiteten sich in der Stadt quasi durch Osmose, ohne dass Hintergründe oder Zusammenhänge mitkommuniziert wurden.

»Wann ist er eigentlich gestorben?«, fragte ich.

»Schon vor meiner Geburt.«

»O Gott, Cooper! Das tut mir leid. Du hast ihn nicht mal gekannt?«

»Ist lange her.« Seine Antworten waren extrem knapp, und ich bekam den Eindruck, dass er über den Tod seines Vaters nicht sprechen wollte. »Und deine Eltern?«, fragte er. »Was machen die so?«

»Meine Mum ist Sozialarbeiterin«, sagte ich. »Mein Dad ist gestorben, als ich sieben war.«

Er sah mich verblüfft an. »Im Ernst? Dein Vater ist tot?«

»Hmm.«

»Das wusste ich ja gar nicht«, sagte er. »Sorry.«

»Schon gut«, sagte ich. »Du brauchst dich nicht zu entschuldigen.«

»Ich kann's noch gar nicht glauben«, sagte er. »Dann bist du also ohne Vater aufgewachsen?«

»Warum fragst du? So ungewöhnlich ist es ja nun auch wieder nicht.«

»Nein, ich dachte nur ... in deinem Leben sei alles perfekt. Die perfekte Familie – Mum, Dad, zwei Kinder, Musikstunden, Auslandsreisen. Du weißt schon ...«

»Nein. Es gibt nur meine Mum und mich. Wie kommst du auf den ganzen Rest?«

»Keine Ahnung. Du kommst mir vor wie eine von denen.«

»Von welchen?«

Cooper zuckte mit den Schultern. »Von denen, die Glück hatten.«

»Wie meinst du das?«

»Ach, nur so ein dummer Gedanke, ein Überbleibsel aus meiner Kindheit.«

Ich sah ihn nur an und wartete auf eine Erklärung.

»Als ich klein war, dachte ich, dass manche Menschen mit jeder Menge Glück geboren werden.«

»Welche Art Glück?«

»Jede. Dass sie viel Geld haben, eine intakte Familie ... und lauter Dinge, die man für Geld kaufen kann. Ich habe die Menschen immer in zwei Gruppen geteilt: welche mit Glück und welche wie ich. Letztere müssen selbst für ihr

Glück sorgen.« Er grinste verschämt. »Hindernisse überwinden.«

»Aber bei den meisten ist es doch eigentlich gemischt, oder? Sie haben Glück *und* Pech.«

»Natürlich. Heute weiß ich das. Aber als Kind habe ich mir das aus lauter Selbstmitleid so vorgestellt. Mein Vater war tot, meine Mutter musste arbeiten. Ich fühlte mich um meine Kindheit betrogen.« Wieder zuckte er mit den Schultern. »Wahrscheinlich war es nicht besonders hilfreich, dass jemand wie Seb mein bester Freund war.«

»Dann zählt Seb nach deiner Theorie also zu den Glücklichen?«, fragte ich. Die Vorstellung, dass jemand wie Cooper andere beneidete oder sich benachteiligt fühlte, war vollkommen bizarr.

»Nein. Beziehungsweise ja. Eine Zeit lang dachte ich das. Aber seinetwegen habe ich irgendwann begriffen, dass meine Theorie falsch war. Er hatte Geld und beide Elternteile, ein großes Haus und alles, was man sich nur wünschen kann. Aber die Familie war und ist völlig verkorkst. Lieber eine halbe Familie als eine, die so unglücklich ist wie Sebs. Und lieber bin ich arm als von jemandem wie Leonard abhängig. Ich habe begriffen, dass ich genauso viel Glück hatte wie Seb, nur eben in anderen Dingen.«

»Aber du warst trotzdem der Meinung, ich sei eins dieser geborenen Glückskinder? Obwohl du nichts von mir wusstest?«

»Ja. Sorry.« Er grinste. »Ein Teil von mir ist wohl immer noch zehn Jahre alt.«

»Hat deine Mutter keine Lebensversicherung ausgezahlt bekommen, als dein Vater starb?«, fragte ich, ohne nachzudenken, und hätte mich am liebsten dafür geohrfeigt. »Entschuldige bitte! Das ist eine viel zu persönliche Frage. Du brauchst nicht zu antworten. Sag einfach, dass ich den Mund halten soll!«

»Ist schon in Ordnung. Aber nein. Keine Lebensversicherung.«

»Ich habe nur gefragt, weil ich weiß, dass meine Mutter einen Batzen Geld bekommen hat, als mein Vater starb. Das ist der Hauptgrund, warum es uns gut geht. Ich meine, ohne das Geld hätten wir es viel schwerer gehabt.«

»Nicht so schlimm. Meine Mum ist auch so zurechtgekommen.«

»Sie ist Krankenschwester, nicht?«

»Schwesternhelferin.«

»Das war bestimmt nicht einfach für sie«, sagte ich. »Kein Wunder, dass du dich benachteiligt gefühlt hast.«

Er schüttelte den Kopf. »Würde ich nicht sagen. Wir hatten zwar nicht viel, aber meine Mum ist eine tolle Frau. Sie hat unheimlich viel Energie, ist gesund und hat mich immer – und ich meine wirklich immer – unterstützt. Unser Haus ist klein, aber gemütlich, und meine Mum ist eine tolle Köchin. Ich musste auf nichts verzichten, was wirklich wichtig ist.«

Ich nickte, aber er redete weiter, als müsste er mich überzeugen.

»Arm zu sein, ist nicht schlimm. Zumindest habe ich auf diese Weise begriffen, was Geld wert ist. Im Gegensatz zu Seb. Wenn er ein paar Hundert Dollar verliert, merkt er es nicht mal. So möchte ich nicht sein.« Er runzelte die Stirn. »Andererseits möchte ich mir aber auch nicht über jeden Cent einen Kopf machen, verstehst du? Ich … Keine Ahnung.« Er lachte. »Kann es sein, dass ich gerade lauter Blödsinn labere?«

»Finde ich nicht«, sagte ich. »Solche Dinge sind wichtig. Und interessant. Ich weiß genau, was du meinst: Man kann neidisch sein, ohne ein schlechtes Leben zu haben. Ich glaube, ein Stück weit trifft das auf jeden zu.«

Er nahm sich noch eine Mandarine, schälte und aß sie komplett auf, bevor er weitersprach.

»Und du?«, fragte er dann. »Erzähl mir was von deinem Dad.«

»Mein Dad? Er hatte einen Herzinfarkt, als ich klein war. Deswegen gibt es da nicht viel zu erzählen«, sagte ich.

»Wie alt war er?«

»Neununddreißig.«

»Ziemlich jung für einen Herzinfarkt.«

»Es kam völlig überraschend. Er war im Büro, als es passierte. Er ist einfach auf seinen Schreibtisch gesackt und war tot.«

»Wie war er denn so? Woran kannst du dich erinnern?«

»Er muss ein ziemlicher Nerd gewesen sein. Jedenfalls sieht er auf unseren alten Fotos so aus. Er trug eine Brille, hatte dichtes Haar und eine völlig bescheuerte Frisur. Er war Anwalt und ein stiller Typ. Fast schüchtern. Aber er hatte einen ziemlich schwarzen Humor, mit dem er die

Leute immer wieder überraschte.« Ich lächelte. »Ich kann mich gar nicht recht daran erinnern, aber meine Mum sagt immer, dass er unheimlich witzig war.«

»Kannst du dich denn an gemeinsame Erlebnisse mit ihm erinnern?«

»Nicht viele. Aber eine Erinnerung ist mir ganz klar und deutlich geblieben: wie er mich bei uns im Hof mit dem Gartenschlauch nass spritzt. Wir hatten da einen Sandkasten, den ich über alles liebte. Da habe ich oft gesessen und Tunnel und Sandburgen gebaut. Eines Tages stand mein Dad plötzlich vor mir. Wahrscheinlich war er gerade von der Arbeit gekommen. Jedenfalls freute ich mich wie eine Schneekönigin, ihn zu sehen. Er hat sich den Gartenschlauch geschnappt und fing an, mich nass zu spritzen, und ich rannte kreischend im Hof herum, komplett aus dem Häuschen vor Vergnügen. So lebendig wie diese Erinnerung sind höchstens noch zwei oder drei andere, und alle haben etwas ganz Unwirkliches.«

Cooper lächelte, aber in seinem Blick lag etwas Wehmütiges. Er hatte keine Erinnerung an seinen Vater, und ich fragte mich, ob es unsensibel von mir war, so begeistert von meinem zu sprechen.

»Wie war dein Vater?«, plapperte ich trotzdem weiter. »Was weißt du von ihm?« Ich hätte gern gefragt, wie er gestorben war, aber ich hatte das Gefühl, dass Cooper darüber nicht reden wollte. Und wenn doch, würde er es von allein tun.

»Er spielte Gitarre und fuhr Motorrad. Und er hat viel getrunken. Aber auch viel gearbeitet. Sagt meine Mum jedenfalls. Ich habe Fotos von ihm, auf denen er eine Lederjacke und einen Motorradhelm trägt. Früher habe ich sie mir oft stundenlang angesehen und fand meinen Dad total cool, einen richtigen Superhelden.«

»Kann ich gut verstehen«, sagte ich. »So habe ich meinen Vater auch gesehen. So sehe ich ihn noch heute. Aber wenn unsere Väter heute noch am Leben wären, wären wir wahrscheinlich viel kritischer. Bestimmt würden wir sie dann nicht für so perfekt halten.«

»Stimmt. Das habe ich auch schon manchmal gedacht. Vermutlich würden wir uns ziemlich viel streiten.«

»Siehst du ihm ähnlich?«

»Ich habe seine Nase geerbt.« Cooper legte die Handfläche auf die Picknickdecke und spreizte die Finger. »Und meine Hände sind so groß wie seine, mit langen Fingern. Aber das ist auch schon alles. Seine Haare waren viel heller als meine. Auch meine Mum ist blond. Was das betrifft, bin ich so was wie das schwarze Schaf der Familie.«

Er hörte auf zu sprechen und lächelte mich an. »Und du? Wem siehst du ähnlich?«

»Ich bin eine Mischung aus meiner Mum, meinem Dad und meinen Großeltern. Von meiner Mum habe ich die Augen, von meinem Dad den Mund. Alles gerecht verteilt.«

Er sah mich mit zusammengekniffenen Augen an, als wollte er mein Aussehen auf Herz und Nieren prüfen. Dann sagte er: »Eine ziemlich gelungene Mischung.«

»Oh, danke.« Ich merkte, dass ich rot wurde, und wünschte, dass der Anfall schnell vorbeiginge.

Cooper drehte sich um und griff nach etwas im Gras. Als er sich mir wieder zuwandte, hielt er ein Gänseblümchen zwischen den Fingern.

»Für dich«, sagte er. »Das mit deinem Dad tut mir leid. Auch dass ich es nicht wusste. Und vor allem, dass ich so saublöde Bemerkungen über Glückskinder und so gemacht habe.«

Ich nahm die Blume und strich vorsichtig über die Blütenblätter. »Hör bitte auf, dich immer für alles zu entschuldigen.« Es klang streng, aber ich lächelte ihn an. »Aber danke für das Blümchen. Es ist hübsch. Ich mag Gänseblümchen.«

»Hier sind noch mehr«, sagte er. »Willst du noch eins?«

»Nein, danke. Eins reicht. Es ist etwas Besonderes, wenn es nur eins ist. Ich werde es aufbewahren.« Ich lehnte mich zurück und steckte es in meine Jeanstasche. »So. Blümchen gesichert.«

»Gesichert vielleicht«, sagte Cooper und lachte. »Aber auch ziemlich zerquetscht.«

Bald danach machten wir uns auf den Rückweg. Die Sonne begann hinter einer Reihe hoher Bäume unterzugehen, und ohne von ihr den Rücken gewärmt zu bekommen, war die Luft unangenehm kühl und das Gras wurde feucht. Den Berg hinab brauchte man genauso lange wie hinauf. Weil der Weg ziemlich steil war, mussten wir langsam gehen, um nicht ins Stolpern zu kommen. Auf halber Höhe rutschte ich auf einem Stein aus und klatschte auf den Hintern. Cooper lachte, doch dann reichte er mir die Hand und half mir auf.

»Tollpatsch!«, sagte er, aber ich wusste, dass er es nicht ernst meinte.

Den Rest des Wegs gingen wir Hand in Hand. Als wir an eine enge, besonders steile Stelle kamen, die wir nur hintereinander passieren konnten, ließ er meine Hand los und kletterte vor mir hinunter. Dann drehte er sich sofort um und half mir. Am Fuße des Bergs angekommen, begleitete er mich bis an unser Gartentor.

»Hat Spaß gemacht«, sagte ich

»Finde ich auch.«

Plötzlich wurde mir wieder ganz mulmig. Ich hasste Abschiedsszenen. Würden wir uns für ein nächstes Treffen verabreden? Wollte er das überhaupt?

»Okay«, sagte ich und machte einen Schritt Richtung Haus. »Ich sollte dann wohl …«

»Warte!« Er griff wieder nach meiner Hand und zog mich zurück. »Ich will nicht, dass du gehst.«

Ich lächelte und war unglaublich erleichtert. Und so aufgeregt, dass mir das Herz bis zum Hals schlug. »Ich will ja gar nicht gehen.«

»Dann komm doch mit.«

»Zu Sebastians Party?«

»Woher weißt du davon?«

»Claire hat mich neulich dazu eingeladen.«

Er runzelte die Stirn. »Ach ja?«

Ich nickte. »Aber frag mich nicht, warum, denn ich habe nicht den blassesten Schimmer.« Ich sah ihm direkt ins Gesicht, um herauszubekommen, was er dachte, aber ich konnte nur Fragezeichen entdecken. Gern hätte ich mehr über seine Beziehung mit Claire erfahren – warum sie sich getrennt hatten, ob er sie oder sie ihn verlassen hatte. Vor allem wollte ich wissen, wie er jetzt zu ihr stand, aber ich traute mich nicht, danach zu fragen.

»Das ist ja echt seltsam«, sagte er und schüttelte den Kopf.

»Ja, es war schon ein bisschen merkwürdig.«

»Mach dir nichts draus.« Er legte mir die Hände auf die Schultern. »Es ist nicht ihre Party, sondern Sebs. Deswegen betrachte dich bitte als von mir eingeladen, nicht von ihr. Wenn du kommst, dann als meine Begleitung.«

»Müssen wir denn hin?«

»Na ja … Du nicht, ich schon. Ich habe es Seb versprochen.«

Es schien ihm so wichtig zu sein, dieses Versprechen zu halten, dass ich gerührt lächelte. »Du bist ein richtig netter Typ, Cooper Bartholomew«, sagte ich.

»Findest du?« Er lachte und zog mich näher zu sich. Plötzlich schien es das Selbstverständlichste der Welt zu sein, auf ihn zuzugehen, ihn zu umarmen und den Kopf an seine Brust zu schmiegen. Er hatte etwas Grundsolides, Vertrauenswürdiges, und als ich mich sowohl daran als auch an das Geräusch seines Herzschlags gewöhnt hatte, schien es das Zweitselbstverständlichste der Welt zu sein, das Kinn zu heben und meine Lippen auf seine zu drücken. Cooper zu küssen, war wie ein Sprung in einen kühlen, tiefblauen Pool an einem heißen Sommertag. Es fühlte sich gut an, so gut – und richtig. Und es machte mir bewusst, dass ich vorher noch nie jemanden wirklich geküsst hatte.

Das Beste war aber nicht, was wir mit unseren Mündern, Lippen oder Zungen taten. Das Beste war das Gefühl hinter diesem Kuss. Die Art, wie wir uns mochten.

»Dann kommst du also?«, fragte er, als er sich wieder aufrichtete. Dabei sah er mich an, als hinge sein Leben von meiner Antwort ab. Es war unmöglich, Nein zu sagen. Also nickte ich und sagte leise Ja.

JETZT

LIBBY

Nach der Beerdigung fährt Mum uns nach Hause, schiebt mich zum Esstisch und drückt mich auf einen Stuhl. Dann geht sie in die Küche und bereitet uns ein einfaches Abendessen – Tomatensuppe und Toast. Ich habe keinen Appetit und allein der Gedanke an Essen scheint absurd. Es kostet mich unendliche Mühe, den Löffel anzuheben, den Mund zu öffnen und die rote Flüssigkeit zu schlucken.

Mum versucht, behutsam ein Gespräch zu beginnen, aber ich bleibe stumm. Ich kann und will nichts sagen. Ihre Worte rauschen an mir vorbei – Geräusche ohne jede Bedeutung. Ich weiß, dass sie mir helfen, mich ablenken und auf andere Gedanken bringen will, aber genauso gut könnte man versuchen, eine Schussverletzung mit einem Pflaster zu heilen. Totale Zeitverschwendung.

Ich murmele eine Entschuldigung und stürze ins Badezimmer. Die Beerdigung und das anschließende Beisammensein waren furchtbar, aber das leere, stille Haus ist noch viel schlimmer. Er fehlt mir so sehr!

Beim Duschen habe ich einen Weinkrampf und lasse das Wasser so lange laufen, bis es kalt wird. Widerwillig steige ich aus der Duschwanne, trockne mich ab und ziehe mir einen Pyjama an. Ich gehe in mein Zimmer und lege mich ins Bett. Mum bringt mir einen Schluck Brandy und besteht darauf, dass ich ihn trinke.

»Das hilft dir einzuschlafen«, sagt sie.

Ich setze mich auf, trinke brav und nehme den beißenden Geruch und Geschmack kaum wahr.

Sie geht und ich lege mich wieder hin, sinke erleichtert in die weichen Kissen. Im Bett wird mir wieder warm, ich schließe die Augen und gleich darauf schlafe ich ein.

Ich träume von Cooper. Dass er durchs Fenster in mein Zimmer klettert, während ich schlafe, und zu mir ins Bett schlüpft. Als ich aufwache, liegt er neben mir, warm und sehr lebendig, und ich weine vor Freude. Er lacht und sagt, dass mit seinem Tod sei bloß ein dummer Witz gewesen. Ich umarme und drücke ihn und bin so glücklich, ihn zu sehen, dass ich mich nicht einmal über den grausamen Scherz ärgern kann.

Dann dringt die Sirene eines Streifenwagens schrill durch mein Fenster und ich werde unsanft aus dem Schlaf gerissen. Ich liege allein in meinem Bett und erlebe zum zweiten Mal, wie Cooper mir entrissen wird. Die schockierende Erkenntnis: Cooper ist tot und ich werde ihn nie wiedersehen, nie wieder mit ihm reden, ihn nie wieder berühren. Es ist wie ein Schlag in die Magengrube. Der Schmerz raubt mir den Atem.

Ich stehe auf, suche mein Handy und starre auf die letzten beiden SMS, die er mir geschickt hat.

Noch wach? Kann ich zu dir kommen? x
Libs? Bist du da?

Ich lese sie wieder und wieder, wie jeden Tag seit seinem Tod. Ich muss jedes Mal weinen, wenn ich mir vorstelle, wie er sie geschrieben hat. Wie er vergeblich auf meine Antworten gewartet hat. Ich habe geschlafen und nichts mitbekommen. Zum hundertsten Mal frage ich mich, was er wohl wollte. War er beunruhigt? Wütend? Warum ist er nicht gekommen, um mich zu wecken? *Warum*? Ich habe so viele Fragen, die niemals beantwortet werden können.

Ich wünschte, ich wäre nicht so erschöpft gewesen, und erst später ins Bett gegangen. Wäre ich doch bloß wach gewesen!

Hätte, wäre, wenn …

Ich schalte das Handy aus und werfe es unsanft auf meinen Schreibtisch. Dann setze ich mich aufs Bett und ziehe die Knie ans Kinn. Ich schaue aus dem Fenster und denke an das letzte Mal, als ich ihn gesehen habe, am Abend vor seinem Tod, als er tatsächlich durchs Fenster in mein Zimmer kletterte. Ich denke an die wunderbaren Erlebnisse in meinem Bett. Seinen Geruch. Wie er sich anfühlte. Ich weiß noch, was ich dachte: dass es zu schön ist, um wahr zu sein. Dass er zu gut war, um echt zu sein.

Ich war so glücklich.

Nein. *Wir* waren so glücklich.

»Warum?«, frage ich mein leeres Zimmer. »Warum?«

Seit er tot ist, fühle ich mich wie betäubt und bin gar nicht richtig da. Eine ganze Woche lang habe ich nur geweint und bin wie ferngesteuert durchs Haus gegeistert, während ich auf die Beerdigung wartete. Zum Nachdenken bin ich aber nicht gekommen. Ich habe auch noch gar nicht verstanden, was überhaupt passiert ist, wann und wie genau. Und warum überhaupt. Das Schlimmste an Coopers Tod habe ich noch nicht an mich herangelassen. Wollte ich noch nicht an mich heranlassen.

Langsam kann ich die Fragen, die sich aufdrängen, aber nicht mehr ignorieren. Sie fangen an, mich zu zerreißen. Warum hat er sich umgebracht? Wir waren doch so glücklich! Wer setzt seinem Leben denn in so einer Situation ein Ende?

Ich denke an unsere letzten Wochen. Die magische Nacht in Sydney und die Gespräche über das Unternehmen, das er gründen wollte. Unsere Umzugspläne, eine gemeinsame Wohnung in Sydney. Während ich nachdenke und eine Frage nach der anderen in mir hochkommt, merke ich, dass ich mich aufrichte, aufmerksamer werde und alles in allem irgendwie aufwache.

Deswegen fühle ich mich aber nicht besser oder gar getröstet. Im Gegenteil. Ich weiß nur, dass ich die Wahrheit herausfinden und ihr ins Gesicht sehen muss. Und das macht mich nervöser denn je. Mir dreht sich der Magen um. Mein Herz klopft wie verrückt, meine Gedanken überschlagen sich. Ich springe vom Bett und tigere in meinem Zimmer auf und ab.

Ich gehe zum Schreibtisch und klappe meinen Laptop auf. Als er hochgefahren ist, googele ich »Selbstmord Warnsignale«.

Es gibt eine Webseite über Selbstmorde von Jugendlichen. Ich lese mir Listen mit Hinweisen, Auslösern und Warnsignalen durch. Worte wie Apathie, Antriebslosigkeit, Mobbing, Einsamkeit, Depressionen, Versagen und Zurückgezogenheit rollen über den Bildschirm. Worte, die auf Cooper in keiner Weise zutreffen.

Alles an ihm, alles, was er gesagt, getan und gedacht hat, steht im Widerspruch zu dem, was ich da lese. Cooper war nicht apathisch oder zurückgezogen, er war voller Lebensfreude und Leidenschaft. Andauernd sprach er über die Zukunft. Schmiedete Pläne. Er war auch nicht einsam oder fühlte sich wie ein Versager. Er hatte viele Freunde und liebte seine Arbeit.

Und er hatte *mich*.

Sein Leben war keine Fassade, hinter der sich das »schwarze Biest« versteckte, von dem der Pastor gesprochen hat. Cooper war wirklich glücklich.

Ich kann nicht weiterlesen. Frustriert klappe ich den Laptop zu. Meine Gedanken überschlagen sich. Ich muss mich bewegen. Wenn es nicht so dunkel und regnerisch wäre, würde ich an den Strand gehen und über den Sand rennen, bis ich nicht mehr kann. Stattdessen ziehe ich wieder Kreise durch mein Zimmer und versuche, mit den Gedanken Schritt zu halten, die mir durch den Kopf gehen. *Das stimmt doch alles vorne und hinten nicht! Nichts ergibt einen Sinn! Die haben alle überhaupt keine Ahnung!*

»Libby.« Meine Mum steht an meiner Tür. »Alles in Ordnung? Ich habe Geräusche aus deinem Zimmer gehört. Was tust du da? »

»Es geht mir gut, Mum«, sage ich und bin froh, dass es dunkel ist. »Sorry. Ich habe nur schlecht geträumt.«

»Du Ärmste! Möchtest du zu mir ins Bett kommen?«

»Nein, danke. Tut mir leid, dass ich dich geweckt habe.« Ich hechte auf mein Bett. »Ich lege mich einfach wieder hin.«

Ich lege mich wirklich hin und ziehe mir die Bettdecke bis ans Kinn. Mir wird klar, dass ich mit jemandem reden muss. Sonst werde ich verrückt. Aber mit wem? Nicht Mum. Sie kannte Cooper nicht gut genug und würde nur behaupten, dass ich Coopers Tod nicht wahrhaben will. Wahrscheinlich würde sie mich zum Therapeuten schicken. Und sich vor allem noch mehr Sorgen um mich machen.

Coopers Mutter, Tessa? Unmöglich. Auf der Beerdigung war sie so am Boden zerstört, dass ich sie nicht auch noch mit allen möglichen Zweifeln und Spekulationen konfrontieren kann. Das würde für sie alles nur schlimmer machen.

Obwohl ich ihn nie besonders gemocht habe, ist Sebastian der Einzige, der wirklich infrage kommt. Er war Coopers bester Freund. Wenn irgendjemand Cooper kannte, wirklich kannte, dann er. Keiner würde mich besser verstehen als er.

Vielleicht hat er ja sogar dieselben Zweifel wie ich. Vielleicht schlägt er sich gerade genauso die Nacht um die Ohren, auf der Suche nach der Wahrheit. Vielleicht hat er

Angst, etwas zu sagen, weil er die anderen nicht beunruhigen und ihnen nicht noch mehr Kummer machen will.

Ich hole mein Handy und schalte es ein. Dann scrolle ich durch die gelesenen Nachrichten, bis ich die finde, die Sebastian mir am Tag nach Coopers Tod geschickt hat, und speichere seine Nummer in meine Kontaktliste.

Es ist vier Uhr morgens – zu früh, um ihn anzurufen.

Schlafen kann ich trotzdem nicht. Ich sitze auf dem Bett, schaue aus dem Fenster und warte, dass es Tag wird.

D'AM'ALS

LIBBY

Mum sah mich überrascht an, als ich ihr sagte, mit wem ich verabredet war.

»Cooper Bartholomew?«, fragte sie.

»Ja. Warum fragst du?«

Sie schüttelte nur den Kopf und drehte sich weg, aber ich sah die Sorgenfalte, die sich zwischen ihren Augenbrauen bildete, und wie ihre Lippen ganz schmal und hart wurden.

Cooper hatte mir nicht viel Zeit gelassen, um mich präsentabel zu machen, also ignorierte ich Mums offensichtliche Missbilligung und ging lieber schnell unter die Dusche. Ich wusch mir die Haare und föhnte sie so, dass sie mir locker über die Schultern fielen. An Make-up reichten mir Eyeliner und Lipgloss.

Als ich in mein Zimmer ging, um mich umzuziehen, wurde mir klar, dass ich keine Ahnung hatte, welcher Kleidungsstil gefragt war. Die Partys in meinem Freundeskreis waren formlose Angelegenheiten und ergaben sich meist so spontan, dass niemand auf die Idee kam, sich dafür extra in Schale zu werfen. Das war bei Sebastians Party mit Sicherheit anders, aber ich wusste nicht, wie. Roter Teppich mit sexy Kleid und High Heels? Ein Blick in meinen Kleiderschrank verriet, dass ich da nicht mithalten konnte. Meine Sachen waren mittelalt bis unneu und die für besondere Anlässe eher große Oper als roter Teppich. Wahrscheinlich war es besser, under- statt overdressed zu erscheinen.

Ich entschied mich schließlich für eine schwarze Jeans, kniehohe Stiefel mit flachen Absätzen und eine rote Wickelbluse. Dazu legte ich meine Lieblingsohrringe an, große silberne Kreolen. Dann checkte ich mein Aussehen im Spiegel, zupfte die Bluse zurecht und strich mir die Haare hinter die Ohren. Auf der Highschool hatte ich mich immer zu groß gefunden, aber mittlerweile machte es mir nichts mehr aus. Inzwischen waren die Jungs genauso groß wie ich oder überragten mich sogar, und eine Bohnenstange war ich auch nicht mehr, seit mein Körper in der elften, zwölften Klasse deutlich femininer geworden war. Ich hatte, was man als eine sinnliche Figur bezeichnen könnte, wie meine Mutter, mit Kurven an den richtigen Stellen und einer schlanken Taille. Cate verglich mich oft scherzhaft mit der kurvenreichen Frau von Roger Rabbit, Jessica, und obwohl ich nichts von einer Femme fatale hatte, nahm ich es als Kompliment.

Ich sah nach, ob ich beim Duschen etwas auf meinem Handy verpasst hatte. Tatsächlich war eine SMS von Hari eingegangen.

Lust, vorbeizukommen und einen Film anzusehen? Wir können uns was zu essen bestellen (hätte Appetit auf Thai). Cate ist auch hier. xx

Ich rief sie an, um ihr zu sagen, dass ich nicht kommen konnte.

»Gehst du etwa zu dieser Schickimicki-Party in den Hügeln?«

Es sollte ein Witz sein, aber plötzlich wünschte ich, ich hätte einfach eine SMS zurückgeschrieben, statt anzurufen.

»Ja.«

Hari kicherte.

»Nein, im Ernst! Mit Cooper.«

»Sag, dass das nicht wahr ist!«

»Doch!«

»Magst du ihn etwa, Libby? Cooper? Bartholomew?«

»Ja«, sagte ich unverblümt. Am Telefon war es einfacher als von Angesicht zu Angesicht. Und da Cooper und ich uns inzwischen geküsst hatten, richtig geküsst, war ich mir sicher, dass er meine Gefühle erwiderte. »Ich mag ihn wirklich. Er ist absolut okay, Hari. Mehr als okay.«

»Aber er war doch mit Claire Forrester zusammen, und das ist ja wohl alles andere als okay. Mit seinen intellektuellen Fähigkeiten kann es auch nicht weit her sein. Denk doch bloß daran, wie er sein Leben fristet – als ungelernter Hilfsarbeiter!«

»Herrgott, Hari! Was bist du denn für ein Snob! Du weißt doch gar nichts von ihm!«

Einen Moment lang blieb es still in der Leitung. Im Hintergrund hörte ich, wie Cate zu Hari sagte, sie solle mich in Ruhe lassen.

»Mag ja sein, dass ich ein Snob bin«, sagte Hari schließlich in versöhnlicherem Ton. »Aber ich meine es nur gut mit dir. Ich möchte nicht, dass er dich ausnutzt.«

»So einer ist er nicht.«

»Mädels wie du sagen das über Typen wie Cooper seit Jahrhunderten und meistens irren sie sich gewaltig.«

Ich verdrehte die Augen. Hari konnte sich noch so sehr Mühe geben, ihre Warnung als feministisch zu tarnen, aber das nahm ich ihr nicht ab. Feminismus war keine Entschuldigung für Vorurteile.

»Mir ist egal, was du von ihm hältst«, sagte ich. »Solange du ihn nicht kennst, solltest du dir lieber kein Urteil über ihn bilden. Vertrau mir einfach!«

Dann legte ich auf, ohne mich zu verabschieden.

Auf dem Küchentisch fand ich an meinem Platz ein Sandwich und ein Glas Orangensaft.

»Du solltest etwas essen, bevor du gehst«, sagte meine Mum. Sie setzte sich mir gegenüber und beobachtete mich, während ich aß. Dass sie sich Sorgen machte, war nicht zu übersehen.

»Was ist los?«, fragte ich.

Sie seufzte. »Cooper Bartholomew.«

»Was ist mit ihm?«

»Es ist nur … Nimm's mir nicht übel, Libby, aber ich fände es wirklich besser, wenn du dich von ihm fernhältst.«

»*Was?*«

»Du kannst es nicht wissen, aber vor Jahren kannte ich seine Mutter. Beruflich. Noch vor Coopers Geburt.«

»Und?«

»Ach, Schatz ...« Sie seufzte. »Es gibt da ein paar unschöne Dinge in seiner Vergangenheit, seine Eltern betreffend. Ich fürchte, du weißt nicht, worauf du dich da einlässt.«

»Hör auf, Mum! Was hat denn seine Familie damit zu tun? Außerdem ist das über zwanzig Jahre her. Was soll das?«

»Solche Dinge können tickende Zeitbomben sein ... und einen schlechten Einfluss auf alle Betroffenen haben.«

Ich hatte keine Ahnung, wovon sie redete, und wollte es auch gar nicht wissen. Dafür regte ich mich viel zu sehr über ihre Scheinheiligkeit auf.

»Nach allem, was du mir mein Leben lang beigebracht hast, kann ich echt nicht glauben, was du da von dir gibst. Was ist mit Toleranz, mit Chancengleichheit und all deinen anderen Prinzipien?«

»Ich nehme an, dass mein Beschützerinstinkt da einfach anspringt. Ich bin deine Mutter, Libby. Du kannst mir nicht übel nehmen, dass ich mir Sorgen um dich mache. Und das bedeutet auch, dass ich dich von bestimmten Menschen fernhalten möchte, die – ich weiß nicht – dich womöglich enttäuschen werden.«

»Mich enttäuschen? Aber du kennst Cooper ja gar nicht!«

»Hör zu.« Sie nahm meine Hände. »Ich weiß, wie es ist,

wenn man jemanden sehr mag. Ich kann mich lebhaft dran erinnern. Das Problem ist nur, dass man dann zu Irrationalität neigt. Man übersieht Dinge, wichtige Dinge … Dinge, die in krassem Widerspruch zu einem selbst stehen und einem nicht guttun.«

Ich zog meine Hände weg und schüttelte den Kopf. »Da gibt es nichts zu übersehen. Du bist total unfair, wenn du das denkst.«

»Mag sein. Aber wenn du selbst einmal Mutter bist, wirst du mich verstehen.« Sie stand auf, nahm mein leeres Glas und den Teller und stellte beides ins Spülbecken. »Ich kann dich nicht daran hindern zu tun, was du tun willst, Libby. Aber ich möchte, dass du mir versprichst, vorsichtig zu sein. Du musst nicht gleich auf jeden seiner Wünsche eingehen. Versuche, einen klaren Kopf zu behalten. Denk daran, was du wirklich willst. Bleib auf der sicheren Seite. Schütze dich.«

Mich schützen? Ich wusste, dass sie nicht über Sex sprach und keine Kondome oder so etwas meinte. Bevor ich ihr sagen konnte, dass sie sich keine Sorgen zu machen brauchte, dass Cooper ein anständiger Kerl war und ich nicht annähernd so verletzlich oder naiv, wie sie zu glauben schien, klingelte es an der Tür. Ich stand auf und wünschte, ich hätte noch Zeit, sie davon zu überzeugen, dass sie sich in Cooper irrte, aber er stand schon vor der Tür, und mein Herz klopfte bis zum Hals. Deswegen brachte ich nur ein paar hastige Abschiedsworte heraus, bevor ich zur Haustür rannte.

CLAIRE

Claire verbrachte den ganzen Tag damit, sich für die Party zu stylen, und ließ nichts aus. Haare an allen möglichen Körperstellen wurden gewaxt und gezupft, Nägel gefeilt, Haare gewaschen und mit einer Kurpackung behandelt. Sie versorgte jeden Millimeter Haut mit Feuchtigkeitslotion, lackierte sich die Nägel und benötigte eine geschlagene Stunde allein für ihr Augen-Make-up.

Bree musste ihr die Haare föhnen und glätten. Als sie dabei Claires Blick im Badezimmerspiegel begegnete, sagte sie: »Weißt du was, ich hab mir überlegt, dass wir da heute Abend eigentlich nicht hin müssen, wenn wir nicht wollen. Wir könnten auch zu Hause bleiben, uns Filme ansehen, Popcorn machen.«

»Bist du bescheuert?« Claire lachte, obwohl sie es keineswegs lustig fand. »Das wäre doch total langweilig.«

Später, als sie fertig angezogen war, schenkte sie zwei Glas Wodka ein, um sich und Bree in Stimmung zu bringen. Sie brachte die Gläser in Brees Zimmer, wo Bree vor ihrem aufgeklappten Laptop am Schreibtisch saß. Claire erschrak regelrecht, als sie sah, dass Bree an einem Essay für die Uni arbeitete.

Sie lachte, um ihre Gefühle zu verbergen, und fragte: »Was tust du da?«

»Mein Essay ist nächste Woche fällig.« Bree speicherte ihre Arbeit, drehte den Schreibtischstuhl zu Claire um und grinste. »Hast du was dagegen?«

Claire zuckte mit den Schultern und reichte Bree ein Glas.

»Wir studieren, Claire. Das bedeutet, dass wir ab und zu was dafür tun müssen.«

»Ich weiß. Ich bin ja nicht blöd.« Claire konnte kaum sprechen, weil sie plötzlich einen Frosch im Hals hatte. Dann schossen ihr auch noch Tränen in die Augen, und sie wusste nicht einmal, warum. Was, zum Teufel, war mit ihr los? Ihr Brustkorb wurde ganz eng, und sie musste schlucken, um nicht laut loszuheulen. Am liebsten hätte sie sich auf den Boden geschmissen, zusammengerollt wie ein Baby und darauf gewartet, dass sie jemand tröstete und ihr sagte, dass alles gut werden würde. Doch stattdessen ging sie zum Spiegel und tat so, als müsse sie unter allerlei Gesichtsakrobatik ihr Make-up prüfen, bis sie sich wieder unter Kontrolle hatte.

»Du siehst total heiß aus, Claire«, sagte Bree. »Wie ein Supermodel. Du bist einfach zu gut für diese Stadt.«

»Du auch, Babe.« Claire lächelte. Ihre Stimme klang jetzt wieder normal. »Du auch«, wiederholte sie.

Als sie gemeinsam das Haus verließen und das Klick-Klack ihrer High Heels ganz wunderbar von den Wänden des Treppenhauses widerhallte, blieb Bree kurz stehen und fragte: »Meinst du wirklich, es lohnt sich, zu dieser Party zu gehen, Claire?«

Claire ging schnell weiter und tat so, als hätte sie Brees Frage nicht gehört, denn sie konnte sie nicht beantworten.

Wenn es sich nicht für Cooper lohnte, für was dann?

LIBBY

Wir waren kaum angekommen, als ich begriff, dass es ein Fehler war, auf diese Party zu gehen. Ich kam mir vollkommen deplatziert vor und hätte am liebsten auf dem Absatz kehrtgemacht, um auf schnellstem Weg in meine Welt zurückzufliehen. Mein Leben, mein Haus, meine Freunde.

Sebastians Haustür war nicht verschlossen und wir gingen einfach hinein. Von innen war das Haus noch beeindruckender als von außen. Alles moderne, spiegelglatte Flächen, Betonböden, minimalistisches Design. Riesige Fenster nach Osten hin boten einen grandiosen Ausblick aufs Meer, das endlos und überwältigend dalag und so nah zu sein schien, als hingen maritime Landschaftsgemälde an den Wänden. Gemälde, die so realistisch waren, dass sogar der Wellengang zu sehen war.

Wir konnten Musik hören, aber niemand war zu sehen.

»Die Party findet unten statt.« Cooper führte mich zu einer Tür, hinter der eine Treppe lag. Wir gingen hinunter und die Musik wurde lauter. Unten führte eine zweite

Tür auf eine riesige Terrasse mit Swimmingpool, umgeben von dem gepflegtesten Rasen, den ich je gesehen hatte. Auch von hier hatte man einen direkten Blick aufs Meer. Von weiter unten sah es sogar so aus, als gehörte der komplette Pazifik zum Haus, quasi als verlängerter Hinterhof.

Im Haus war alles weiß, draußen alles grün und blau. Das Ganze wirkte wie die Lifestyleseiten einer Hochglanzillustrierten, sodass ich mich fast scheute, diese perfekte Idylle zu betreten. Zumal mir schnell klar wurde, dass ich völlig unpassend gekleidet war. Die anderen Mädchen waren komplett durchgestylt – High Heels, Minikleider, perfekte Frisuren. Auf dem Weg hierher hatte ich mich in meinem Outfit nicht nur wohlgefühlt, sondern richtig hübsch gefunden, aber jetzt kam ich mir fast schon wie eine Pennerin vor. Die Jungen waren lässiger gekleidet, und Cooper passte mit einer alten Jeans und einem stinknormalen T-Shirt gut ins Bild.

Eine endlos lange Bar zog sich über eine Wand des Zimmers. Dahinter stand Seb, mit dem Rücken zu uns. Die Partygäste saßen teils auf den Barhockern, teils fläzten sie sich in Sofas oder standen in Grüppchen herum. Alles sah aus wie im Film – so elegant und gewollt und künstlich. Und vollkommen anders als die Chips-und-Bier-Partys, die ich gewohnt war.

»Komm mit.« Cooper zog mich ins Zimmer. »Lass uns einen Drink holen.«

»Ich bin völlig falsch angezogen«, sagte ich.

»Ach was!« Er verdrehte die Augen. »Falsch angezogen sind hier nur die anderen.«

Auf dem Weg an die Bar entdeckte ich Claire Forrester und Bree Portman. Zusammen standen sie am anderen Ende des Zimmers und starrten zu uns herüber. Beide waren unglaublich aufgebrezelt – geglättete Haare, glänzende gebräunte Haut, dramatisch geschminkte Augen. Wie Models, die bei einem Fotoshoot darauf warteten, dass sie an die Reihe kamen. Claire trug ein kurzes, schimmerndes Kleid, in dem ihre Beine endlos lang wirkten. Brees Kleid war nicht ganz so kurz wie ihres, dafür aber enger, sodass es ihre makellose Figur betonte.

Süffisant musterten sie mich von Kopf bis Fuß. Hätte ich mich nicht sowieso schon extrem underdressed gefühlt, hätte ich es spätestens jetzt getan. Trotzdem verfehlten ihre Blicke nicht die gewünschte Wirkung, denn jetzt fühlte ich mich noch gewöhnlicher, unpassender und unansehnlicher.

Claire flüsterte Bree etwas ins Ohr und im nächsten Moment stürzten beide auf uns zu. Mit einer Stimme, die sich vor übertriebener Begeisterung förmlich überschlug, rief Claire: »Du bist tatsächlich gekommen! Das hätte ich gar nicht gedacht.«

Es war klar, dass sie mich meinte, nicht Cooper, aber Cooper übernahm trotzdem das Antworten.

»Genau«, sagte er und nahm meinen Arm. »Wir sind zusammen gekommen.«

Seine Stimme klang eiskalt. Claire zuckte regelrecht zusammen, sodass sie mir fast leidtat. Aber sie erholte sich schnell und setzte ein gigantisches Lächeln auf, unecht und aggressiv. Die negative Spannung zwischen den beiden war beinahe greifbar. Offenbar hatte Claire einen Plan, und Cooper schien wild entschlossen zu sein, nicht darauf hereinzufallen.

Claire stellte sich hinter mich und kam mir ganz nah. »Meinst du, dass du Cooper für einen Moment loswerden kannst?« Ich spürte ihren heißen Atem an meinem Ohr. »Wir wollen dir was zeigen.«

Ich schüttelte den Kopf, aber das ignorierte sie einfach. Sie legte mir eine Hand auf die Schulter und sah Cooper an.

»Willst du Libby keinen Drink holen? Wir führen sie solange ein bisschen herum. Zeigen ihr, wo die Toiletten sind und so ...«

»Nicht nötig«, sagte er. »Ich kann ihr alles zeigen. Wir brauchen deine Hilfe nicht. Danke.«

»Gott, Cooper«, sagte Bree. »Entspann dich! Wir meinen es doch bloß gut. Schließlich kennt Libby die anderen hier kaum. Warum gehst du überhaupt auf eine Party, wenn du nichts mit den anderen Gästen zu tun haben willst?«

»Bitte wundere dich nicht über Cooper«, sagte Claire zu mir. »Manchmal ist er ein bisschen paranoid. Komm schon! Bloß fünf Minuten. Wir zeigen dir alles und bringen dich heil wieder zurück. Schließlich sollst du dich willkommen fühlen.«

So gern ich auch bei Cooper geblieben wäre, ich konnte die beiden nicht abwimmeln, ohne unhöflich zu sein. Außerdem hatte Bree ja recht: Warum auf eine Party gehen, wenn man mit den anderen nichts zu tun haben will?

Cooper sah mich vielsagend an. »Ich warte an der Bar auf dich.«

Claire und Bree hakten mich unter und schoben mich quer durchs Zimmer in einen Flur, der zu einem riesigen Schlafzimmer führte. Das Zimmer war so aufgeräumt, als hätte sich noch nie ein Mensch darin aufgehalten. Das Bett war gemacht, der Schreibtisch vollkommen leer. Es musste Sebastians Zimmer sein. Wieder gingen wir durch eine Tür, diesmal in einen begehbaren Kleiderschrank. Dahinter lag ein luxuriöses Badezimmer, das fast so groß war wie das Schlafzimmer. Claire schob mich hinein und Bree schloss hinter uns ab.

Claire fuhr mit den Fingern in den Ausschnitt ihres Kleids und zog ein Plastiktütchen mit einem weißen Pulver heraus. Dann schwenkte sie es verführerisch vor meiner Nase hin und her.

»Der gute alte Seb«, sagte Bree. »Er würde uns niemals auf dem Trockenen sitzen lassen.«

Claire schüttete etwas von dem Pulver auf den Waschtisch und portionierte es mit ihrer Kreditkarte in einzelne Linien. Das hatte ich bis jetzt nur in Filmen gesehen, aber Claire schien genau zu wissen, was sie tat. Sie rollte einen Zwanzigdollarschein fest zusammen und hielt ihn mir hin.

»Möchtest du?«

»O nein. Danke«, sagte ich und versuchte, so gelassen zu bleiben, als würde mir andauernd Kokain oder Speed – oder was immer es war – angeboten. »Im Moment nicht.«

Claire lachte und hielt mir das Geldröhrchen noch näher vors Gesicht. »Komm schon! Sei kein Spielverderber.

Und erspar uns das wohlerzogene Töchterchen. Zieh dir eine Line rein! Wir haben mehr als genug von dem Zeug.«

Ich schüttelte den Kopf. »Danke. Ich möchte wirklich nicht. Ich muss morgen ein Essay schreiben.« Es war eine lächerliche Ausrede, aber die einzige, die mir auf die Schnelle einfiel.

Claire sah mich so schockiert an, als hätte ich etwas vollkommen Unmögliches gesagt. Dann warf sie Bree einen Blick zu und verdrehte die Augen.

»Ein Essay? Verstehe. Na gut. Wir wollen deinem Studium natürlich nicht im Wege stehen«, sagte sie ätzend.

Ich kam mir vollkommen idiotisch vor und wollte nichts als raus aus dem Badezimmer und zurück zu Cooper, aber ich wagte es nicht, mich zu rühren. Schließlich wollte ich mich nicht wie ein naives Püppchen aufführen, das niemals etwas Verbotenes tun würde und nicht einmal zuschauen wollte, wenn andere es taten.

Claire und Bree wechselten sich ab. Alles in allem zogen sich beide je zwei Lines rein. Als sie fertig waren, schnieften sie ein, zwei Minuten lang, wischten an ihren Nasen herum und sahen im Spiegel nach, ob sie verräterische Spuren im Gesicht hatten. Dann legte Bree neuen Lipgloss auf, während Claire die Fingerspitze mit der Zunge befeuchtete und damit über den Rest des Pulvers auf dem Waschtisch fuhr, um es sich an den Gaumen zu reiben.

»Aaah!« Sie legte den Kopf in den Nacken und lächelte verträumt. »Jetzt geht's mir gut.«

Beide schienen das Ganze plötzlich urkomisch zu finden. Jedenfalls brachen sie in schallendes Gelächter aus, und ich sah ihnen hilflos zu, stocknüchtern und vollkommen deplatziert.

Irgendwann richtete Claire sich auf und sah Bree im Spiegel an. »Weißt du noch? Coopers Geburtstag letztes Jahr? Wie high wir da alle waren?«

»Wie könnte ich das vergessen?«

»Cooper war an dem Abend der Brüller.«

»Stimmt. Er war in Hochform.« Bree nickte. »In absoluter Hochform.«

Obwohl sie mich übergingen, war mir klar, dass sie dieses Gespräch nur meinetwegen führten.

»Apropos Hochform. Weißt du noch, wie er sich ausgezogen und alle dazu gebracht hat, nackt baden zu gehen?« Claire schloss die Augen und legte eine Hand auf die Brust. »Gott, wenn ich an sein Sixpack denke! Und diese definierten Schenkel. Ganz zu schweigen von seinem Arsch.«

»Er konnte die Finger nicht von dir lassen. Wir anderen mussten irgendwann ins Haus zurückgehen, um euch beiden ein bisschen Privatsphäre zu geben.«

Claire legte den Kopf schräg und lächelte geziert. »Ich musste ihm doch sein Geschenk geben. Schließlich hatte er Geburtstag.«

Dann drehte sie sich zu mir um und sah mich süffisant an. »Was meinst du, Libby? Ist der Sex mit Cooper high oder nüchtern besser?«

Ich merkte, dass ich rot wurde.

»Guck mal, ihr Gesicht!« Claire knuffte Bree in die Seite. »Was für ein Farbenspiel!«

Ich hätte sie ohrfeigen können. Und am liebsten losgeheult. Aber den Triumph gönnte ich ihnen nicht. Stattdessen räusperte ich mich und sagte: »Ich lasse euch dann mal allein.« Dann ging ich zur Tür und verließ das Badezimmer.

Als ich in den Wohnbereich zurückkam, hörte ich die beiden hinter mir herrennen. Ihre High Heels klackerten auf dem Betonfußboden, und sie mussten sich so beeilt haben, dass sie schon dicht hinter mir waren.

»Armes Ding«, hörte ich Claire übertrieben laut sagen. »Sie sieht nun mal scheiße aus. Da kann man nichts machen. Hätte sie sich ein, zwei Lines reingezogen, würde sie sich jetzt wenigstens besser fühlen.«

COOPER

Dass Libby von Claire und Bree gleich am Anfang in Beschlag genommen wurde, war nicht, was ich mir vorgestellt hatte. Ich sah ihnen nach, als sie Claire in die Mitte nahmen, und musste an bösartige Barbieschwestern denken. Dann ging ich an die Bar, begrüßte ein paar Freunde und stellte mich vor Sebastian, der mir einen großen Tequila einschenkte.

»Den musst du austrinken«, sagte er. »Es ist der gute.«

»Sorry, aber ich muss noch fahren«, sagte ich. »Gib mir lieber ein Bier.«

»Fahren? Verdammt!« Er nahm das Tequilaglas und warf es in den Mülleimer. »Dann pennst du also nicht hier?«

»Ich kann nicht, Seb. Ich bin mit Libby gekommen.«

»Sie kann doch mit jemand anderem nach Hause fahren. Oder wir rufen ihr ein Taxi.«

»Kannst du oder willst du es nicht kapieren?« Ich grinste ihn kumpelhaft an und hoffte, dass er Ruhe geben würde. Doch er verschränkte die Arme vor der Brust und sah mich wütend an.

Ich habe nie richtig verstanden, wieso Seb diese Partys so wichtig waren. Wenn ich nicht oder erst später kommen konnte oder nicht in ausgelassener Partystimmung war, war er beleidigt. Manchmal kam es mir so vor, als ob er unsere Freundschaft daran maß, wie ernst ich seine Partys nahm.

Ich versuchte, ein Gespräch mit ihm anzufangen, aber er ließ mich auflaufen und gab nur einsilbige Antworten. Ich ignorierte seine schlechte Laune, redete einfach weiter und erzählte ihm von einem Typen, den ich beim Surfen am Strand beobachtet hatte. Natürlich merkte ich, dass ich ihn langweilte, aber zumindest hielt ich das Gespräch am Laufen.

Als Libby zurückkam und sich auf den Barhocker neben mir setzte, war ich endlich erlöst.

»Alles in Ordnung?«, fragte ich.

»Ja.« Sie lächelte knapp und nicht besonders glücklich. Ich sah mich nach Claire und Bree um, die uns aus einer Zimmerecke beobachteten.

»Was haben die beiden dir erzählt?«

Libby schüttelte den Kopf. »Lass uns später drüber reden.«

Sebastian beugte sich über die Theke. »Hi, Libby. Schön, dich zu sehen.« Plötzlich war er vollkommen verändert und lächelte sogar. Geradezu herzlich. »Ihr seid jetzt also zusammen, was? Seit wann? Und warum erfahre ich das erst jetzt?«

Libby sah mich an und schien zu erwarten, dass ich etwas antwortete, obwohl es wirklich lächerlich war, was

Seb da veranstaltete. Keiner wusste besser als ich, wie gut er sich verstellen konnte, und jetzt gab er sich gerade besondere Mühe. Da war mir die schlecht gelaunte Variante lieber, die war wenigstens ehrlich. Die Nummer, die er jetzt abzog – selbstbewusster Gastgeber, König im eigenen Reich – machte mich wütend. Ich ignorierte ihn einfach und fragte stattdessen Libby, ob sie einen Drink haben wollte.

»Du kannst haben, was du willst«, ergänzte Seb mein Angebot. »Cooper gefällt sich heute in der Rolle des Langweilers und will keinen Alkohol trinken, aber wenigstens dir könnte ich ja einen Cocktail mixen.«

»Nein, danke, ich …«

»Nein? Ich akzeptiere kein Nein. Ich mache dir einen Margarita, meine Spezialität.«

»Okay, danke.«

Plötzlich standen Claire und Bree neben uns, Arm in Arm und etwas wackelig auf ihren High Heels. »Und wir, Seee-baaa-stiii-aaan?«, sagte Claire. »Wir haben auch Durst.«

»Alles klar. Am besten mache ich gleich einen ganzen Krug. Ich weiß doch, was ihr zwei für Alkoholikerinnen seid.«

Claire wollte auf einen Barhocker klettern, rutschte aber ab, und Bree konnte sie gerade noch am Arm packen, bevor sie zu Boden gegangen wäre. Beide kicherten hysterisch. Libby sah nicht hin, sondern richtete den Blick stur auf Seb, der Tequila und Cointreau in einen großen Krug mit zerstoßenem Eis goss und Limetten darüber auspresste.

Als er fertig war, schenkte er drei Gläser mit Salzrand ein und schob sie über die Theke.

Claire griff nach einem und verschüttete die Hälfte des Drinks, als sie es anhob und zum Mund führte.

»Du hast ja keine Ahnung, was du verpasst, Cooper«, sagte sie.

»Ich habe in meinem Leben schon genug Margaritas getrunken«, beruhigte ich sie.

Claire lachte, beugte sich zu Bree, und die beiden begannen zu flüstern.

Libby fühlte sich sichtlich unwohl. Kerzengerade saß sie auf ihrem Barhocker, nippte an ihrem Drink und sagte kein Wort. Ich überlegte, was ich sagen könnte, aber mit Claire und Bree neben uns fiel mir nichts ein. Stattdessen wurde mir klar, was für eine dumme Idee es war, Libby mitzubringen. Sie passte einfach nicht hierher, und ehrlich gesagt wollte ich das auch gar nicht. Ich war mir nicht mal mehr sicher, ob *ich* hierher passte.

»Gefällt's dir bei mir?«, fragte Sebastian sie. »Coole Bude, was?«

»Großartig.«

»Großartig, Sebastian, wirklich ganz vorzüglich.«, äffte Claire sie nach. »Mann Libby, mach dich mal locker, Mädel!«

Sie drehte sich so auf ihrem Barhocker um, dass sie Libby und mich frontal ansehen konnte. Dann sagte sie: »Darf ich euch einen Rat geben?«

»Nein« sagte ich.

Sie ignorierte mich und konzentrierte sich auf Libby,

legte den Kopf schief und setzte ihr einen Zeigefinger auf die Brust. »Tu uns allen einen Gefallen, Libby: Hau ab und halte dich an deine eigenen Freunde. Aber da ich vermute, dass du dazu keine Lust hast … solltest du zumindest eins wissen: Cooper mag es gern heiß. Je wilder, desto besser. Falls du verstehst, was ich meine. Das weiß ich aus eigener Erfahrung.« Sie lächelte breit und fuhr sich mit der Zunge über die Lippen.

»Hör auf, Claire!«, sagte ich.

»Moment! Ich bin noch nicht fertig.« Claire wurde immer lauter. »Mit der da kommst du vor Langeweile um, Cooper. Spätestens im Bett wird sie dich so was von abtörnen. Hast du schon mal labbrige Cornflakes gegessen? Ohne Zucker? So ungefähr musst du dir den Sex mit Libby vorstellen.«

Libby wurde knallrot und stellte ihren Drink mit zitternden Händen auf die Theke.

»Danke für den Rat, Claire«, sagte ich erstaunlich beherrscht. »Ich werde ihm die Beachtung schenken, die er verdient.«

»Ich will ja nur helfen«, sagte sie.

»Wie rührend.«

»Komm mit!« Bree stand auf und zerrte an Claires Arm. »Hier ist es stinklangweilig. Lass uns Leute finden, die interessanter sind.«

»Du hast recht«, sagte Claire, stand auf und warf Libby einen giftigen Blick zu. Dann stöckelte sie mit Bree davon.

Sebastian legte den Kopf in den Nacken und begann,

schallend zu lachen. »Claire scheint heute in Hochform zu sein.«

»Stimmt«, blaffte ich. »Und das hat sie dir zu verdanken.«

»Was soll das heißen?«

Ich machte mir nicht die Mühe zu antworten. Libby sah aus, als würde sie am liebsten im Boden versinken. Ich legte ihr die Hände auf die Schultern. »Lass uns verschwinden.«

Sie nickte und stand auf.

»Du willst doch wohl noch nicht gehen?« Seb sah mich fassungslos an. »Reg dich doch nicht über Claire auf! Du darfst sie nicht ernst nehmen. Nimm's mit Humor. Sie will doch bloß ein bisschen rumstänkern.«

Ich nahm Libby bei der Hand. So schnell wir konnten, verließen wir Sebs Haus.

SEBASTIAN

Sebastian sah Cooper und Libby nach. Am liebsten wäre er ihnen gefolgt, um sie zurückzuholen. Damit sie wenigstens so lange blieben, dass es nicht aussah, als hätte er sich mit Cooper zerstritten oder als sei er auf Libby eifersüchtig. Um das Gesicht zu wahren, tat er so, als machte ihm ihr früher Abgang nichts aus. Er unterhielt sich mit verschiedenen Leuten, machte Cocktails, lachte, wenn jemand einen Witz machte. In Wahrheit aber interessierte ihn die Party nicht mehr, seit Cooper gegangen war.

Je später es wurde, desto unglücklicher und wütender wurde er. Er versuchte, vernünftig zu sein, nicht an Cooper zu denken und mit seinen anderen Freunden Spaß zu haben, aber es hämmerte in seinen Schläfen, und die Schmerzen wurden immer stärker. Irgendwann ging er ins Badezimmer und schloss die Tür hinter sich ab. Er nahm eine Paracetamol aus dem Badezimmerschrank und spülte sie mit Wasser aus dem Hahn herunter. Dann spritzte er sich das kalte Wasser ins Gesicht und richtete sich auf, um sich im Spiegel zu betrachten.

Dieser scheiß Cooper!

Sein ganzes Leben schon schlug er sich mit widersprüchlichen und verwirrenden Gefühlen über seinen angeblich besten Freund herum.

Bewunderung. Ablehnung. Neid. Anziehung. Sogar Verlangen. Er verstand sich selber nicht und hatte keine Ahnung, ob diese Freundschaft mehr Schönes oder Schreckliches, mehr Wut oder Zuneigung beinhaltete. Liebe oder Hass.

CLAIRE

Cooper Bartholomew und Libby Lawson. Claire konnte nicht akzeptieren, dass die beiden zusammen waren. Es kam ihr vor, als hätte sich die ganze Welt gegen sie verschworen, um ihren schlimmsten Albtraum wahr werden zu lassen.

Libby war eins dieser braven, verklemmten Mädchen, die in Claire den Wunsch weckten, jeden Jungen in der Nähe aggressiv anzuflirten. Einfach nur, weil sie es konnte. Und um zu beweisen, dass Intelligenz und Anstand total überschätzt waren. Viel wichtiger war doch, Spaß zu haben und auf Partys die Sau rauszulassen. Oder besser: diejenige zu sein, die im Mittelpunkt der ganzen Party stand.

Dass Cooper ausgerechnet Libby gern zu haben schien, war deprimierend. Und dass er es jeden sehen ließ, noch mehr. Bis jetzt hatte Claire gehofft, dass er Libby nur benutzte, um sie, Claire, eifersüchtig zu machen. Dabei hätte sie es besser wissen müssen, denn Cooper spielte solche Spielchen nicht.

Es war schrecklich, die beiden zusammen zu sehen, aber

als sie gegangen waren, fühlte sie sich noch elender. Solange sie da waren, wusste Claire wenigstens, was die beiden miteinander taten oder nicht taten. Jetzt konnte sie darüber nur spekulieren und ihre Fantasie war äußerst lebendig. Es war so unfair, dass sie am liebsten laut geschrien hätte. Stattdessen bat sie Sebastian um immer neue Margaritas und trank schließlich den ganzen Krug allein aus.

Irgendwann brach sie in Tränen aus. Dabei weinte sie in der Öffentlichkeit grundsätzlich nicht. Jetzt aber konnte sie die Tränen zu ihrem eigenen Entsetzen nicht zurückhalten. Leute kamen zu ihr und fragten, ob alles in Ordnung sei, aber Sebastian schickte sie weg und sagte, sie sollten sie in Ruhe lassen. Keiner bestand darauf, sich um Claire zu kümmern. Ihnen ging es nicht um sie, sondern um den Klatsch, um den Skandal, der hinter Claires Tränen stecken musste.

Sie wusste, was die meisten von ihr hielten: dass sie herzlos und kalt war und weniger Mitgefühl als ein Zahnstocher hatte. Aber genau wie jeder andere war sie aus Fleisch und Blut. Es gelang ihr nur besser als den meisten anderen, ihre Gefühle zu verbergen. Sie konnte sich besser verstellen, das war der einzige Unterschied.

Noch viel besser war sie aber darin, ihre Gefühle zu verdrängen. Und was sie am erfolgreichsten verdrängt hatte, war der Abend, an dem sie Cooper verloren hatte.

Es war auf einer von Sebs Partys gewesen, genau wie heute. Cooper hatte kommen wollen, dann aber in letzter Minute abgesagt. Er hatte Kopfschmerzen und wollte lieber zu Hause bleiben. Er hatte sie gebeten, auch auf die Party zu verzichten und stattdessen zu ihm zu kommen und sich einen ruhigen Abend zu machen. Doch damit hatte Claire noch nie etwas anfangen können. Außerdem hatte sie sich schon überlegt, was sie anziehen und wie sie sich die Haare stylen wollte. Nicht auszugehen, wäre die reinste Zeitverschwendung gewesen. Sie hatte keine Lust, irgendetwas zu verpassen oder auf etwas zu verzichten, nur weil jemand glaubte, Kopfschmerzen haben zu müssen.

Hinzu kam, dass an diesem Tag Sebastians Cousin und dessen Freunde von einer Privatschule aus Sydney da sein würden. Leute, die woanders herkamen, fand Claire immer aufregend. Einen Fremden dazu zu bringen, sie anzuschauen und zu begehren – vor allem, wenn er reich und sexy war –, gab ihr einen ganz besonderen Kick. Wer konnte es ihr verübeln, dass sie Spaß daran hatte, Leute kennenzulernen, Jungs zu beeindrucken und ein bisschen zu flirten? Was war schon dabei? Doch dann war alles außer Kontrolle geraten. Sie hatte den Kopf verloren und war zu weit gegangen.

Er hieß Lewis, war groß, gut aussehend und strotzte vor Selbstbewusstsein. Ein Nein war für ihn keine Antwort. Nach zu vielen Drinks und einigen Lines hatte sie seinem Drängen nachgegeben und sich von ihm aufs Sofa zerren lassen. Er küsste sie, und nach einer Weile merkte sie, wie schwer er atmete, dass seine Hände sie an Stellen berührten, wo sie nicht hingehörten. Offensichtlich wollte er mehr. Sie hatte versucht, ihm klarzumachen, dass sie keinen Sex mit ihm wollte. Küssen – okay, aber Sex? Der war für Cooper reserviert.

Ihre Lippen klebten immer noch aneinander, und Claire hatte die Augen geschlossen, als sie spürte, dass sich plötzlich die Atmosphäre veränderte. Sie schlug die Augen auf und sah Cooper. Stocksteif stand er da, sein Mund ein harter, gerader Strich. Entgeistert sah er auf sie herab. Dann schüttelte er den Kopf, als wollte er eine lästige Fliege verscheuchen, und trat einen Schritt zurück. Bevor Claire auch nur ein Wort sagen, von Lewis abrücken oder sonst wie reagieren konnte, drehte Cooper sich um und verschwand.

Sie stieß Lewis von sich, wollte Cooper nachlaufen und sich entschuldigen, ihn um Verzeihung bitten, aber dann merkte sie, dass alle Blicke auf sie gerichtet waren. Stirnrunzelnd oder amüsiert warteten alle darauf, was sie wohl als Nächstes tun würde. Um sich keine Blöße zu geben und den anderen den Triumph zu vereiteln, brach sie in schallendes Gelächter aus. Sie lachte und lachte und tat so, als wäre ihr das alles völlig egal. Und dann machte sie alles noch schlimmer, indem sie sich wieder Lewis zuwandte und ihn weiterküsste.

Es war alles bloß Show, sie spielte nur eine Rolle, sie spielte *Claire*. Mit dem Herzen war sie ganz woanders. Sie fühlte sich klein, hässlich und unfähig und wünschte, sie könnte dieses Theater beenden und alles anders machen, alles richtig machen.

Das Schlimmste aber war – und das machte sie immer noch fertig, wenn sie daran dachte –, dass Cooper zurückgekommen war. Er hatte alles gesehen. Sie lachen gehört. Gesehen, wie sie Lewis erneut küsste. Dass er ihr das nie verzeihen würde, wusste sie genau.

Sie wusste auch, dass sie dieses Lachen und diesen verfluchten Kuss ihr Leben lang bereuen würde.

LIBBY

Als wir Sebastians Haus verließen und in Coopers Wagen stiegen, fühlte ich mich regelrecht erlöst. Endlich konnte ich wieder durchatmen und musst mich nicht mehr zurückhalten. Erleichtert lächelten Cooper und ich uns an, als er den Motor anließ und aus der Parklücke fuhr. Ich schaute aus dem Fenster auf die Lichter der Stadt, die unter uns lag, und fand, dass es etwas sehr Erwachsenes war, eine Party vorzeitig zu verlassen. Warum etwas über sich ergehen lassen, das einem absolut nicht gefiel? Ich hatte das Recht zu gehen, wann ich wollte.

»Möchtest du noch irgendwo hin?«, fragte Cooper, als wir die Hügel hinter uns gelassen hatten und wieder im Tal waren. »Wollen wir noch etwas trinken oder essen gehen?«

Ich schüttelte den Kopf.

Er hielt an einer roten Ampel und sah mich an. »War das ein Nein?«

»Ich habe keinen Hunger und will eigentlich auch sonst nirgends hin.«

»Okay … Ähm … Dann bringe ich dich jetzt wohl nach Hause?«

»Bitte.«

Wir schwiegen die gesamte Strecke bis zu mir nach Hause. Lauter Fragen und neue Zweifel schwirrten mir durch den Kopf. Vielleicht hatten Mum und Hari recht gehabt. Wie konnten Cooper und ich zusammenpassen, wenn diese Leute seine besten Freunde waren?

Er hielt vor unserem Haus und schaltete den Motor aus.

»Tut mir leid«, sagte er. »Ich wünschte, ich hätte dich nicht mitgenommen.«

»Ich auch.«

»Möchtest du …«

»Nein«, unterbrach ich ihn. »Danke. Ich sollte wirklich gehen.«

»Warte mal, Libby!« Er legte mir eine Hand auf den Arm. »War's das jetzt? Redest du nicht mehr mit mir?«

»Natürlich rede ich noch mit dir. Ich will bloß …« Ich seufzte und sank in den Sitz zurück. »Ich hasse solche Leute, diese Cliquen. Ich *hasse* sie.«

»Ich auch.«

»Aber sie sind deine Freunde.«

»Sebastian ist mein Freund«, sagte Cooper. »Claire definitiv nicht mehr.«

»Aber Seb schien das Ganze sehr zu genießen.«

»Weil er zurzeit sauer auf mich ist. Es ist etwas kompliziert … Seine Partys gefallen mir schon länger nicht mehr. Ich gehe immer ziemlich früh und er nimmt das persönlich.«

Ich sagte nichts.

»Es ist … Ich kenne Seb schon mein Leben lang. Er braucht mich. Und umgekehrt. Er würde alles für mich tun und ist ein wirklich guter Freund. Manchmal ist er eben ein bisschen seltsam, aber mehr auch nicht. Man kann es ihm nicht mal übel nehmen. Wenn du seinen Vater kennen würdest, könntest du es bestimmt nachvollziehen. Leonard ist manchmal wirklich gemein zu seinem Sohn. Deswegen braucht Seb seine Freunde umso mehr.«

»Trotzdem fand ich sie schrecklich. Alle.«

»Ich weiß. Ich bin auch sauer auf sie. Schließlich bin ich kein Masochist.«

Warum umgibst du dich dann mit so miesen Typen, dachte ich. *Und warum warst du mal mit so einer oberflächlichen Tussi wie dieser Claire zusammen?*

»Können wir das Ganze nicht einfach vergessen?«, fuhr er fort und sah mich beinahe flehend an. »So tun, als hätte es diesen Abend nie gegeben?«

»Was Claire gesagt hat, war so …«

»Es war Blödsinn«, unterbrach Cooper mich. »Nimm es dir bloß nicht zu Herzen! Sie wollte einfach nur provozieren.«

»Im Badezimmer hat sie dich als jemanden beschrieben, dem Anstand und Gesetze völlig egal sind. Als einen, der Drogen nimmt, nackt badet und in aller Öffentlichkeit Sex hat. Lauter so Zeug.«

»Das ist typisch für sie.«

»Dann stimmt es also nicht?«

Er seufzte, lehnte den Kopf an die Nackenstütze und

sah ans Wagendach. »Letztes Jahr war ich kurz mit ihr zusammen. Rückblickend verstehe ich es zwar selbst nicht mehr richtig, aber anfangs hatte ich sie wirklich gern. Sie nimmt regelmäßig Drogen und eine Zeit lang habe ich mich da mit reinziehen lassen. Wenn ich dann high war, habe ich dummes Zeug gemacht … wie das halt so ist. Aber ich bin nicht süchtig geworden. Im Gegenteil. Wenn ich was genommen hatte, ging es mir hinterher tagelang schlecht. Ich konnte diesem Zeug einfach nichts abgewinnen und habe damit schnell wieder aufgehört. Seitdem habe ich nichts Stärkeres als Bier zu mir genommen, und dabei soll es auch bleiben, okay?«

»Als sie von dir gesprochen hat, klang das so … so komplett anders, als der Cooper, den ich kennengelernt habe. Sie hat mir richtig Angst gemacht, und ich habe mich gefragt, ob ich mich nicht in dir täusche.«

»Lässt du dich so leicht von anderen beeinflussen?«

»Eigentlich nicht. Aber sie ist ja nicht die Einzige, die … Auch andere haben mich vor dir gewarnt.«

»Im Ernst? Wer? Und warum?«

Sofort bereute ich, das gesagt zu haben. Ich konnte Hari ja schlecht verpetzen, obwohl es echt unfair von ihr war, sich ein vorschnelles Urteil über Cooper zu bilden. Und was meine Mum angedeutet hatte, war mir ohnehin schleierhaft. Vielleicht wusste Cooper selbst gar nichts von dieser ominösen Sache, auf die sie angespielt hat. Deswegen wollte ich es nicht ansprechen.

»Ach, nicht so wichtig«, sagte ich. »Es ist nur so, dass sich ein paar Leute, die ich kenne, Sorgen um mich machen.

Sie meinen, du würdest mich vielleicht nur benutzen ...« Ich versuchte zu lächeln. »... was für mich eigentlich eine größere Beleidigung ist als für dich.«

»Wozu sollte ich dich denn benutzen?« Cooper war sichtlich empört. »Was soll das überhaupt bedeuten?«

»Keine Ahnung. Bitte, Cooper, vergiss einfach, was ich gesagt habe. Vergiss, dass ich überhaupt etwas gesagt habe. Wahrscheinlich sind meine Freunde übervorsichtig. Sie wollen mich davor bewahren, verletzt zu werden. Ich habe es nur erwähnt, weil ich mich vorhin so geärgert habe.«

»Schau mich an, Libby«, sagte er. »Was du hier siehst, bin ich. Ich mache dir nichts vor. Und *benutzen* tu ich dich schon gar nicht, was auch immer das bedeuten soll. Ich war immer so ehrlich wie möglich zu dir. Und ja, vielleicht haben deine Freunde am Ende recht. Vielleicht wirst du verletzt. Wer weiß? Genauso gut kann ich derjenige sein, der verletzt wird. Ich kann dir keine Garantie geben. Es ist ein Risiko, das du eingehen musst – oder eben nicht. Aber das musst du selbst entscheiden.«

Er hatte ja recht. Für Beziehungen gab es keine Garantien. Und selbst wenn diese hier nur eine Woche dauern sollte, wollte ich ihr eine Chance geben. Ich wusste, ich würde mich absolut mies fühlen, wenn ich jetzt ins Haus gehen und ihn nie wiedersehen würde. Sollte es wirklich ein Risiko sein, mich auf Cooper einzulassen – und das einzige Risiko, das ich mir vorstellen konnte, war, verletzt zu werden –, war ich bereit, es einzugehen. Ich nahm seine zur Faust geballte Hand und zog sie zu mir herüber.

»Es tut mir leid«, sagte ich. »Wirklich, wirklich leid.«

Ich beugte mich über die Mittelkonsole, legte eine Hand um seinen Nacken, zog ihn an mich und küsste ihn. Zuerst hielt er sich zurück, aber nach einer Weile gab er nach und umarmte mich schließlich.

»Wollen wir es nächstes Wochenende noch mal probieren?«, fragte ich. »Dann kommst du zu einer *unserer* Partys am Ripple Beach. Wahrscheinlich der letzten, bevor es dafür zu kalt wird.«

»Mal schauen.«

»Bitte! Ich mag dich wirklich sehr, Cooper.«

»Da hab ich aber Glück gehabt«, sagte er. »Ich habe nämlich eine Schwäche für labbrige Cornflakes.«

CLAIRE

Als Claire aufwachte, lag sie in Sebastians Bett. Ihr Kopf fühlte sich an, als steckte er in einer Schraubzwinge, und als sie sich aufsetzte, wurde der Schmerz nur noch stärker. Sie schlug die Hand vor den Mund, als heftige Übelkeit in ihr aufstieg.

Sie rutschte ans Fußende und sah, dass Sebastian auf dem Sofa lag. Er war wach und starrte an die Decke, die Hände unter den Kopf gelegt.

»Kopfschmerztabletten sind im Badezimmer«, sagte er, ohne sie anzusehen. »Zweite Schublade.«

Sie stolperte ins Bad, fand die Tabletten, nahm zwei und spülte sie mit einer Handvoll Wasser hinunter. Als sie ihr Spiegelbild sah, stöhnte sie auf. Ihre Augen waren rot und vom Weinen ganz geschwollen. Ihre Wangen waren mit Mascara beschmiert und ihre Haare zerzaust. Ihr Kleid – am Vorabend ein Hingucker – war zerknittert und voller Flecken.

Sie zog es aus und ging unter die Dusche, seifte sich von Kopf bis Fuß ein und wusch sich die Haare. Natürlich benutzte sie Sebastians Duschgel und Shampoo und hinterher seine Bodylotion, sein Deo und ein paar Spritzer seines Rasierwassers als Parfüm. Es waren Pflegeprodukte für Männer, aber sie waren teuer und edler als alles, was sie sich leisten konnte. Außerdem gefielen ihr die herben Düfte.

Sie wickelte sich in ein Handtuch und ging in den begehbaren Kleiderschrank hinüber, in dem mehrere Morgenmäntel aus dicken, teuer aussehenden Stoffen auf Bügeln hingen. Sie entschied sich für einen langen roten.

Als sie in Sebastians Zimmer zurückkam, war er verschwunden, sein Bett bereits gemacht. Die Tagesdecke war ordentlich darüber gebreitet, die Kissen ausgeschüttelt und geglättet. Kurz darauf kam Seb mit zwei dampfenden Kaffeebechern zurück.

»Ich dachte, du kannst das vermutlich gebrauchen«, sagte er.

»Du bist meine Rettung.« Dankbar nahm Claire einen Becher entgegen.

»Wie ich sehe, hast du dich bedient.« Sebastian zeigte auf den roten Morgenmantel.

»Er ist so kuschelig. Ich konnte nicht anders. Du hast sooo schöne Sachen.«

»Behalte ihn, wenn du willst.« Er zuckte mit den Schultern und setzte sich an den Schreibtisch. »Ich habe noch genug andere.«

»Hab ich gesehen.«

Als sie den Kaffee ausgetrunken hatten, ging Sebastian ins Bad.

»Deine Klamotten«, sagte er, als er wieder herauskam. »Du hast sie überall auf dem Boden verstreut. Und dein nasses Handtuch liegt mitten im Schrank.«

Claire verdrehte die Augen, setzte sich aber in Bewegung, um das Chaos zu beseitigen, das sie hinterlassen hatte. Darüber zu streiten, lohnte sich nicht. Bisher hatte sie sich immer nur in ihrem eigenen Unglück gesuhlt, aber jetzt begriff sie, dass Seb mindestens genauso unglücklich war wie sie. Auf der Party hatte er den perfekten, fröhlichen Gastgeber gemimt, aber schon da hatte Claire ihm angesehen, dass er nicht mit dem Herzen bei der Sache war. Dass ihn die Party im Grunde nicht interessierte. Sie musste ihn also nicht noch mehr ärgern.

Sie warf das benutzte Handtuch in den Wäschekorb, sammelte ihr Kleid und ihre Schuhe ein und ging in Sebastians Zimmer zurück, um die Sachen aufs Bett zu legen. Seufzend holte Sebastian eine Plastiktüte, steckte Kleid und Schuhe hinein und hängte die Tüte an einen Garderobenhaken neben der Tür.

Claire musste grinsen. Sein Ordnungsfimmel hatte fast schon etwas Zwanghaftes.

»Lass uns raufgehen und einen Film schauen«, sagte sie. »Irgendwas Lustiges. Wir können beide eine Aufmunterung vertragen.«

»Dazu brauchen wir nicht raufzugehen.« Sebastian zeigte auf den großen Flachbildschirm an seiner Wand.

»Aber ich mag euer Fernsehzimmer, es ist so gemütlich. Außerdem können wir uns oben was zu essen machen. Ich habe einen Bärenhunger.«

Oben angekommen, schloss Sebastian die Jalousien, während Claire sich vor dem Fernsehschrank auf den Boden setzte und in aller Ruhe die Regale und Schubladen durchsuchte. Als ihr einige Videokassetten mit handbeschriebenen Etiketten auffielen, nahm sie eine heraus und las, was darauf stand.

Sebastian, 5 Jahre alt.

»Hey!« Sie hielt das Video hoch. »Können wir uns das ansehen?«

Sebastian sah zu ihr hinüber. »Was ist das denn?«

»Eins eurer alten Familienvideos.«

»Wenn du willst. Die sind allerdings stinklangweilig.«

Sebastian ging in die Küche, um Frühstück zu machen, und Claire legte das Video ein. Eine Zeit lang amüsierte sie sich bestens. Sebastian als kleinen Jungen zu sehen, war echt lustig. Er war ein richtig süßes Kind mit einer piepsigen, hellen Stimme. Seine Mutter hatte offenbar gefilmt und Leonard war nirgends zu sehen. Claire schaute zu, wie der kleine Sebastian frühstückte, in den Pool hopste, im Garten eine Rutsche hinuntersauste, gebadet wurde, sich ein Bilderbuch anschaute … Offenbar hatte Sarah jede einzelne Minute dieses Tages damals festhalten wollen. Und bald wurde es Claire tatsächlich langweilig.

Sie durchstöberte die Schublade mit den Familienvideos und zog von ganz hinten eins mit der Aufschrift *Silvesterparty* heraus.

Das klang schon vielversprechender. Sie holte das Kindervideo aus dem Player und legte das neue ein.

Zuerst erschienen Bilder vom Pool und Garten. Derselbe makellose Rasen, derselbe atemberaubende Blick aufs Meer. Und doch war etwas anders. Claire brauchte einen Moment, bis sie erkannte, was es war. Die Bäume! Sie waren viel kleiner, gerade erst gepflanzt.

Die Terrasse war für eine Party vorbereitet worden. Überall hingen Lichterketten. Lange, weiß eingedeckte Tische mit zahllosen Champagnergläsern standen unter freiem Himmel.

Claire drückte den Schnellvorlauf, bis Menschen auf dem Bildschirm zu sehen waren. Es war laut geworden. Die Leute lachten und unterhielten sich miteinander. Dann tauchte ein bekanntes Gesicht auf, auch wenn sie nicht gleich erkannte, wer es war – eine Frau mit schulterlangen blonden Haaren in einem ärmellosen schwarzen Kleid. Dann lachte Claire überrascht auf. Es war Tessa, Coopers Mum.

Es war merkwürdig, sie so jung und hübsch zu sehen.

»Seb!«, rief Claire. »Komm mal her! Das musst du dir ansehen.«

Dass alle Eltern irgendwann mal jung waren, wusste sie natürlich, aber wirklich vorstellen konnte sie es sich nicht. Schon gar nicht, dass sie Partys feierten oder Sex hatten. Diese Bilder brachten sie ganz durcheinander.

Tessa blickte seitlich in die Kamera und lachte. Dann wickelte sie sich eine Haarsträhne um den Finger, nahm das Haar zwischen die Lippen und zwinkerte kokett mit den Augen. Sie flirtete, und wie. Sie wirkte so sorglos – so ganz anders als die Frau, die Claire kannte. Die Tessa von heute war still und in sich gekehrt.

Die Kamera zoomte immer weiter an sie heran. Tessa lächelte. Kein normales, höfliches Lächeln, sondern provokativ und sexy. Dann senkte sie den Kopf, blickte durch die Wimpern in die Kamera und fuhr sich mit der Zunge über die Lippen. So sah eine Frau nur ihren Liebhaber an. Die Kamera zoomte noch näher an ihr Gesicht. Tessa spitze die Lippen und warf der Kamera einen Kuss zu.

Dieser Kuss war keine Show, das verriet Tessas liebevoller Blick. Claire fragte sich, wer hinter der Kamera stand. Sie war davon ausgegangen, dass es Leonard war, aber es musste wohl doch jemand anders sein. War es Coopers Vater? Richard?

Kurz darauf erschien Sebastians Mutter mit zwei Champagnergläsern im Bild. Tessa richtete sich sofort auf und wandte sich von der Kamera ab. Ihre ganze Erscheinung veränderte sich, wurde viel zurückhaltender und mehr wie heute. Sarah gab Tessa ein Glas und lächelte schüchtern in die Kamera. »Stell das Ding aus«, sagte sie. »Bitte, Leonard! Du machst uns ja ganz nervös.«

»Scheiße, noch mal!«, sagte Claire. Dann rief sie in den Flur: »Sebastian! Wo steckst du, verdammt? Komm endlich her und sieh dir das an!«

Sie spulte das Video zurück und wartete.

Sebastian fragte genervt: »Was ist denn? Ich mache uns gerade was zu essen.«

»Guck doch! Du wirst umfallen!«

»Ich habe diese Videos alle schon hundertmal gesehen.«

»Das hier bestimmt nicht. Komm her! Es ist unglaublich.«

Sie spielte das Video erneut ab. Die lächelnde, flirtende Tessa. Der Kuss Richtung Kamera. Sarah, die Leonard bat, mit dem Filmen aufzuhören.

»Die beiden müssen eine Affäre gehabt haben, Tessa und dein Vater«, sagte Claire. »Sieh sie dir an! So was machst du doch nicht mit einem Freund! Niemals!«

Wie versteinert saß Sebastian da und sagte nichts.

»Was hältst du davon?«, fragte Claire.

Er ging zum Fernseher, warf das Video aus, legte es in die Schublade zurück und knallte sie zu. Als er sich zu Claire umdrehte, erschrak sie. Er war leichenblass und sah unfassbar wütend aus.

»Zieh dich an!«, zischte er. »Und dann hau verdammt noch mal ab!«

LIBBY

Am Samstagnachmittag fuhr ich zu Cooper. Wir wollten einfach nur ein bisschen Zeit miteinander verbringen, dann zu mir fahren und später zu Fuß zu der Strandparty gehen.

Ich war ziemlich nervös. Immerhin würde ich Coopers Mutter kennenlernen und später er meine. Und dann würde ich Cooper zum ersten Mal meinen Freunden präsentieren. Ich hatte Hari in den letzten Tagen an der Uni getroffen, und sie hatte sich für das Telefonat entschuldigt, bei dem sie, wie sie es ausdrückte, *wie eine verklemmte Zicke* auf mich eingeredet hätte. Dann hatte sie mich umarmt und versprochen, Cooper eine faire Chance zu geben. Trotzdem wusste ich, dass alle neugierig sein und uns mit Argusaugen beobachten würden, ob es uns nun gefiel oder nicht.

Ich klopfte und Cooper öffnete fast im selben Moment die Tür, mit nassen Haaren und frisch rasiert. Grinsend nahm er mich bei der Hand und zog mich ins Haus. Dann legte er die Arme um mich und küsste meinen Mund, mein Gesicht, meinen Hals. Er roch nach Duschgel und Shampoo und seine Haut war noch ganz warm und feucht.

»Du kommst gerade aus der Dusche, was?«, sagte ich überflüssigerweise.

»Komm mit«, sagte er. »Du kriegst eine exklusive Tour durchs Anwesen der Bartholomews.«

Ich folgte ihm durch den Flur. Das Haus war klein, aber aufgeräumt und gemütlich. Es roch nach Kräutern oder etwas Medizinischem. Teebaumöl oder Eukalyptus.

»Das ist Mums Zimmer«, sagte Cooper und zeigte auf eine Tür. »Und das meins.« Er deutete auf eine andere, die offen stand. Auf sein Zimmer war ich die ganze Zeit schon gespannt. Wie es eingerichtet war, was für Sachen er hatte, ob sein Bett gemacht war oder Schmutzwäsche auf dem Fußboden herumlag – all die Kleinigkeiten, die so viel über jemanden aussagten. Aber Cooper ging schon weiter, und ich konnte nur einen kurzen Blick auf Bett und Schreibtisch werfen. So viel ich sehen konnte, war alles ziemlich ordentlich. Im nächsten Moment kamen wir schon durch ein kleines Wohnzimmer in die Küche.

»Das war's auch schon«, sagte Cooper. Die Küche war alt, klein und ein wenig schäbig, dafür aber hell und sehr sauber. Die Küchenzeile war grün, an den Türkanten war stellenweise die Farbe abgeschabt, und auch der PVC-Boden hatte einige Macken.

Cooper öffnete den Kühlschrank und schaute hinein. »Mal sehen. Wir haben Bier und Mums Wein. Davon kannst du gerne etwas haben, wenn du willst. Oder möchtest du lieber was Warmes?«

»Wie wäre es mit Tee?«

Er schaltete den Wasserkocher ein, holte Becher, Teebeutel und Zucker aus den Schränken.

Ich fragte mich gerade, wo Coopers Mutter wohl war, als sie plötzlich auftauchte. Sie kam durch die Hintertür und war etwas kurzatmig, als hätte sie gerade einen Spaziergang gemacht. Alles an ihr war schmal und zart – also das glatte Gegenteil von Cooper. Sie war auch viel blonder als er und ihre Haut war blasser. Ihr grau-blondes Haar war sehr kurz geschnitten und in ihrem ärmellosen Shirt und der Trainingshose sah sie aus wie eine Frau, die viel Sport trieb und fit war.

»Libby?« Sie reichte mir die Hand. »Ich bin Tessa. Ich freue mich, dich kennenzulernen.« Ich erwartete ein normales, kurzes Händeschütteln, aber sie hielt meine Hand etwas länger in ihrer als üblich. Ihr Handschlag war fest, aber nicht zu fest, ihr Blick freundlich, aber forschend.

»Ich mich auch«, sagte ich.

Sie lächelte und dabei entstanden kleine Fältchen in ihren Augenwinkeln. Es war genau das Lächeln, das ich von Cooper kannte.

»Möchtest du einen Tee?«, fragte sie.

»Bin schon dabei, einen zu kochen«, sagte Cooper.

Wir setzten uns an einen kleinen, kunststoffbeschichteten roten Küchentisch. An einer Ecke war die Beschichtung abgeblättert, sodass die Sperrholzplatte durchschimmerte. Ich dachte an den wunderbaren Tisch aus Massivholz, den Cooper gerade baute. Er sah mich an und lächelte, als wüsste er, was mir gerade durch den Kopf ging.

»Wo wohnst du, Libby?«, fragte Tessa und nahm ihren Teebecher zwischen die Hände.

»In der Adams Street«, sagte ich.

»Das ist in Eastside«, fügte Cooper erklärend hinzu.

»Cooper sagt, du studierst? Was denn?«

»Kunst.«

»Und in welche Richtung willst du nach der Zwischenprüfung gehen?«

»Philosophie, Film oder Literatur. Ich bin mir noch nicht ganz sicher. Vielleicht wähle ich auch zwei Hauptfächer.«

»Du hast es gut«, sagte sie wehmütig. »All die Bücher und interessanten Gespräche ... Ich hätte auch gern Geisteswissenschaften studiert.«

»Was?« Cooper sah sie verwundert an. »Das hast du mir ja noch nie erzählt. Ich meine, ich weiß, dass du gern liest, aber du hast nie gesagt, dass du gern studieren würdest.«

»Will ich ja auch nicht. Nicht mehr.«

»Aber du hättest es damals tun sollen, wenn es dir wichtig war!«, beharrte Cooper.

Tessa schüttelte den Kopf. »Ich habe damals eine andere Entscheidung getroffen, und ich beklage mich nicht, Cooper. Ich sage bloß, dass ich gern studiert hätte, wenn die Umstände anders gewesen wären.«

»Es ist noch nicht zu spät. Du kannst jetzt immer noch studieren.« Cooper nahm sich einen Keks und sah seine Mutter herausfordernd an. »Wenn es das ist, was du tun willst, solltest du es auch tun. Genau das sagst du mir doch auch immer.«

Sie lächelte. »Weil du mein Sohn bist. Es ist mein Job, dich zu ermutigen.«

Irritiert biss Cooper in den Keks und starrte auf den Tisch.

»Cooper hat erzählt, Sie sind Krankenschwester«, sagte ich zu Tessa, um das Schweigen zu brechen. »Für welche Fachrichtung denn?«

»Ach, ich bin bloß Krankenpflegerin, ohne Spezialisierung. Ich werde überall im Krankenhaus eingesetzt, wo immer Betten gemacht oder Patienten gebadet werden müssen. Solche Sachen.«

»Gefällt Ihnen der Job?«

»Es ist halt ein Job.« Sie zuckte mit den Schultern. »Manchmal ist es nicht einfach, aber zumindest lerne ich interessante Menschen kennen.«

»Es ist ein Scheiß-Job«, sagte Cooper. »Sie arbeitet sich dumm und dämlich und bekommt viel zu wenig Geld.«

»Cooper!« In Tessas Stimme klang eine Warnung mit. »Es reicht!«

Cooper schob seinen Becher von sich. »Ich glaube, wir sollten langsam los«, sagte er abrupt. »Schließlich wollen wir nicht zu spät kommen.«

An der Tür umarmte Tessa mich zum Abschied. »Tut mir leid, wenn wir über deinen Kopf hinweg geredet haben. Komm doch mal zum Essen, dann unterhalten wir uns in Ruhe.«

»Mach ich«, sagte ich. »Sehr gern.«

»Prima.« Sie lächelte mich verschwörerisch an und sah dann Cooper nach, der schon auf dem Weg zu meinem

Wagen war. »Ich bin froh, dass er so ein nettes Mädchen wie dich gefunden hat.«

»Danke.«

Cooper wartete vor dem Wagen auf mich. Bevor ich die Tür öffnete, ging ich zu ihm und nahm seine Hand.

»Was hast du denn plötzlich?«, fragte ich.

»Sorry. Es ist nur wegen meiner Mum. Manchmal regt sie mich furchtbar auf.«

»Warum denn?«

»Weil sie nichts für sich selbst tut.« Er sah zum Haus zurück und seufzte. »Wenn es um sie selbst geht, ist sie vollkommen blockiert. Es hat fast etwas Märtyrerhaftes. Für mich will sie immer nur das Beste. Dass ich mich anstrenge und mir große Ziele setze, aber sie selbst tut nichts davon. Schau dir doch bloß unser Haus an. Wir leben in einer Bruchbude. Seit meiner Geburt wohnen wir hier in der ärmlichsten Straße von ganz Walloma, zusammen mit den größten Losern. Ich versteh's einfach nicht. Warum hat sie nie versucht, etwas daran zu ändern?«

»Vielleicht war sie überfordert«, sagte ich. »Als Alleinerziehende und so …«

»Natürlich hatte sie es nicht leicht«, sagte er. »Aber es wäre mehr drin gewesen. Andere kriegen das doch auch hin. Sie hätte eine Auszeit nehmen können, um zu studieren. Wir hätten ein paar Jahre bei meinen Großeltern wohnen können, aber dazu ist es jetzt zu spät. Manchmal habe ich den Eindruck, dass sie denkt, sie hätte nichts Besseres verdient. Als hätte sie sich aufgegeben, als ich geboren wurde. Oder als Dad starb. Keine Ahnung. Aber ich finde das bescheuert. Richtig bescheuert. Vor allem, weil sie eine echt kluge Frau ist. Sie hätte so viel erreichen können, wenn sie es nur versucht hätte.«

»Vielleicht wollte sie sich lieber ganz auf dich konzentrieren?«

»Kann sein, aber das hätte sie mal lieber sein lassen sollen.«

Ich drückte ihm die Hand. »Ist das nicht ein bisschen hart?«

»Vielleicht schon, aber es stimmt doch«, sagte er. »Aber ich will dich nicht langweilen. Es ist Samstagabend. Lass uns abhauen und Spaß haben.«

Ich hätte ihm gern gesagt, dass er mich nie langweilte. Dass ich alles hören wollte, was er zu sagen hatte. Alles Positive und Negative. Aber er nahm mein Gesicht in die Hände und küsste mich, und ich vergaß alles andere.

CLAIRE

Claire schenkte sich einen großen Drink ein, halb Wodka, halb Zitronenlimo, und nahm ihn mit ins Wohnzimmer. Dann zündete sie sich eine Zigarette an, inhalierte, legte den Kopf in den Nacken und blies den Rauch aus, der in einer dichten Wolke Richtung Zimmerdecke zog. Normalerweise rauchte sie in der Wohnung nicht, weil Bree das nicht mochte. Aber Bree war nicht da, und was sie nicht wusste, konnte sie auch nicht aufregen.

Rod hatte am frühen Nachmittag angerufen und gefragt, ob Claire am Abend arbeiten könne. Eine größere Gruppe hatte in letzter Minute einen Tisch gebucht und er hatte nicht genug Personal. Aber sie hatte abgelehnt und gesagt, sie müsse für die Uni lernen. In Wahrheit hatte sie einfach keine Lust gehabt, sich den freien Abend verderben zu lassen. Der Abend war dann aber trotzdem ins Wasser gefallen, denn Rod hatte nach ihrer Absage Bree angerufen, und die hatte zugesagt, sodass Claire nun allein in der Wohnung herumsaß und nicht wusste, was sie mit ihrer freien Zeit anfangen sollte.

Das erste Glas war schnell leer. Der Drink war süß und süffig. Schon bald fühlte Claire sich wohler in ihrer Haut, weniger nervös. Sie ging in die Küche und mixte sich noch einmal das Gleiche. Dieses Mal machte sie die Wodkaflasche leer. Auf dem Rückweg ins Wohnzimmer blieb sie kurz im Flur stehen und sah sich um.

Die Wohnung war das reinste Chaos. Der Fußboden musste dringend gesaugt werden, überall lag Staub herum, im Spülbecken stapelte sich das Geschirr, und es müffelte. Plötzlich empfand sie ihren »Palast« als eng, deprimierend und schmutzig. Sie wusste, dass sie sich zum Putzen aufraffen oder wenigstens die Sofas aufräumen, schmutzige Wäsche vom Fußboden aufheben und das Nötigste abwaschen sollte – und dass ihr das sogar guttun würde. Aber es war Samstagabend, und Putzen kam um diese Zeit für sie absolut nicht infrage.

Sie schloss ihren iPod an die Stereoanlage an, wählte einen Song und spielte ihn auf voller Lautstärke ab. Dabei sang sie mit und tanzte ein wenig im Zimmer herum, aber die rechte Stimmung wollte nicht aufkommen. Sie langweilte sich und vermisste Bree. Vor allem aber vermisste sie mehr Wodka. Was sie jetzt brauchte, war jemand, mit dem sie reden und sich dabei ordentlich betrinken konnte. Einfach ein bisschen Spaß haben. Sie hatte keine Lust, den ganzen Abend allein zu Hause rumzusitzen und in Selbstmitleid zu versinken.

Plötzlich und völlig unerwartet traf sie die erschreckende Erkenntnis, dass sie einsam war. Einsam. Das Wort ging ihr nicht mehr aus dem Kopf. Sie war es nicht gewohnt, einsam zu sein, und es machte ihr Angst. Einsamkeit war etwas für verbitterte, müffelnde Rentner. Loser und Vollpfosten. Aber doch nicht für sie! Nicht Claire Forrester. Sie war beliebt.

Beliebt.

Das Wort brachte sie zum Lachen. Das bloße Konzept war so was von Highschool! Dumm und bedeutungslos. Fakt war doch, dass es eigentlich nur bedeutete, dass alle einen hassten – aus welchen Gründen auch immer – und das bloß nicht zugeben wollten. Zumindest nicht öffentlich.

Seit letztem Sonntag hatte sie nicht mehr mit Sebastian gesprochen. An der Uni hatte sie ihn nicht gesehen, und ihm zu schreiben oder ihn anzurufen, hatte sie sich nicht getraut. Nachdem er das Video gesehen hatte, war er so wütend geworden, dass sie ohne Widerspruch gegangen war. Sie hatte sich ihre Sachen geschnappt und war abgehauen. Als sie die Straße hinunterlief und sich gerade wünschte, dass sie Geld für den Bus hätte, war Sebastians Wagen plötzlich mit quietschenden Reifen neben ihr aufgetaucht und er hatte sie nach Hause gebracht. Er fuhr schnell und aggressiv und saß da wie versteinert, ohne auch nur ein Wort zu sagen. Und als er sie vor ihrem Haus absetzte, hatte er sich nicht einmal verabschiedet.

Jetzt hatte der Alkohol ihr Mut gemacht und sie rief ihn an. Wenn er ihr immer noch böse war, brauchte er ja nicht zu dranzugehen.

»Ja?«, meldete er sich gleich nach dem ersten Klingeln.

»Was machst du gerade?«

»Nichts Besonderes.«

»Alles in Ordnung?«

Er zögerte, bevor er zurückfragte: »Was sollte denn nicht in Ordnung sein?«

»Wollen wir was unternehmen?«, fragte sie mit aufgesetztem Elan. »Was einwerfen?«

»Meine Alten sind zu Hause.«

»Dann komm doch zu mir und bring das Zeug mit. Unterwegs kannst du gleich noch eine Flasche Wodka kaufen.«

»Wie großzügig von dir«, sagte er ironisch. »Wie könnte ich da Nein sagen?«

Sie lachte. »Ist das ein Ja? Dann bis gleich.«

LIBBY

Als ich Cooper unser Haus zeigte, wurde mir der Unterschied zu seinem erst richtig bewusst. Ich hatte unsere gerade mal fünf Zimmer nie als besonders groß oder gar luxuriös betrachtet, aber im Vergleich zu Coopers war unser Haus beides. Hohe Decken, breite Flure, großzügig geschnittene Zimmer. Unsere Küche war relativ modern, und wir hatten ein großes, luftiges Wohn- und Esszimmer. Glastüren führten hinaus in einen Garten mit Bäumen.

Wir waren gerade im Esszimmer, als meine Mum aus ihrem Arbeitszimmer kam, die Brille auf den Kopf geschoben und ziemlich müde und zerknittert. Sie musste gerade an einem Essay geschrieben und sich dafür durch stapelweise alte Gerichtsurteile gewühlt haben. Ich war nervös, als ich ihr Cooper vorstellte, aber er machte alles richtig, reichte ihr als Erster die Hand, lächelte herzlich und stellte höfliche Fragen. Ich konnte sehen, dass sie von ihm beeindruckt war.

Dann wiederholte sich das Ritual mit Tee und Kennenlerngespräch in nur leicht abgewandelter Form. Bei uns kochte Mum den Tee und stellte einen Teller Schokokekse auf den Küchentisch, sonst war alles wie bei Cooper. Amüsiert blinzelte Cooper mich an, als wir uns setzten.

Mum eröffnete ohne Umschweife das Kreuzverhör. »Also, Cooper, du arbeitest bei Cameron Woodley?«

»Ja, als Möbeltischler.«

»Hast du denn nie dran gedacht zu studieren?«

Ich warf ihr einen finsteren Blick zu. Hätte ich es unauffällig genug hinbekommen, hätte ich ihr viel lieber unterm Tisch ans Schienbein getreten.

»Doch, dran gedacht habe ich schon«, sagte Cooper vollkommen ungerührt. »Aber ich wollte lieber erst ein bisschen Geld verdienen.«

Meine Mum nickte.

»Und als ich dann bei Cameron anfing, hat es mir besser gefallen als erwartet. In unseren Möbeln steckt echtes Kunsthandwerk, und ich bin, ehrlich gesagt, ziemlich gut. Ich möchte von Cameron so viel wie möglich lernen und dann in Sydney eine Stelle suchen. Später will ich mal meine eigene Werkstatt eröffnen.«

»Warum in Sydney?«

»Weil da mehr Menschen wohnen, die sich die Sachen leisten können, die ich bauen will.«

»Und was sind das für Sachen?«

»Nach individuellen Wünschen gefertigte Möbel. Alles handgemachte Unikate.«

»Worin besteht denn der Unterschied?« Mum legte die Handflächen auf unseren Esstisch. »Dieser Tisch hier zum

Beispiel … Ich habe ihn bei Casey's gekauft und glaube nicht, dass es ein Einzelstück war. Woran erkennt man denn ein Unikat?«

Cooper beugte sich unter den Tisch, und als er wieder hochkam, hatte er ein etwas verlegenes Grinsen im Gesicht. »Ich möchte ja nicht unhöflich sein, Mrs Lawson, aber das hier ist Massenware. Die Teile sind einfach nur zusammengenagelt, die Beine angetackert. Das Holz kann sich nicht ausdehnen.«

»Und das ist nicht gut?«

»Es ist schon in Ordnung, aber so ein Stück hält keine hundert Jahre. Ein traditionell gefertigtes Möbelstück dagegen, mit Keil- und Zapfenverbindungen, hält ewig.«

Mum lachte. »Warum sollte ich Möbel wollen, die ewig halten?«

»Sollen Sie ja gar nicht. Die meisten Menschen haben daran kein Interesse.« Cooper zuckte mit den Schultern. »Aber wenn jemand ein Familienerbstück haben will, etwas Besonderes, das Hunderte von Jahren hält … dann muss er meine Möbel kaufen.«

Ich unterbrach die beiden und wechselte das Thema, indem ich Mum fragte, an was sie gerade gearbeitet hatte. Solche Fragen beantwortete sie meist mit detaillierten Schilderungen ihrer Lektüre, und genau darauf hoffte ich, damit Cooper etwas durchatmen konnte.

Nachdem wir den Tee endlich ausgetrunken hatten, nahm ich Cooper mit in mein Zimmer.

»Tut mir leid«, sagte ich, als wir allein waren. »Sie meint es nicht böse.«

»Du braucht dich nicht zu entschuldigen. Meine Mum ist genauso.«

»Trotzdem ist es bescheuert. Ich meine, sie unterziehen uns diesem total offensichtlichen ›Bist du gut genug für meine Tochter/meinen Sohn‹-Verhör, während wir dasitzen und so tun, als wäre das ein ganz normales Gespräch. Dabei ist es so … ich weiß nicht … *verkrampft*. Wir sollten einfach Listen mit den wichtigsten Fakten über uns zusammenstellen und sie ihnen geben. Mit Plus- und Minuspunkten, Stärken und Schwächen, Zielen und Zukunftsplänen. Wie eine Bewerbung.«

»Klingt gut«, sagte Cooper, aber ich merkte, dass er mir gar nicht richtig zugehört hatte. Er schien viel zu sehr damit beschäftigt zu sein, den Stapel Brettspiele unter die Lupe zu nehmen, der eine Ecke meines Bücherregals einnahm.

»Mastermind!«, sagte er und zog die Spieleschachtel heraus. »Das habe ich immer geliebt. Hast du Lust?«

Im Schneidersitz hockten wir uns auf mein Bett.

Zuerst durfte Cooper die verborgene Farbkombination stecken. Ich brauchte acht Anläufe, um den Code zu knacken, obwohl ich normalerweise nur vier oder fünf brauchte. Aber es fiel mir schwer, mich zu konzentrieren, während ich so nah bei Cooper saß. In der zweiten Runde beobachtete ich ihn aufmerksam, wie er mit gerunzelter Stirn aufs Spielbrett starrte.

Seine Gegenwart in meinem Zimmer war ungewohnt und überwältigend. Ich war mir seiner körperlichen – seiner männlichen – Nähe hyperbewusst. Ich konnte ihn sogar riechen: den Staub von der Straße auf seiner Haut, einen irgendwie sauberen, holzigen Geruch und den leisesten Anflug von Schweiß. Während er ganz in das Spiel vertieft war, musterte ich ihn. Von so Nahem hatte ich ihn noch nie genauer betrachtet – die breiten Schultern unter einem lockeren T-Shirt, die nackten, braun gebrannten Füße, die muskulösen Unterarme und seine großen Hände. Kantiges Kinn, volle Lippen. Lange, starke Beine, die in Jeans steckten. Ich sah ihm ins Gesicht und wünschte, er würde meinen Blick bemerken, ihn erwidern. Dass er mich ansah, richtig ansah. Denn ich konnte mir etwas noch viel Besseres vorstellen, als Mastermind zu spielen.

Irgendwann konnte ich nicht mehr länger warten. Ich schob das Spielbrett vom Bett, bewegte mich auf Cooper zu und küsste ihn. Er lachte und nahm mich in die Arme. Wir sanken immer tiefer, bis unsere Köpfe auf dem Kopfkissen landeten, drehten uns auf die Seite und sahen uns an.

»Sorry«, sagte ich. »Das musste jetzt sein. Ich hoffe, das war nicht zu überfallartig?«

»Wenn deine Überfälle immer so sind, kannst du mich so oft überfallen, wie du willst«, sagte er. »Jederzeit.«

Ich küsste ihn wieder. Dieses Mal ging ich mit der Zunge auf Erkundung, genau wie er. Körper an Körper, eng aneinandergepresst. Er legte mir eine Hand auf die Schulter und fuhr damit an meinem Arm bis zur Taille hinunter. Ich nahm seine Hand und schob sie unter mein T-Shirt, um seine Haut an meiner zu spüren.

Bald waren wir ganz erhitzt und außer Atem. Am liebsten hätte ich mich komplett ausgezogen und mich ihm mit

Haut und Haaren hingegeben, auf der Stelle. Jede Faser meines Körpers schrie förmlich danach. Aber ich wusste, dass Mum nur ein paar Meter entfernt war. Mit ihr in Hörweite konnten wir es unmöglich tun. Es war zwar eigentlich nicht ihre Art, einfach so in mein Zimmer zu kommen, aber man konnte ja nie wissen.

Ich legte Cooper die Hände auf die Schultern und schob ihn ein Stückchen von mir weg. Dann setzte ich mich auf, strich mir die Haare hinter die Ohren und lächelte auf ihn hinab.

»Was zu trinken? Noch einen Tee?«

Jetzt kam auch er hoch, sah mich an und strich meinen Shirtkragen glatt. Er lächelte zärtlich. »Gern«, sagte er und seine Stimme klang viel tiefer als noch vor ein paar Augenblicken.

Ich ging in die Küche, schaltete den Wasserkocher ein und holte gerade frische Becher aus dem Schrank, als Mum aus ihrem Arbeitszimmer rief.

»Machst du noch mal Tee? Ich hätte auch gern einen.«

Ich holte einen dritten Becher aus dem Schrank und brachte Mum ihren Tee ins Arbeitszimmer.

»Danke«, sagte sie, ohne von ihrer Arbeit aufzuschauen.

»Musste das vorhin wirklich sein?«, fragte ich.

»Was denn?«

»Das Kreuzverhör.«

»Es war doch kein Kreuzverhör! Nicht mal ein Verhör«, protestierte sie. »Ich wollte bloß Konversation machen. Ihn ein bisschen kennenlernen. Wie soll das gehen, wenn man keine Fragen stellt?«

»Ist klar«, sagte ich ironisch.

»Und soll ich dir was sagen? Ich finde ihn sehr nett.« Sie lächelte mich verschwörerisch an und senkte die Stimme, bis sie nur noch flüsterte. »Außerdem sieht er verdammt gut aus.«

Fassungslos schüttelte ich den Kopf, holte unseren Tee aus der Küche und ging in mein Zimmer zurück. Dann schloss ich die Tür fest hinter mir.

SEBASTIAN

Sebastian besuchte Claire nicht gern in ihrer und Brees Wohnung. Es war ein Drecksloch. Schon im Treppenhaus mit dem fleckigen Läufer und den schmutzig braunen Wänden hatte er das Bedürfnis zu duschen. Die Wohnung selbst war nicht besser. Der Teppich war grau und abgeschabt, die Küche winzig und veraltet, die secondhand erstandenen Sofas waren schmuddelig und unbequem.

Als er an diesem Abend dort ankam, schien die Wohnung nicht nur noch unaufgeräumter zu sein als sonst, sondern dazu noch völlig verqualmt. Claire war deutlich angetrunken. All das ließ seine ohnehin schon schlechte Laune noch weiter in den Keller rutschen.

Claire griff als Erstes nach der Wodkaflasche, die er mitgebracht hatte, und schenkte zwei Gläser so voll, dass kaum noch Platz für ein paar Eiswürfel blieb; auf die Limo verzichtete sie ganz. In der Hoffnung, dass das Glas vorher gespült worden war, nippte Sebastian an seinem Drink und setzte sich aufs Sofa.

Claire nahm vor ihm auf dem Fußboden Platz und

fragte: »Ist das alles, was du mitgebracht hast? Wo ist das Speed?«

»Ich hab keins mehr«, log er. Er war zu Hause schon an seine Vorratskiste gegangen und hatte ein Tütchen herausgenommen, als er es sich anders überlegt hatte. Er war einfach nicht in der Stimmung für einen Absturz-Abend.

»Hast du was von Cooper gehört?«, fragte Claire.

»Hab gestern mit ihm gesprochen.«

»Und?«

»Er geht heute Abend auf eine Party am Ripple Beach. Mit Libby und ihren Freunden.«

»Dann ist es also was Ernstes? Mit Cooper und Libby, meine ich.«

Sebastian nickte.

»Shit!«

Claire schwenkte ihren Drink, nahm eine Zigarette aus der Packung auf dem Couchtisch und zündete sie an. Ihre Hände zitterten. Als sie Sebastian ansah, hatte sie Tränen in den Augen.

»Ich ertrage das nicht«, sagte sie.

Er zuckte mit den Schultern, denn einerseits konnte er es genauso wenig ertragen und andererseits sowieso nichts dagegen tun.

Eine Weile saß Claire schweigend da, rauchte, trank und starrte ins Leere. Sebastian sah, dass sie gegen ihre Tränen ankämpfte, und widerstand dem Impuls, sich über den Zigarettenqualm zu beschweren. Aber die Luft wurde immer dicker, also sprang er schließlich auf und öffnete das Fenster.

»Sorry«, sagte Claire, aber es klang nicht so, als täte es ihr wirklich leid. Dennoch drückte sie ihre Zigarette aus und leerte ihr Glas. Dann stand sie auf und sagte: »Jetzt weiß ich, was wir tun sollten.«

»Was denn?«

»Zu der Strandparty gehen.«

»Das geht nicht. Wir sind nicht eingeladen.«

»Na und? Wir können doch so tun, als würden wir einfach einen Strandspaziergang machen.«

»Du und ich bei einem einsamen Strandspaziergang am Samstagabend? Das ist ja wohl ein ziemlich unwahrscheinliches Szenario.«

»Aber das weiß doch da keiner.«

»Doch, Cooper.«

»Und? Was soll er dagegen unternehmen?«

Dieser Punkt ging an Claire.

Sie stand auf. »Beschlossen und verkündet. Komm mit! Wir können hier nicht den ganzen Abend herumsitzen wie zwei jämmerliche Loser.«

Sebastian fuhr, während Claire im Spiegel der Sonnenblende ihr Make-up auffrischte. Erst jetzt tat der Alkohol seine Wirkung, und als sie kurz darauf einen Parkplatz suchten, hatte Claire schon Schwierigkeiten, deutlich zu sprechen. Beim Aussteigen stolperte sie und musste sich an der Motorhaube festhalten.

»Uuups!«, sagte sie, lachte und streckte einen Arm aus. »Ich glaube, wir müssen in die Richtung.« Sie setzte sich in Bewegung und folgte einem Trampelpfad durch die

Dünen. Sebastian folgte ihr. Als sie den höchsten Punkt erreicht hatten, sahen sie das Lagerfeuer im nördlichen Strandabschnitt. Drum herum zeichneten sich die Silhouetten der Feiernden ab.

Claire klatschte in die Hände und hüpfte auf und ab. »O Mann, das wird ein Spaß!« Sie lief weiter, Richtung Strand. Sebastian fragte sich, ob sie inzwischen vergessen hatte, dass sie auf diese Party nicht eingeladen waren und mit Sicherheit nicht freundlich empfangen würden. Als *Spaß* würde er das Ganze deswegen sicher nicht bezeichnen. Er beeilte sich Claire einzuholen.

»Lass uns umkehren. Das war keine gute Idee.«

»Was war keine gute Idee?«, fragte Claire

»Uneingeladen auf diese Party zu gehen. Komm mit. Wir können zu mir gehen.«

»Hast du sie noch alle?« Claire schüttelte den Kopf und lachte beinahe hysterisch. »Ich gehe da jetzt hin.« Sie zeigte auf das Lagerfeuer. »Braucht man etwa eine Einladung, um am Strand zu sein? Das hier ist öffentliches Gelände. Der Strand ist für alle da.«

»Cooper will uns nicht dabeihaben. Und Libby schon gar nicht. Komm, Claire, lass uns gehen!«

Sie lachte nur. »Ist doch scheißegal, was Cooper will. Und Libby erst recht.«

Sebastian versuchte, sie aufzuhalten, aber da rannte sie schon in Schlangenlinien los. Er rief ihr nach, plötzlich unglaublich genervt und wütend. Er schrie, sie solle aufhören, sich zum Affen zu machen, aber sie rannte nur umso schneller.

COOPER

Libby und ihre Freunde wussten auf jeden Fall, wie man Spaß hatte.

Mitten am Strand brannte ein Lagerfeuer. Drum herum saßen alle auf Picknickdecken und Isomatten in kleinen Grüppchen zusammen. Es gab Bier, Wein, Wodka und Chips. Später sollte es noch Würstchen und Brot geben. Nichts Aufwändiges, nichts Teures.

Irgendjemand kümmerte sich um die Musik, die unaufdringlich im Hintergrund spielte. Alle waren gut gelaunt, ohne sich in Szene setzen oder sonst wie auffallen zu müssen. Die Mädchen checkten einander nicht neidisch ab, die Jungen machten nicht krampfhaft auf cool. Alle fühlten sich wohl und scheuten sich nicht, es zu zeigen.

Ich saß mit Libby auf einer Decke nahe am Feuer. Wir tranken süßen Wein aus Plastikbechern, und sie erzählte mir von einem Essay, das sie für die Uni schreiben musste. Irgendetwas über Popularität und Highschools. Ich hörte nur mit halbem Ohr zu, weil ich hauptsächlich damit beschäftigt war, ihr Gesicht im flackernden Schein der Flammen zu betrachten. In diesem Licht wirkten ihre vollen Lippen im Kontrast zu ihrer hellen Haut dunkel und ihre Augen leuchteten regelrecht. Außerdem musste ich die ganze Zeit daran denken, was wir kurz vorher in ihrem Zimmer getan hatten, und konnte es gar nicht abwarten, mit ihr allein zu sein und es wieder zu tun.

Als ihre Freundin Cate ankam, setzte sie sich zu uns. Sie umarmte uns beide und gab mir das Gefühl, wirklich willkommen zu sein. Meine Anwesenheit schien sie nicht im Mindesten zu überraschen. Sie kam direkt aus dem Café, in dem sie arbeitete, und musste erst mal ihren Ärger über einen unhöflichen Kunden loswerden.

»Meine Mum sagt immer, jeder sollte in seinem Leben wenigstens einmal als Verkäufer oder Kellner arbeiten«, erzählte Libby. »Weil man dabei so viel über Menschen lernt.«

Cate nickte heftig. »Weise Worte. Was macht es da schon, dass der Job miserabel bezahlt ist? Immerhin lerne ich etwas fürs Leben.«

Von jedem anderen wäre das eine ironische Bemerkung gewesen, aber bei Cate klang es absolut echt.

»Hey, schaut mal!« Cate sprang auf und winkte in Richtung Dünen. »Da kommen Atticus und Hari. Jedenfalls glaube ich, dass es Atticus ist. So groß ist doch sonst keiner von unseren Freunden.«

»Dann ist er also doch gekommen«, sagte Libby. »Das freut mich.«

Alle standen auf, um Atticus zu umarmen oder ihm auf die Schulter zu klopfen. Als ihm jemand ein Bier in die Hand gedrückt hatte, setzte er sich zu uns.

»Hey«, sagte er und musterte mich. »Cooper.« Besonders freundlich war sein Blick nicht, feindselig aber auch nicht.

»Hey, Atticus«, sagte ich. »Wie geht's?«

»Gut. Und dir?«

»Auch gut. Sehr gut sogar.«

»Wir haben immer gewusst, dass du wieder gesund wirst«, sagte Hari, die sich jetzt auch zu uns setzte. »So ein Verrückter wie du konnte einfach nicht sterben. Die hätten im Himmel nicht gewusst, was sie mit dir anfangen sollen. Und wir hier unten hätten niemals einen adäquaten Ersatz für dich gefunden.«

Atticus lachte und verschluckte sich fast an seinem Bier. Dann boxte er Hari mit gespielter Empörung auf den Arm. »Das ist eine Beleidigung«, sagte er. »Abgesehen davon, hatte ich nie die Absicht zu sterben.«

Danach wandte Hari sich mir zu und bombardierte mich mit Fragen. Für eine so winzige Person war sie erstaunlich einschüchternd. Jedenfalls schaffte sie es, dass ich mich wie bei einer Prüfung fühlte. Sie fragte nach meinem Job und meinen Plänen, und ich erzählte ihr von Camerons Tischlerei und der, die ich eines Tages selbst eröffnen wollte. Es war praktisch das gleiche Gespräch wie mit Libbys Mutter, nur dass ich dieses Mal schon etwas Wein getrunken hatte und mir die Antworten leichter über die Lippen kamen. Vor allem über meine Pläne für die Zukunft sprach ich mit viel mehr Leidenschaft als vorher an Libbys Küchentisch.

Libby nahm meine Hand, drückte sie und rückte näher an mich heran.

»Klingt ziemlich cool«, sagte Hari und lächelte, was ihr Gesicht sofort viel weicher erschienen ließ. Ich hatte sie bisher noch nie lächeln sehen. »Ich weiß genau, was du meinst, wenn du sagst, dass Holz eine Seele hat. Wir haben so eine Bank zu Hause, die angeblich aus dem Holz eines alten holländischen Schiffs gemacht wurde, eins der ersten, die nach Indonesien gesegelt sind. Mein Dad meint, in dem Holz spuken noch die Seelen all derer, die auf den Überfahrten gestorben sind.«

Ich wusste nichts von spukendem Holz und war mir ziemlich sicher, dass ich noch nie von *Seelen* gesprochen hatte, aber ich nickte und stimmte vorsichtshalber zu.

»Du Ärmster«, sagte Libby später leise und lehnte den Kopf an meine Schulter. »Diese endlose Fragerei muss dir doch echt auf die Nerven gehen.«

»Ist schon okay.«

Sie hob den Kopf und küsste mich auf den Mund. Es war deutlich mehr als ein freundschaftliches Bussi, und wir küssten uns, bis ich die neugierigen Blicke aller Anwesenden auf uns spürte. Es war offensichtlich, dass Libby damit eine Art Statement machen wollte – ihren Freunden klarmachen, wie wir zueinander standen. Ich wusste zwar nicht, was genau sie da kommunizierte, aber ich war mir sicher, dass ich damit absolut einverstanden war.

Kurz vor elf grillten wir die Würstchen überm Feuer. Heiß und stellenweise verbrannt steckten wir sie zwischen Weißbrotscheiben, kippten Ketchup darauf und garnierten das Ganze mit halb verbrannten Zwiebeln. Es war köstlich. Ich hatte gerade mein zweites Würstchen gegessen, als jemand nach mir rief.

»Cooper! Cooper!«

Ich drehte mich um, blinzelte in die Dunkelheit und rief: »Wer ist denn da?«

»Ich, Claire«, sagte eine dunkle Figur. »Ich muss mit dir reden.«

Libby runzelte die Stirn. »Claire?«

Ich schüttelte den Kopf, aber aus irgendeinem Grund war ich nicht mal besonders überrascht. Ich gab Libby meinen Becher. »Hältst du den kurz für mich? Ich frage sie, was sie will, und versuche sie dann loszuwerden.«

»Sag ihr, sie soll ans Feuer kommen«, sagte Libby. »Sie braucht sich da doch nicht in der Dunkelheit zu verstecken.«

Claire stand nah am Wasser. So nah, dass ihre Schuhe schon ganz durchnässt sein mussten. Sie schien betrunken zu sein. Ich packte sie am Arm und zog sie auf den trockenen Sand.

»Was willst du hier?«

»Wieso? Das ist doch ein öffentlicher Strand. Ich habe nur einen Spaziergang gemacht.«

»Einen Spaziergang? So weit von deiner Wohnung entfernt?«

»Na und? Ist doch egal. Jedenfalls bin ich jetzt da.« Sie ließ sich fallen und klopfte neben sich auf den Sand. »Setz dich zu mir und erzähl mir was.«

»Das hier ist nicht meine Party, Claire. Du hättest nicht kommen sollen.«

Sie schaute Richtung Lagerfeuer und wedelte mit den Armen. »Das ist denen doch egal. Ich bin nur deinetwegen gekommen. Wir müssen reden. Es ist wichtig.«

Ich seufzte und setzte mich zu ihr.

»Was ist wichtig?«

Sie lehnte sich an mich und schmiegte den Kopf an meine Schulter.

Ich rückte ein Stück von ihr ab. »Lass das, Claire.«

»Du bist so gemein, Cooper. Gemein und kalt. Ich frage mich, ob du überhaupt ein Herz hast.«

»Ist es das, was du sagen wolltest? In dem Fall gehe ich jetzt nämlich zu den anderen zurück.«

»Nein.« Sie schüttelte den Kopf. »Bleib hier! Ich will mit dir über den Abend damals reden. Du weißt schon.«

»Darüber gibt es nichts zu reden.«

»Es tut mir so leid, das musst du mir glauben. Ich bereue es jeden Tag. Und das Schlimmste ist, dass ich ihn nur geküsst habe, weil mir langweilig war. Ich mochte ihn nicht mal. Ich mag nur dich. Es war bloß ein dummer Fehler, Cooper. Nicht der Rede wert. Wir hätten das alles klären können. Du hättest mir eine Chance geben sollen.«

Ich stand auf. »Ich habe keine Lust dieses Gespräch zu führen. Das ist mir längst alles egal.«

»Es ist dir egal?« Claires Stimme überschlug sich beinahe. »Ich bin dir egal, Cooper? Wirklich?«

»Ja, Claire.«

Sie fing an zu weinen und schlug sich die Hände vors Gesicht.

»Mensch, Claire, hör auf zu weinen!«

»Ich kann nicht.«

Ich hockte mich zu ihr. »Bist du high?«

»Nein.« Sie schüttelte den Kopf. »Ich habe nur Wodka getrunken.«

»Dann komm ans Feuer und iss was.«

Schniefend wischte sie sich die Tränen ab. »Mit den Losern dahinten will ich nichts zu tun haben, nicht mal, wenn du mich dafür bezahlen würdest.«

»Ich kann dich hier doch nicht allein lassen. Ich rufe dir ein Taxi.«

Ich holte mein Handy aus der Hosentasche, aber sie schlug es mir aus der Hand, und es fiel in den Sand.

»Du willst mich wohl loswerden, was?«, zischte sie. »Warum? Damit du ungestört mit den Arschlöchern dahinten zusammen sein kannst? Mit dieser dummen Kuh, Libby?«

Mein Handy zeichnete sich als leuchtendes Viereck in der Dunkelheit ab. Ich hob es auf und wischte den Sand ab.

»Weißt du was, Claire? Du hast kein Recht, dich so aufzuführen. Kein Recht, wütend zu sein. Du bist diejenige, die fremdgegangen ist, nicht ich. Bei dem, was du hier abziehst, weiß ich nicht mal mehr, was ich jemals in dir gesehen habe. Ich habe keine Ahnung, warum wir überhaupt zusammen waren.«

»Dann verpiss dich doch«, sagte sie. »Verpiss dich einfach.«

»Sehr gern.«

Ich stand wieder auf und setzte mich Richtung Lagerfeuer in Bewegung. Doch Claire folgte mir und packte mich am Arm.

»Du könntest wenigstens versuchen, mich zu verstehen, Cooper. Wenn du die Wahrheit wüsstest, könntest du mir bestimmt verzeihen.«

»Ich kenne die Wahrheit, Claire.« Ich blieb stehen und befreite mich aus ihrem Griff. »Du hast es mir gerade erzählt: Es war ein dummer Fehler. Fein.«

»Das meine ich doch gar nicht, Cooper. Es geht nicht um meinen Fehler. Es geht um Tessa. Deine Mum.«

»*Was*?«

»Es ist zwar schon zwanzig Jahre oder so her, aber es ist passiert. Du solltest dir lieber klarmachen, was mit deiner eigenen Familie los ist, bevor du hier den Moralapostel spielst. Deine Mum ist nämlich nicht so unschuldig, wie du denkst.«

Claire musste endgültig übergeschnappt sein. Ich verstand kein Wort mehr und sagte nur: »Alles klar. Wie du meinst.«

»Das meine ich ernst!« Sie lächelte bitterböse. »Ich weiß etwas sehr Interessantes über deine Mum.«

Es hatte keinen Sinn, sich weiter mit Claire auseinanderzusetzen. Sie war zu betrunken. Ich musste dafür sorgen, dass sie hier verschwand. Ihr ein Taxi rufen. Sie nach Hause schicken. »Okay, Claire«, sagte ich beschwichtigend. »Dann erzähle es mir ein anderes Mal. Wenn du nüchtern bist.«

»Dafür brauche ich nicht nüchtern zu sein. Ich habe

es mit eigenen Augen gesehen. Deine Mum war eine Schlampe. Frag Sebastian. Er kann es dir zeigen. Er hat den *Beweis*.«

»Alles in Ordnung mit ihr?«, fragte Libby, als ich ans Lagerfeuer zurückkehrte. Ich hatte Claire stehen lassen, bevor ich so wütend wurde, dass ich etwas tat oder sagte, das ich bereuen würde. Sie wanderte immer noch in der Dunkelheit am Strand umher.

»Nicht wirklich«, sagte ich. »Sie ist völlig hinüber und erzählt lauter verrücktes Zeug.«

»Was denn?«

»Keine Ahnung. Irgendwas Bescheuertes über meine Mutter.« Ich schüttelte den Kopf. »Dass sie nicht so unschuldig ist, wie ich glaube. Lauter so Blödsinn.«

»Will sie nicht zu uns kommen?«, fragte Cate. »Sich ans Feuer setzen?«

»Offenbar nicht.«

»Ich glaube, sie führt Selbstgespräche«, sagte Hari. »Was ist denn mit ihr los?«

»Sie ist betrunken«, sagte ich.

Alle sahen in Claires Richtung und schwiegen eine Weile. Man konnte sie vor sich hinmurmeln hören, während sie auf und ab ging und manchmal stehen blieb, um wütend in den Sand zu treten. Zum ersten Mal, seit ich sie kannte, machte ich mir ernsthaft Sorgen um Claire.

Plötzlich hob sie den Kopf und sah in unsere Richtung. Dann stemmte sie die Hände in die Hüften und schrie: »Was starrt ihr mich so an?«

Atticus, der ein Stück abseits gestanden hatte, kam zu mir und fragte: »Ist das Claire Forrester?«

»Live und in Farbe«, sagte ich.

»Was hat sie denn?«

»Zu viel getrunken. Sie muss einfach nach Hause und ihren Rausch ausschlafen.«

»Dann sollten wir ihr ein Taxi rufen.«

»Das habe ich schon versucht, aber sie hat mir das Handy aus der Hand geschlagen.«

»Soll ich mal mit ihr reden?«

»Du kannst es ja versuchen«, sagte ich. »Aber ich glaube nicht, dass du mehr erreichst.«

Atticus ging auf Claire zu. Der Größenunterschied zwischen den beiden war so enorm, dass er sich zu ihr hinunterbeugen musste, als er mit ihr redete. Zuerst wollte Claire nichts von ihm wissen und stand mit verschränkten Armen da, aber Atticus ließ sich nicht abschütteln. Wir hörten, wie er ruhig, aber bestimmt auf sie einredete. Nach einer Weile setzten sie sich hin.

Wir anderen wandten uns wieder dem Feuer zu und überließen die beiden sich selbst. Irgendwann kam Atticus wieder zu uns und fischte seinen Rucksack aus einem Deckenhaufen.

»Was hat sie gesagt?«, fragte Libby.

»Alles Mögliche«, sagte Atticus. »Ich bringe sie jetzt nach Hause.«

»Das ist doch nicht nötig«, sagte Hari genervt. »Können wir ihr nicht einfach ein Taxi rufen? Das hier ist deine erste Party seit einer halben Ewigkeit.«

»Ist schon in Ordnung«, sagte er. »Ich bin müde und wollte sowieso gehen.«

»Wirklich?«

Er nickte. »Kann mir jemand helfen, sie zu meinem Wagen zu bringen?«

»Das mache ich«, sagte ich.

»Ähm … lieber nicht«, sagte Atticus. »Du stehst bei ihr gerade nicht sehr hoch im Kurs.« Er wandte sich an Libby. »Wärst du vielleicht so nett?«

Auch Libby stand bei Claire nicht sehr hoch im Kurs, und wahrscheinlich musste sie sich einiges anhören, wenn Claire sie zu Gesicht bekam, aber sie willigte ein und ging mit Atticus los, bevor ich sie warnen konnte.

LIBBY

Claire saß im Sand und hielt sich den Kopf.

Ich beugte mich zu ihr hinunter. »Claire? Lass uns gehen«, sagte ich. »Atticus bringt dich mit seinem Wagen nach Hause.«

Sie sah zu mir auf, und blinzelte überrascht, als sie mich erkannte. »Hau ab! Ich gehe nirgendwo hin.«

»Wir waren uns doch einig, weißt du noch?« Atticus hockte sich auf der anderen Seite neben sie. »Du hast selbst gesagt, dass es besser ist, jetzt heimzugehen.«

»Hab ich das?«

»Ja. Soll ich dich an die Gründe erinnern?«

Claire sah ihn an, als käme er von einem anderen Stern.

»Erstens«, begann Atticus ungerührt und streckte einen Finger in die Luft. »Es wird kalt, und dein Hintern ist schon ganz nass, weil du im feuchten Sand sitzt. Zweitens würdest du dich in deinem warmen, weichen Bett viel wohler fühlen. Und drittens wäre es schrecklich, die ganze Nacht allein hier herumzusitzen.«

Nach einer Weile nickte Claire und ließ zu, dass wir sie

hochzogen. Schweigend durchquerten wir die Dünen. Die Beleuchtung des Parkplatzes kam mir nach der Dunkelheit am Strand so grell vor, dass sie mich fast blendete. Aber erst jetzt konnte ich sehen, wie blass Claire war und wie schlecht es ihr offenbar ging.

Plötzlich sagte sie: »Atticus. Das ist doch derselbe Name wie in diesem Buch ... *Wer die Nachtigall stört*.«

»Genau. Atticus Finch.«

»O mein Gott! Ich liebe dieses Buch. Ich liebe es.« Claire blieb stehen und sah ihn an. »Jetzt weiß ich auch wieder, wer du bist.«

»Na, super.« Atticus räusperte sich. »Ich hatte gehofft, du hättest mich vergessen.«

»Wir waren im selben Kunstkurs, in der achten Klasse. Du hast andauernd diese irren Bilder gemalt.«

»Schuldig.«

»Und du und dieser andere Junge ... Wie hieß er noch gleich?«

»Rhys Tucker.«

»Genau, Rhys Tucker. Ihr habt meinen Aufsatz vor der ganzen Klasse vorgelesen und mich total verarscht. Es war der Horror.«

»Ich bin nicht besonders stolz darauf«, sagte Atticus und lächelte schuldbewusst.

Dass die beiden sich kannten, war mir neu. Aber dass Claire mir diese Geschichte nie erzählt hatte, war nur zu verständlich, allein schon weil wir seit der achten Klasse nicht mehr miteinander befreundet waren. Das eigentlich Verwunderliche war, dass Atticus Claire nie erwähnt hatte. Im Laufe der Jahre hatte ich mit ihm öfter mal über Claire gesprochen, und er hatte nie erzählt, dass er sie kannte.

»Es war schrecklich«, sagte Claire. »Ihr wolltet mich demütigen. Das war *grausam*.«

»Und ich schäme mich aufrichtig dafür, wirklich«, sagte Atticus und senkte den Kopf.

»Und jetzt spielst du dich hier als netter Mensch auf und versteckst dein wahres Ich hinter diesem ganzen Gentleman-Gehabe.« Claire stemmte die Hände in die Hüften. Obwohl sie empört klang, schien sie alles in allem eher amüsiert zu sein.

»Du hast vollkommen recht«, sagte Atticus.

»Wenn ich's mir recht überlege, weiß ich gar nicht, ob ich mich von einem wie dir überhaupt nach Hause bringen lassen will.«

»Kann ich verstehen.«

»Bist du dir eigentlich darüber im Klaren, was für ein traumatisches Erlebnis es damals für mich war?«, fragte Claire und setzte noch nach: »Welchen seelischen Schaden ihr angerichtet habt?«

»Nicht wirklich.«

»Na, dann schau mich doch an!« Sie zeigte auf sich selbst. »Welchen Beweis brauchst du noch?«

Atticus lachte und sah Claire grinsend an. »Ich übernehme die volle Verantwortung. Von jetzt an werde ich dich zu all deinen Therapiestunden begleiten. Was immer du brauchst.«

»Vielleicht komme ich darauf zurück.«

»Okay«, sagte ich. »Ich gehe dann zum Lagerfeuer zurück. Gute Fahrt.«

Atticus murmelte irgendwas zum Abschied, während Claire mich ignorierte und nicht mal den Blick von Atticus abwandte.

Auf dem Rückweg zum Lagerfeuer dachte ich über Claire nach. Sie war viel sensibler, als sie zugab. Während der letzten Jahre hatte ich in ihr nur das oberflächliche Partygirl gesehen, eine herzlose Zicke. Aber das war nicht die ganze Claire. Und auch ich hatte Fehler gemacht.

Plötzlich fiel mir wieder ein, was ich früher einmal an ihr gemocht hatte. Sie konnte mich zum Lachen bringen und hatte einen herrlich selbstironischen Humor. Außerdem konnte sie sich leidenschaftlich für Dinge einsetzen, an die sie glaubte. Ich konnte mich fast wieder daran erinnern, wieso ich überhaupt mit ihr befreundet gewesen war.

CLAIRE

Während des größten Teils der Fahrt weinte sie und versuchte nicht einmal, es leise zu tun oder gar zu verbergen. Sie weinte, weil sie frustriert war, weil Cooper sie hasste und nicht mit ihr, sondern Libby zusammen war. Weil alles schiefging, einfach alles.

Sie weinte aber auch aus Reue, denn sie wusste, dass sie sich am Strand unmöglich benommen hatte und am nächsten Morgen dafür büßen würde. Schon beim Aufwachen würde der Selbsthass sie auffressen, und es würde Tage dauern, bis sie das Gefühl der Demütigung wieder abschütteln konnte.

Atticus reichte ihr ein Taschentuch und sie nahm es dankbar an. Als sie sich die Nase geputzt hatte, holte sie tief Luft und sagte: »Es ist so unfair!«

»Hmmm«, machte Atticus. »Meine detektivische Spürnase und mein unglaubliches Talent für Schlussfolgerungen lassen mich vermuten, dass es um Cooper geht.«

»Ich kann einfach nicht glauben, dass er mit dieser blöden Kuh zusammen ist.«

»Mit *Kuh* meinst du meine gute Freundin Libby?«

»Genau die.«

»Also, zuerst einmal ist sie keine Kuh, eine blöde schon gar nicht. Aber für den Moment müssen wir uns wohl darauf einigen, dass wir in diesem Punkt unterschiedlicher Meinung sind. Und zweitens: Was ist an Cooper so toll? Ich kapier's nicht. Okay, er sieht gut aus, aber ich nehme an, dass es nicht nur darum geht.«

»Er ist wirklich nett. Es macht Spaß, mit ihm zusammen zu sein.« Claire seufzte. »Ich kann es nicht erklären. Aber das ist es gar nicht, worüber ich mich so aufrege, jedenfalls nicht nur. Ich rege mich auf, weil ich eigentlich mit ihm reden wollte. Ich wollte ihm etwas Wichtiges sagen. Aber er hat mir nicht mal zugehört.«

»Aha. Und diese wichtige Sache, die du ihm sagen willst ... Ich will gar nicht wissen, was es ist, aber eine Frage: Ist es etwas Schlimmes? Wird es ihm schlecht gehen, wenn er es erfährt?«

»Also, glücklich macht es ihn bestimmt nicht, so viel ist sicher.« Wieder seufzte Claire, wischte sich durchs Gesicht und schaute aus dem Fenster. »Das ist aber kein Grund, es ihm nicht zu sagen.«

»Und warum willst du es ihm so unbedingt sagen? Willst du, dass es ihm schlecht geht?«

»Nein. Ich weiß nicht. Vielleicht. Vielleicht auch nicht. Ich finde einfach, dass er es wissen sollte.«

»Okay.«

Sie waren jetzt in dem Teil der Stadt, in dem Claire wohnte. Hier war es viel dunkler als in den anderen Straßen, weil die meisten Straßenlaternen kaputt waren, zerschlagen von betrunkenen Teenagern.

»Da vorne.« Claire zeigte auf ein graues Mietshaus. »Lass mich einfach da raus.«

Atticus fuhr an den Straßenrand. »Schaffst du die Treppe allein? Soll ich dich nicht wenigstens bis zur Haustür begleiten?« Er schaute sich so misstrauisch um, als könnte jeden Moment irgendein Gangster mit gezogener Waffe auf den Wagen zustürzen. »Das hier ist nicht gerade das sicherste Viertel.«

»Ich weiß. Aber keine Sorge, ich habe mich dran gewöhnt. Vermutlich bin ich sogar eine der zwielichtigsten Gestalten hier.«

»Das bezweifle ich«, sagte Atticus.

Claire drehte sich zu ihm um. In der Schule war er immer viel zu dünn gewesen. Und so groß, dass er sie an eine Heuschrecke erinnerte. Inzwischen stimmten seine Proportionen. Mit längeren Haaren könnte er richtig süß aussehen.

»Was du damals im Kunstkurs getan hat, war wirklich das Letzte«, sagte sie.

»Ich weiß. Und es tut mir leid. Ich hatte gehofft, du hättest es längst vergessen. Du hättest *mich* vergessen. Ich versuche mich von meinem früheren Ich zu distanzieren. Schließlich bin ich jetzt so viel cooler.«

»Ich erinnere mich ganz genau an dich. Du warst ein Riese. Und dann hattest du auch noch ständig diese schwarze Kappe auf. Wie nennt man die Dinger? Baretts?«

Atticus lachte. »Ich war wohl ein ziemlicher Snob.«

»Ich dachte immer, du seist schwul.« Sie sah ihn forschend an. »Bist du?«

»Nein.« Er schüttelte den Kopf. »Ganz sicher nicht. Einen überzeugteren Hetero als mich gibt es nicht. Wieso dachtest du, ich wäre schwul?«

»Die Art, wie du sprichst. Und diese komische schwarze Kappe. Dann deine Kunst und so. Zusammengerechnet heiß das für mich eben: schwul.«

»Dann ist Rechnen wohl nicht deine Stärke.«

»Das stimmt.« Claire seufzte. »Andererseits bin ich in gar nichts besonders gut. Außer im Saufen und Kiffen und in der Kunst, mich zum Affen zu machen. Darin bin ich richtig, richtig gut.«

»Irgendein Talent braucht jeder.«

Claire schnaubte verächtlich.

»Aber ich glaube, dass es noch mehr gibt, worin du gut bist.«

»Ach ja?«

»Es fällt dir leicht, mit Leuten zu reden. Von Kunst verstehst du auch etwas, wenn ich mich recht erinnere. Und du bist – oder warst jedenfalls gut in Netzball. Warst du nicht sogar Kapitän der Schulmannschaft? Und du bist eine gute Kellnerin.«

Sie sah ihn misstrauisch an. »Woher weißt du das alles?«

»Wir sind zusammen zur Schule gegangen. Schon vergessen?«

»Und das mit dem Kellnern?«

Er tippte sich geheimnisvoll an die Nase. »Ich habe da meine Quellen.«

»Okay«, sagte sie und grinste. Irgendwie hatte Atticus das Unmögliche möglich gemacht. Es ging ihr viel besser. Der Druck auf dem Brustkorb, die Versagensängte ließen nach, wenn auch nur für den Moment. »Ich sollte dann mal.« Sie öffnete die Beifahrertür. »Danke fürs Heimbringen.«

»Mach's gut. Ich hoffe, das wird alles wieder. Die ganze Sache mit dem schlimmen Geheimnis und so.«

Plötzlich fühlte Claire sich zu müde, um überhaupt darüber nachzudenken. Sie wollte nur noch in ihre Wohnung und ins Bett. Die Augen schließen und schlafen. Ins Nirwana abdriften. Alles vergessen. Wenigstens bis zum nächsten Morgen.

»Ich bleibe hier und passe auf, dass du auf dem Weg zur Haustür nicht von irgendwelchen Möchtegern-Gangstern überfallen wirst«, sagte Atticus. »Ich fahre erst los, wenn du im Haus bist.«

Claire dachte, er wollte sich schon wieder über sie lustig machen, aber dann beleuchteten seine Scheinwerfer ihren Weg tatsächlich, bis sie die Haustür erreichte. Erst als sie die Tür hinter sich schloss, fuhr er davon.

JETZT

LIBBY

Ich rufe Sebastian gleich nach dem Frühstück an. Er scheint sich darüber zu freuen, und als ich sage, dass ich mit ihm reden möchte, lädt er mich zu sich ein.

»Kann ich jetzt gleich kommen?«

»Warum nicht? Nimm die Seitentür unten im Haus.«

Als ich ankomme, führt er mich in den Wohnbereich seines Apartments. Er zeigt auf einen Barhocker, auf den ich mich setzen soll, und geht hinter die Theke.

»Willst du was trinken?«

Ich bitte um Wasser. Er selbst trinkt Saft. Mein Glas stellt er auf eine Serviette und schiebt es über die Theke. Dann kommt er – entgegen meiner Erwartung – nicht um die Bar herum, um sich neben mich zu setzen, sondern lehnt sich an den großen Kühlschrank hinter ihm. Ich finde das merkwürdig und habe das Gefühl, dass die Theke als Barriere zwischen uns dienen soll.

»Ich habe die ganze Nacht an Cooper gedacht«, fange ich an. »Ich konnte nicht schlafen.«

Er nickt. »Es ist wirklich ein Schock. Cooper. Tot.«

»Mitten in der Nacht bin ich aufgestanden und habe *Selbstmord* gegoogelt.«

»Wirklich?«

»Ich verstehe es einfach nicht. Ich verstehe überhaupt nichts mehr.«

»Vielleicht sollen wir es nicht verstehen«, sagt Sebastian sanft. »Vielleicht hat Cooper es selbst nicht verstanden. Depression ist eine Krankheit. Wer davon betroffen ist, verhält sich nicht unbedingt nachvollziehbar.«

»Aber das ist es ja gerade. Ich glaube nicht, dass er depressiv war.«

Stirnrunzelnd sieht er auf sein Glas und schwenkt den Saft umher. »Was soll das heißen?«

»Ich glaube, er war das Gegenteil von depressiv. Er war glücklich. Er liebte seinen Job. Er und ich … wir waren verliebt.«

»Ich weiß.«

»Wenn man verliebt ist, bringt man sich doch nicht um!«

Er räuspert sich, dann sieht er mich mit einem traurigen Lächeln an. »Hör zu, Libby. Ich weiß, wie bitter es ist und wie weh es tut. Er war mein bester Freund und ich vermisse ihn wie verrückt. Aber das hat doch keinen Sinn. Das alles jetzt zu verdrängen, hat keinen Sinn.«

»Ich verdränge nichts. Ich kann nur nicht verstehen, wieso niemand diese Theorie infrage stellt. Wieso alle wie selbstverständlich davon ausgehen, Cooper wäre auf diese Klippen geklettert, um runterzuspringen.«

»Selbstmorde unter Jugendlichen sind eine regelrechte Epidemie. Du hast ja gehört, was der Pastor gesagt hat. Und Cooper hatte manchmal ziemlich schlechte Laune.«

»Die hat doch jeder mal.«

»Aber Cooper ist dann immer regelrecht in Selbstmitleid zerflossen. Vielleicht hast du diese Seite von ihm nie kennengelernt. Du kanntest ihn ja noch nicht lange.«

»Ich kannte ihn gut genug«, sage ich barsch. »Und offenbar hatte ich größeres Vertrauen in ihn als du. Er ist überhaupt nicht in Selbstmitleid zerflossen.«

Sebastian dreht sich von mir weg und schenkt sich Saft nach. Als ich sein Gesicht wieder sehen kann, sind seine Augen feucht, und er malmt mit den Backenzähnen, um nicht loszuheulen. »Jeder hat seine eigene Art, das Geschehene zu verarbeiten«, sagt er. »Du und ich scheinen ganz unterschiedlich damit umzugehen, aber glaub bloß nicht, dass ich nicht leide. Glaub bloß nicht, dass ich ihn nicht vermisse.«

»Tut mir leid. So habe ich es nicht gemeint.« Seufzend beuge ich mich zu ihm vor. »Trotzdem, Seb, hör mir bitte zu und überleg einmal selbst. Auf dieser Webseite heißt es, Selbstmordkandidaten seien zurückgezogen und ungesellig. Sie sind apathisch und interessieren sich nicht für die Zukunft. So war Cooper aber nicht! Ganz und gar nicht!«

»Ich weiß nicht, Libby. Aus meiner Perspektive sieht das alles ein bisschen anders aus. Ich hatte ihn eine ganze Weile nicht gesehen, als er starb. Ich kann mich nicht mal erinnern, wann genau ich ihn das letzte Mal gesehen habe. Die Zeiten, in denen wir praktisch als unzertrennliches

Duo aufgetreten sind, waren lange vorbei. Du hast ihn vielleicht nicht als zurückgezogen erlebt, aber er hat sich in letzter Zeit definitiv von einigen seiner ältesten Freunde zurückgezogen.«

»Aber das ist doch keine Zurückgezogenheit in *dem* Sinne!«, protestiere ich. »Auf der Webseite ist damit etwas anderes gemeint. Cooper hat sich nicht von allem und jedem abgekapselt. Er hat sich nur neu orientiert. Menschen tun so etwas. Sie entfremden sich von alten Freunden und gewinnen neue.«

»Das könnte ich jetzt als Beleidigung auffassen.« Sebastian sieht mich ziemlich sauer an.

»Ich versuche nicht, dir wehzutun Sebastian. Ich will auch nicht mit dir konkurrieren. Wir haben ihn beide geliebt, das weiß ich ja. Ich will nur rausfinden, was wirklich passiert ist.«

Einen Moment lang ist er ganz still und starrt in sein Glas. Als er wieder aufschaut, liegt etwas Merkwürdiges in seinem Blick. Es sieht fast aus, als hätte er Angst.

»Du hast doch nicht mit Claire darüber gesprochen, oder?«, fragt er.

»Nein. Warum sollte ich? Ich will nicht mit ihr reden.«

»Okay. Also, wenn du meine Meinung hören willst: Du solltest die Finger von der ganzen Sache lassen«, sagte er viel freundlicher als vorher. »Du tust niemandem einen Gefallen, wenn du in der Vergangenheit herumwühlst. Auch dir nicht.«

»Ich will mir damit auch keinen Gefallen tun. Und auch sonst niemandem. Das ist mir völlig egal, okay?« Aus lauter Frust schlage ich mit der flachen Hand auf den Tresen. »Ich mache das nicht, damit ich mich besser fühle. Ich will einfach nur herausfinden, was mit Cooper passiert ist.«

»Er ist von den Klippen gesprungen. Er war unglücklich. Ende der Durchsage.«

»Nein, das glaube ich nicht.«

Einen Moment lang sagt keiner mehr etwas, und wir stehen beide wütend da, atmen heftig und sehen uns mit funkelnden Augen an. Sebastian ist der Erste, der wieder spricht, und seine Stimme ist kalt und eindringlich. »Glaub von mir aus, was du willst. Hauptsache, du kannst nachts schlafen. Aber tu mir einen Gefallen: Erwähne diese Dinge nicht Claire gegenüber! Sie ist eh schon am Ausrasten, und das Letzte, was sie jetzt braucht, sind wilde Spekulationen, die sie noch mehr aus der Bahn werfen.«

»Okay«, sage ich. »Ich habe ja schon gesagt, dass ich sowieso nicht mit ihr sprechen will.«

»Glaub, was du willst«, wiederholt Sebastian und stellt sein Glas auf die Theke. »Für alle anderen ist es ein ganz klarer Fall. Es gibt keine offenen Fragen. Der Gerichtsmediziner hat nicht mal eine Obduktion angeordnet. Und die Sache mit Coopers Vater dürfte wohl die letzten Zweifel beseitigt haben.«

»Mit *wem*?«

»Richard. Coopers Vater.«

Ich sehe Sebastian fragend an.

»Weißt du denn nicht, was damals passiert ist?«

Ich schüttele den Kopf und habe wirklich keine Ahnung.

Sebastian sieht mich ungläubig an. »Das weißt du nicht?«

»Was denn? Wie er gestorben ist? Cooper hat es mir nie erzählt.«

»Scheiße!« Sebastian starrt mich mit weit aufgerissenen Augen an. »Kein Wunder, dass du so verwirrt bist.«

»Warum? Was ist damals denn passiert?«

Sebastian tritt an die Theke und legt seine Hände auf meine. »Tut mir leid, Libby. Ich dachte, du wüsstest es.«

»*Was* denn?«

»Richard hat Selbstmord begangen. Vor zwanzig Jahren. Er ist von Bradley's Edge gesprungen. Und nun hat Cooper exakt das Gleiche getan.«

D'AM'ALS

SEBASTIAN

Am Sonntagmorgen bekam Sebastian in aller Frühe eine SMS von Cooper.

> Hey. Hab Claire gestern Abend getroffen. Sie hat irgendwas von meiner Mutter gefaselt. Ziemlich wirres Zeug. Sie hat gemeint, ich soll dich fragen. Weißt du, worum es geht?

Diese verfluchte Claire und ihr großes Maul! Manchmal benahm sie sich wirklich idiotisch, vor allem wenn sie betrunken war. Sebastian wollte einfach vergessen, was er auf dem Video gesehen hatte, und arbeitete schon die ganze Woche daran. Wann immer das Gesicht der geheimnisvoll lächelnden Tessa vor seinem inneren Auge aufgetaucht war, hatte er es verdrängt, und er wollte gar nicht erst darüber nachdenken, was es zu bedeuten hatte. Aber Claire hatte natürlich nichts Besseres zu tun, als es Cooper brühwarm zu erzählen. Es ärgerte Sebastian, dass er das nicht hatte kommen sehen. Dabei war es typisch Claire. Immer und überall musste sie Unruhe stiften und sich in Dinge einmischen, die sie nichts angingen und von denen sie keine Ahnung hatte.

Er ging nach oben ins Fernsehzimmer, machte die Tür hinter sich zu und schloss sie ab. Leonard war in seinem Arbeitszimmer, Sarah im Garten. Es war also unwahrscheinlich, dass einer von ihnen in absehbarer Zeit hierher kommen würde, aber sicher war sicher. Er fand das Video und legte es ein. Mit leise gestelltem Ton schaute er sich die seltsame Szene an, spulte das Band zurück und spielte es erneut ab.

Es war offensichtlich, was dort vorging. Aber wie ernst war die Sache zwischen Tessa und Leonard gewesen? War es eine richtige Affäre mit allem Drum und Dran oder bloß ein harmloser Flirt? Beides war möglich.

Sebastian warf das Video aus und nahm es mit nach draußen. Er sah seine Mutter weit hinten im Garten, wo sie gerade die Rosensträucher beschnitt. Er legte das Video aufs Kopfsteinpflaster des Gartenwegs, suchte sich einen großen Stein und schlug damit auf das Video ein, bis nur noch zerstückeltes Plastik und Bandsalat übrig waren. Als er sich aufrichtete, schaute seine Mutter in seine Richtung, eine Hand an die Stirn gelegt, um ihre Augen vor der Sonne zu schützen. Sie winkte Sebastian fröhlich zu und er winkte zurück. Wenn Sebastian jemanden schützen wollte, dann sie. Sie hatte diesen Kummer, diese Demütigung nicht verdient. Vor allem aber hatte sie keinen so miesen Ehemann verdient.

Er brachte das zerstörte Video ins Haus, wickelte es in Zeitungspapier und vergrub das Ganze tief unten im Abfalleimer.

Hoffentlich würde Cooper nicht weiter nachfragen und die Sache vergessen. Was auch immer damals geschehen war – es war lange her. Welche Rollte spielte es jetzt noch? Keine, soweit Sebastian sehen konnte.

Er löschte Coopers SMS, ohne darauf zu antworten, und rief stattdessen Claire an.

»Bist du allein?«, fragte er.

»Ja, warum?«

»Was, zum Teufel, hast du Cooper gestern Abend erzählt?«

Claire antwortete nicht gleich. Schließlich sagte sie kleinlaut: »Keine Ahnung, Seb. Ich kann mich nicht erinnern. Ich weiß nur noch, dass wir an den Strand gefahren sind und ich irgendwie wieder nach Hause gekommen bin. Was am Strand war, habe ich vergessen. Fast alles.«

»Cooper hat mir gerade geschrieben und will wissen, was mit Tessa los ist.«

»O Gott. Tut mir wirklich leid.« Erleichtert nahm Sebastian zur Kenntnis, wie zerknirscht sie klang. Sie schien die Wahrheit zu sagen. »Kannst du ihm nicht einfach sagen, dass ich besoffen war und dummes Zeug gelabert habe?«

»Vielleicht. Das Problem ist nur, dass ich nicht weiß, was genau du ihm erzählt hast.«

»Ich wünschte, ich wüsste es. Gott, ich bin so ein Idiot! Es tut mir leid, Seb. Wenn er mich darauf anspricht, tu ich einfach so, als wüsste ich nicht, was er meint. Als hätte ich gestern Abend halluziniert.«

»Okay.« Sebastian wollte das Gespräch gerade beenden, als er Claire noch etwas sagen hörte.

»Seb? Leg noch nicht auf! Bist du noch da?«

»Ja.«

»Es tut mir wirklich, wirklich leid.«

»Okay.«

»Du musst mich so satthaben.«

»Ach, vergiss es einfach.«

»Seb?«

»Ja?«

»Ich will dich nicht belästigen, aber kannst du bitte, bitte kommen? Und mir was bringen? Es geht mir richtig mies. Ich habe brutale Kopfschmerzen.«

»Dann nimm eine Kopfschmerztablette. Oder zwei.«

»Hab ich schon. Bitte, Seb! Ich flehe dich an. Ich würde dich nicht bitten, wenn ich es nicht wirklich brauchen würde. Ich fühle mich schrecklich und stehe total unter Stress. Ich brauche einfach einen kleinen Muntermacher. Etwas, das mir durch den Tag hilft.«

Sie redete weiter und weiter, immer dasselbe, wie schlecht es ihr ging und wie leid es ihr tat. Sebastian hörte nur mit halbem Ohr zu, während er in seinen begehbaren Kleiderschrank trat und den gelben Schuhkarton hervorkramte, in dem er seine Vorräte aufbewahrte. Er hob den Deckel und holte eins der Tütchen heraus.

»Okay, Claire. Habe verstanden. Du kannst jetzt aufhören.«

»Ist das ein Ja?«

»Ja.«

»Danke, Seb. Danke. Du bist meine Rettung.«

»Dafür musst du aber auch was für mich tun.«

»Alles, was du willst.«

»Von jetzt an hältst du dich aus anderer Leute Angelegenheiten heraus. Verstanden? Komplett und total.«

»Okay.«

»Und was wir da auf dem Video gesehen haben, vergisst du gefälligst. Für immer. Ich meine es ernst, Claire.«

»Mach ich. Versprochen.«

»Mir ist völlig egal, was Leonard vor zwanzig Jahren angestellt hat. Also sollte es dir genauso egal sein.«

»Ist es ja auch. Es ist mir absolut egal.«

»Und zu deiner Information: Ich habe das Video zerstört. Solltest du doch noch jemandem davon erzählen, werde ich behaupten, dass du lügst. Dass du nicht mehr alle Tassen im Schrank hast und unter Wahnvorstellungen leidest.«

»Okay, okay.«

Als er den Hügel hinabfuhr, um Claire die Drogen zu bringen, erschienen die Bilder des Videos wieder vor seinem inneren Auge, und er wusste, dass sie sich in seinem Gedächtnis festgesetzt hatten. Unauslöschlich. Tessas Gesicht. Ihr verführerisches Lächeln. Ihr verliebter Blick.

Seine Eltern hatten sich noch nie mit so viel Liebe im Blick angesehen.

Es war eine Ironie des Schicksals, dass er, Sebastian, das gleiche Verlangen nach Tessas Sohn hatte wie sein Vater nach Tessa. Ob es genetisch bedingt war? Hatte er von Leonard etwa Gene geerbt, die ihn dazu brachten, sich in jemanden zu verlieben, der unerreichbar war? Etwas, jemanden, zu wollen, den er niemals haben konnte?

COOPER

Da Seb meine SMS nicht beantwortete, nahm ich an, dass er nicht wusste, was Claire meinte, oder dass ihm das Ganze egal war. Von Claire hörte ich auch nichts mehr, Gott sei Dank. Wahrscheinlich war es das Beste, diese Episode einfach zu vergessen. Sich jedes Mal aufzuregen, wenn Claire Stress machte, hatte sowieso keinen Sinn.

Am Mittwochabend ging ich mit Libby bei Beppi's essen, ein italienisches Restaurant in der Innenstadt. Es war eins der ältesten Lokale von Walloma und praktisch eine Institution, obwohl die Einrichtung nicht wirklich italienisch und ziemlich kitschig war. Auf den Tischen lagen rot-weiß karierte Decken, lange Kerzen steckten in alten Chiantiflaschen und von der Decke hingen Plastikweintrauben. Trotzdem hatte das Lokal einen gewissen Charme. Vor allem duftete es köstlich und das Essen war ebenso gut wie preiswert.

Wir bestellten eine große Pizza zum Teilen, und tranken Bier, während wir darauf warteten. Ich hielt Libbys Hand und spielte mit ihren Fingern. Wir sprachen über

Musik, unsere Lieblingsbands und -songs. Ich erzählte ihr, dass ich während meiner Highschoolzeit oft die Lieblingsmusik meines Vaters gehört hatte, weil ich mich dadurch mit ihm verbunden fühlte.

Die Pizza war lecker, großzügig mit Salami, Oliven und Basilikum belegt, gut gewürzt und heiß. Wir griffen beide mit den Händen zu und aßen jeder ein großes Stück.

»Darf ich dich was fragen?«, sagte Libby und wischte sich mit der Serviette den Mund ab.

»Natürlich. Was denn?«

»Was war da zwischen dir und Claire?«

Ich erzählte ihr die ganze Geschichte, während wir weiteraßen, und ließ nichts aus. Komischerweise empfand ich nichts, aber auch gar nichts, als ich zum unschönen Schluss kam, dem Abend, als Claire diesen anderen Typen geküsst und mich ausgelacht hatte.

»Das muss schrecklich für dich gewesen sein«, sagte Libby.

»Ich war ziemlich sauer.«

»Du hattest sie sehr gern.«

»Das dachte ich damals zumindest. Ich dachte auch, es sei etwas Ernstes.«

Sie sah etwas unglücklich drein, als ich das sagte, was natürlich nicht meine Absicht gewesen war. Ich nahm wieder ihre Hand und streichelte mit den Fingern darüber. Das Bier hatte meine Zunge gelockert und machte es leichter, auszusprechen, was ich dachte und empfand.

»Aber Libby, seit du … seit wir zusammen sind … Okay, wir haben noch nicht mal miteinander geschlafen, aber …« Ich sah sie an und hoffte, dass ich nicht überschätzte, was uns verband. Sie sah mich ernst und gespannt an. »Also, was das angeht, steht uns ja vielleicht noch eine böse Überraschung bevor. Kompatibilitätstechnisch, meine ich. Aber das glaube ich nicht. Ich bin mir eigentlich sogar sicher, dass wir gut zusammen … Shit, was ich eigentlich sagen will, bevor ich mich endgültig um Kopf und Kragen rede, ist, dass ich mich mit dir schon jetzt viel wohler fühle als mit irgendwem sonst. Mehr wie ich selbst. Ich weiß jetzt schon, dass das hier etwas viel Besseres ist. Echter. Gar nicht zu vergleichen mit dem, was ich mit Claire hatte.«

»Das ist schön«, sagte sie leise.

»Mit Claire zusammenzusein, war wie …« Ich musste kurz nachdenken, um richtig auszudrücken, wie ich mich gefühlt hatte. Keine Lügen. Keine Halbwahrheiten. »Als wenn du an einem riesigen Lagerfeuer sitzt. Zuerst ist es faszinierend. Und aufregend. Und wahnsinnig heiß. Aber schon bald wird dir die Hitze zu viel. Der beißende Rauch nimmt dir die Sicht, er brennt und irgendwann musst du wegschauen.«

»Verstehe«, sagte sie und lächelte mich schüchtern an. »Und wie ist es mit mir?«

»Du bist wie …« Ich legte den Kopf schief und sah sie aufmerksam an. »Mit dir zusammen zu sein, ist, wie an einem perfekten Tag am Ufer eines ruhigen Flusses zu sitzen. Die Sonne scheint dir warm auf den Rücken, aber du schwitzt nicht, denn vom Fluss her weht eine leichte Brise. Überall gibt es etwas Interessantes zu sehen, und wenn du

Lust hast, kannst du eine Runde schwimmen und dich hinterher von der Sonne trocknen lassen. Im weichen Gras. Unter einem großen Baum.«

Libby blinzelte und biss sich auf die Lippen. »Wow! Klingt großartig.«

»Das ist es«, sagte ich. »Mein neuer Lieblingsort.«

Wir bestellten einen Nachtisch zum Teilen und zwei Gläser Frangelico dazu, einen Haselnusslikör. Mit dem Essen und Trinken ließen wir uns Zeit. Unter dem Tisch spielten unsere Füße miteinander, auf dem Tisch hielten wir uns an den Händen. Am liebsten wären wir ewig so dagesessen. Wir wollten nicht gehen. Aber irgendwann waren wir die letzten Gäste. Die Kellnerin kam noch einmal mit dem Frangelico an unseren Tisch und schenkte uns nach.

»Aufs Haus«, sagte sie. »Aber dann müssen Sie leider gehen. Es ist nach Mitternacht.«

»Zu dumm, dass wir nirgends hinkönnen«, sagte Libby, als die Kellnerin die Rechnung holte.

»Du sagst es. Ich wünschte, ich hätte eine eigene Wohnung.«

»Ich auch.«

»Du könntest bei mir übernachten.« Grinsend nahm ich Libbys Hand. »Jede Nacht.«

Sie zuckte mit den Schultern. »Du könntest natürlich mit zu mir kommen. Aber Mum … Ich weiß nicht … Vielleicht ist es keine so gute Idee. Ich denke, es wäre besser, erst mal mit ihr drüber zu reden. Und irgendwie will ich das noch nicht.«

»Mir geht's genauso«, sagte ich.

Wir sahen einander an, und es war klar, dass wir beide dasselbe wollten. Aber wir hatten einfach keinen Ort, an dem wir allein sein konnten. Ich tröstete mich mit dem Gedanken, dass es eines Tages so weit sein würde, und ich war mir sicher, dass sich das Warten lohnen würde. Es war sogar irgendwie aufregend.

Plötzlich kam mir ein Gedanke. »Hey! Wir könnten doch übers Wochenende nach Sydney fahren«, sagte ich. »Und in einem Hotel übernachten. Ganz ungestört.«

»Das wäre toll!«

»Kannst du dir Samstag freinehmen? Dann fahren wir gleich dieses Wochenende. Oder das nächste. Wir nehmen einen Zug am Freitagnachmittag und kommen Sonntag zurück.«

Libby nickte. »Meine Kollegin Kim freut sich über jede Extraschicht, die ich ihr überlasse. Bestimmt kann sie am Samstagmorgen für mich einspringen.«

Wir legten das Geld – inklusive großzügigem Trinkgeld – auf den Tisch. Einen konkreten Plan für unser erstes ungestörtes Zusammensein zu haben, machte es leichter, das Restaurant zu verlassen.

Zwei Tage nur wir zwei. Zwei Nächte im selben Bett. Keine Freunde. Keine Mütter. Nur wir.

LIBBY

Am Dienstagmorgen holte Cooper mich in aller Frühe zum Surfen ab. Die Nächte wurden langsam schon kühler, die Sonne ging später auf, und als mein Wecker um halb sechs klingelte, musste ich mich zwingen, unter der warmen Bettdecke hervorzukriechen und aufzustehen. Nur der Gedanke an Cooper half mir auf die Beine.

Mit zwei dampfenden Bechern Tee in den Händen wartete ich vor dem Haus auf ihn. Als er in unsere Einfahrt bog, beeilte ich mich, in den geheizten Wagen zu steigen. Bevor er wieder losfuhr, tranken wir unseren Tee. Nichts als unser Schlürfen und das Pusten über den heißen Tassen war zu hören.

»Hey«, sagte Cooper nach einer Weile, beugte sich über die Mittelkonsole und küsste mich. »Bist du bereit?«

»Es ist so kalt«, sagte ich. »Ist das wirklich eine gute Idee?«

»Das Wasser hat noch neunzehn Grad. Es ist angenehm, du wirst sehen.«

Als er den Wagen am Strand parkte, blieben wir noch

einen Moment lang sitzen. Cooper nahm meine Hand und strich mir über die Handfläche. Das tat er so oft, dass es schon fast zur Gewohnheit wurde, aber es prickelte immer noch wie beim ersten Mal.

Wir schauten beide nach Norden, wo die Wellen wesentlich größer waren und sich nur ein paar wenige Surfer tummelten. Es sah richtig wild aus.

»Bald bist du auch so weit, am Northend zu surfen«, sagte Cooper.

Ich bildete mir ein, ein Quäntchen Wehmut in seiner Stimme zu hören. Hielt ich ihn etwa zurück? Vielleicht würde er insgeheim selbst lieber am Northend surfen, auf den größeren Wellen?

»Das bezweifle ich«, sagte ich. »Aber warum tust du es nicht, wenn du Lust dazu hast? Ich schaue dir gern zu.«

»Warum sollte ich?«

Ich knuffte ihn freundschaftlich in die Seite. »Damit du die Wellen für große Jungs surfen kannst. Beweisen kannst, dass du der Beste bist. Und mich beeindrucken.«

»Lieber nicht. Am Ende falle ich vom Board und mache mich lächerlich. Außerdem möchte ich mit dir surfen.« Er zog meine Hand an sein Gesicht, küsste meine Handfläche und grinste. »Um ehrlich zu sein: Ich war gestern schon am Northend surfen.«

Fast zwei Stunden lang blieben wir im Wasser. Cooper hatte recht, das Meer war wärmer als die Luft. Ich erwischte ein paar ordentliche Wellen, konnte mich lange auf dem Board halten und wurde immer besser. Zurück am Strand schälten wir uns aus unseren Neoprenanzügen und zogen unsere trockenen Sachen an. Ich dachte, Cooper hätte es eilig, zur Arbeit zu gehen, stattdessen schlug er vor, noch einen Kaffee zu trinken. Zu Fuß überquerten wir die Strandpromenade und gingen in ein kleines Café. Wir bestellten zwei Cappuccino zum Mitnehmen und einen Muffin zum Teilen. Dann setzten wir uns auf eine kleine Wiese mit Blick auf den Strand und brachen den Muffin in zwei Hälften. Der Kaffee war heiß und stark und die Sonne wärmte uns den Rücken. So stellte ich mir den perfekten Tag vor: kühl, aber sonnig. Vor Zufriedenheit stieß ich einen Seufzer aus.

»Fast acht«, sagte Cooper in aller Seelenruhe. »Heute komme ich definitiv zu spät zur Arbeit.«

»Woher weißt du, wie spät es ist?«

»Siehst du die Sonne?« Er zeigte gen Himmel.

»Ja, und?«

Er setzte zu einer komplizierte Erklärung an über das Verhältnis von Sonnenstand und Horizont, Schattenrichtung und -länge, und ich verstand kein Wort.

»Und danach kannst du die genaue Uhrzeit bestimmen?«

»Natürlich.« Er grinste und zeigte hinter uns, wo eine große Uhr an einer Hauswand hing. »Alternativ greife ich auf moderne Zeitmessungsmethoden zurück.«

Wir lachten. Dann legte er die Hände auf meine Schultern, drückte mich zu Boden und küsste mich. Er schmeckte nach Kaffee und Salz.

»Oh, verdammt!« Er stützte sich auf einen Ellenbogen und sah auf mich herab. »Ich habe völlig vergessen, dir etwas zu erzählen. Ich habe meiner Mum gesagt, dass wir nach Sydney fahren wollen. Und weißt du was? Sie spendiert uns ein Zimmer in einem richtig guten Hotel in der Nähe des Circular Quay. Gleich dieses Wochenende, wenn du kannst.«

»Natürlich kann ich.« Ich strahlte bestimmt wie ein Honigkuchenpferd. »Das ist wirklich nett von deiner Mum. Warum, glaubst du, tut sie das?«

»Weil sie dich mag, nehme ich an. Und weil sie mir eine gute Beziehung wünscht. Mit dir.« Dann schob er eine Hand in meinen Nacken, hob meinen Kopf und küsste mich erneut. Mit der freien Hand fuhr er seitlich an meinem Körper entlang. Ich konnte mich gar nicht eng genug an ihn schmiegen, und einen Moment lang gab es nichts als Cooper, nichts als unsere erhitzten Körper und die schwindelerregende Atemlosigkeit unserer Küsse.

Meine Mutter war weniger begeistert, als ich ihr am Abend von dem Wochenende in Sydney erzählte, während wir zusammen abwuschen. Sie starrte ins Spülbecken, schrubbte mit unnötig viel Kraft daran herum und weigerte sich, mich anzusehen.

»Nur ihr zwei?«, fragte sie nach einer Weile.

»Genau.«

»Meinst du nicht, dass ihr …«

»Dass wir was?«

»Ach, nichts.« Sie schüttelte den Kopf. »Vergiss es.«

»Was soll ich vergessen?«

Sie sagte nichts.

»Mum!«

»Also gut.« Endlich sah sie auf, aber zwischen ihren Augenbrauen hatte sich eine tiefe Falte gebildet. »Meinst du nicht, dass alles etwas zu schnell geht? Mit dir und diesem Jungen? Kennst du ihn überhaupt schon gut genug?«

»Cooper. Sein Name ist Cooper, wie du weißt«, sagte ich. »Und nein. Ich finde nicht, dass alles zu schnell geht. Ich kenne ihn schon ziemlich gut. Und nach diesem Wochenende werde ich ihn noch besser kennen. Er ist einfach fantastisch, Mum. Intelligent. Nett. Freundlich. Er ist perfekt. Und er kann sich für Dinge begeistern. Du solltest ihn mal …« Ich unterbrach mich, drehte mich um, faltete das Küchenhandtuch und hängte es über seine Stange. Es hatte keinen Sinn, Cooper so anzupreisen. Und wenn ich noch so viele Adjektive für ihn fand, würde Mum sich davon nicht überzeugen lassen. »Du musst mir einfach vertrauen.«

»Ich vertraue dir ja, Liebes. Wirklich. Wenn du ihn so sehr magst, wird er es verdient haben. Ich möchte nur nicht, dass du verletzt wirst.«

»Fängst du schon wieder damit an? Ich kann es nicht mehr hören. Ich werde nicht verletzt. Du wirst es nicht glauben, aber ich arbeite daran, genau das zu vermeiden. Trotzdem kann es passieren. Und du kannst es nicht verhindern. Genauso wenig wie ich selbst. Aber was wäre das denn für ein Leben, wenn ich aus Angst davor, verletzt zu werden, jegliches Risiko vermeiden würde? So kann man doch nicht leben! Das ist doch bescheuert!«

Mum schwieg eine Weile und schien nachzudenken. Schließlich nickte sie. »Du hast recht. Tut mir leid. Das war dumm von mir. Ich war wohl etwas übervorsichtig.«

»Dann freu dich doch einfach für mich.«

Es war ein merkwürdiges Gefühl, als Tessa uns am Freitagnachmittag zum Bahnhof brachte. Cooper und ich, beide in Jeans und T-Shirt, standen mit unserem Gepäck auf dem Bahnsteig, als wären wir auf dem Weg ins Schullandheim oder ins Sommerlager. Dass wir auf dem Weg zu einem romantischen Wochenende in einem schicken Hotel waren, konnte man uns nicht ansehen.

Ich war ganz offiziell erwachsen. Ich durfte Auto fahren, Alkohol trinken und wählen. Und dennoch kam ich mir wie ein Kind vor, das die High Heels seiner Mutter ausprobiert und darauf unbeholfen durchs Haus wackelt. Als täte ich nur so, als sei ich erwachsen.

»Danke. Vielen, vielen Dank«, sagte ich zu Tessa, als sie einen Parkplatz gefunden hatte und zu uns auf den Bahnsteig kam.

»Nicht der Rede wert. Es ist mir ein Vergnügen.«

»Nicht der Rede wert?«, sagte Cooper. »Ich habe das Hotel gegoogelt, Mum, und finde die Zimmerpreise alles andere als nicht der Rede wert.«

»Ich bin ein Sparfuchs«, sagte Tessa. »Das weißt du doch, Cooper. Das Geld kriege ich wieder rein. Außerdem habe ich ein Sonderangebot erwischt.«

»Ich will mich ja auch gar nicht beschweren.« Cooper umarmte seine Mum, dann sah er mich an. »Manchmal tut sie so was. Sie ist immer für eine Überraschung gut. An meinem zwölften Geburtstag hat sie für uns einen Winterurlaub gebucht, in einem palastartigen Hotel mitten in den verschneiten Bergen. Es muss ein Vermögen gekostet haben.« Er sah wieder Tessa an. »Und dann das Wahnsinns-Surfboard, das du mir zum achtzehnten Geburtstag geschenkt hast. Oder der Laptop in der siebten Klasse. Die teure Lederjacke. Manchmal denke ich, du verheimlichst mir etwas. Als hättest du irgendwo eine Schatzkiste versteckt.«

Tessa löste sich von Cooper. »Ihr müsst los«, sagte sie. »Euer Zug fährt sonst ohne euch ab.«

Als wir im Hotel eincheckten, hatte ich wieder dieses merkwürdige Gefühl, ein Kind zu sein. Alles war so elegant und das Personal absolut professionell. Ich hätte mich nicht gewundert, wenn man uns den Zimmerschlüssel verweigert oder uns gefragt hätte, wo denn unsere Eltern seien. Stattdessen wurden wir mit der größten Selbstverständlichkeit eingecheckt und bekam die Karte ausgehändigt, die als Zimmerschlüssel diente. Cooper schien dieses merkwürdige Gefühl nicht zu haben. Er war wie immer – selbstsicher, locker und freundlich.

Von unserem Zimmer aus überblickten wir den Hafen und das Opernhaus. Wir stürzten sofort ans Fenster und konnten uns gar nicht sattsehen. Es war ein bedeckter Tag. Die Wolken hingen tief und die Luftfeuchtigkeit war hoch. Der sonst so bunte Hafen schien nur aus Grau- und Schwarztönen zu bestehen. Trotzdem war es ein grandioser Anblick, der allerdings viel melancholischer war, als man sich diesen quirligen Teil von Sydney normalerweise vorstellt.

»Wow!«, sagte ich.

»Aber hallo.«

Plötzlich zuckte ein Blitz über den Himmel. Ein dramatischer Anblick. Dann folgte Donner und im nächsten Moment prasselte der Regen los.

»Sieht so aus, als wären wir heute Abend auf den Roomservice angewiesen«, sagte Cooper.

»Roomservice? Was für ein feiner Pinkel bist du denn? Machst du so was öfter?«

»Nein, du bist höchstens die Fünfte oder Sechste, mit der ich diesen Trip mache.« Er begann, an den Fingern abzuzählen. »Nein, du musst die Achte sein. Also diesen Monat, meine ich. Acht? Ja, ich glaube, acht ist richtig.«

Ich stieß ihm in die Seite. »Das ist nicht witzig.«

Er legte den Arm um mich. »Ich bin ein paarmal mit Seb und seiner Familie verreist, aber das ist lange her. Trotzdem habe ich bei der Gelegenheit das Leben in schicken Hotels kennengelernt. Wir sind zahlende Gäste, Libby, wie jeder andere auch. Niemand interessiert sich dafür, wer wir sind oder was wir hier wollen. Man muss kein Anzugträger sein, um in ein Hotel zu gehen. Man muss nicht mal reich sein. Wir dürfen einfach wir selbst sein. Libby und Cooper aus Walloma.«

»Ich weiß.«

»Dann entspann dich.« Er lächelte mich an. »Wir sind hier, um Spaß zu haben. Mach dich locker. Nimm ein Bad oder so. Plündere die Minibar. Tanz nackt auf dem Bett. Alles, wozu du Lust hast.«

Er ging zum Bett und ließ sich rücklings darauf fallen. Dann schlug er die Beine übereinander und legte die Hände unter den Kopf. »Und jetzt hol mir einen Drink, Weib!«

»Yes, Sir!«

Ich öffnete den Kühlschrank und holte eine Miniflasche Bourbon heraus. »Wie wäre es damit?«

»Warum nicht?«

Ich mixte unsere Drinks mit Eis und Cola. Um etwas zu tun, was ich sonst nie tun würde, benutzte ich Weingläser. Wir drapierten die Kissen am Kopfende des Betts und lehnten uns dagegen, mit Blick aus dem Fenster, wo Regen und Blitze ein spektakuläres Schauspiel boten – besser als Kino. Ich probierte meinen Drink. Er war ziemlich süß und die Kohlensäure prickelte sanft auf meinen Lippen.

»Hey.« Ich sah Cooper an.

»Hey was?«

»Lass es uns einfach tun.« Ich nahm seine Hand.

»Was tun?«

»Wir sitzen hier auf dem Bett, in einem Hotelzimmer. Und das Thema Sex hängt wie eine beängstigende Wolke über uns. Wenn wir ehrlich sind, ist es doch einer der Gründe, warum wir überhaupt hergekommen sind. Ich sehe es zwar nicht als etwas, das wir schnell hinter uns bringen sollten, es ist ja nichts Schlechtes – im Gegenteil, ich bin mir sicher, es wird fantastisch, aber … O Mann, ich glaube doch, wir sollten es schnell hinter uns bringen.«

Cooper grinste und stellte sein Glas auf den Nachttisch. Dann machte er seinen Gürtel auf, streifte die Jeans ab und warf sie auf den Boden. Er zog sich das T-Shirt über den Kopf und warf es in die andere Richtung. Jetzt trug er nur noch eine hellgrüne Boxershorts.

»Okay«, sagte ich und lachte. »Du kannst es wohl gar nicht abwarten, was?«

»Ich tue doch nur, was von mir erwartet wird.« Er schlüpfte unter die Bettdecke. »Beeil dich! Weg mit den Klamotten.«

Ich zog mich bis auf die Unterwäsche aus, die beste, die ich besaß, und die einzige, bei der die Teile zueinander passten. Blumige Spitze, grau und pink. Und der BH gab meinen Brüsten eine fantastische Form.

»Hmm. Schön.« Cooper sah mich auf eine Art an, die mich rot anlaufen ließ.

Ich kroch ins Bett und drehte mich so, dass ich Cooper ansehen konnte. Dann legte ich eine Hand auf seinen Bauch, fuhr tiefer hinab und schob die Fingerspitzen unter seinen Hosenbund. Er stöhnte und rückte näher, legte mir die Hände auf die Schultern und schob meine BH-Träger herunter.

Sekunden später waren wir beide nackt, drückten uns aneinander und küssten uns. Unser Atem ging stoßweise und mischte sich in unser Stöhnen. Cooper streifte ein Kondom über, und dann lag er auf mir, war in mir. Ich hätte heulen können, so schön war es. So selbstverständlich und richtig. Und ich wollte mehr.

Aber es war viel zu schnell vorbei. Cooper stöhnte tief

und kehlig auf und sah plötzlich aus, als blickte er in die Ferne.

»O Gott!« Er grub das Gesicht in meine Halsbeuge. »Es tut mir so leid, Libby!«

Ich schlang die Arme fest um ihn. »Mach dir nichts draus. Wir haben noch das ganze Wochenende vor uns.«

»Ich habe mir das schon so lange vorgestellt. Ich konnte einfach nicht … Ich werde es wiedergutmachen.«

»Es war trotzdem schön.« Ich küsste seinen Hals. »Alles mit dir ist schön.«

COOPER

Zum Abendessen bestellten wir Burger und Pommes. Bevor der Roomservice die Sachen brachte, schlüpften wir schnell wieder in unsere Klamotten. Dann setzten wir uns im Schneidersitz aufs Bett und aßen.

Anschließend ließ sich Libby im Badezimmer ein Bad ein und schloss die Tür, während sie sich auszog. Obwohl sie gerade noch nackt neben mir im Bett gelegen hatte, erregte mich die Vorstellung, was sie da drinnen trieb. Aber ich zwang mich, ruhig zu bleiben und geduldig auf ihre Rückkehr zu warten, statt sie wie ein notgeiler Irrer zu bedrängen. Aber als ich kurz darauf das Badewasser in der Wanne schwappen hörte, stand ich doch auf und klopfte an die Tür.

»Darf ich reinkommen?«

»Klar.«

Die Badewanne war voller Schaum, sodass ich nur Libbys Kopf und Schultern sehen konnte. Die Haare klebten ihr in nassen Strähnen am Hals. Wenn sie einatmete, hoben sich ihre Brustansätze aus dem Wasser. Ihre Wangen waren gerötet. Sie war wunderschön. Ein spektakulärer Anblick.

»Komm rein«, sagte sie, rutschte an der Stirnseite der Wanne in eine Sitzposition und zog die Knie an. »Hier ist Platz genug für zwei.«

Ich zog mir das T-Shirt über den Kopf, streifte die Hose ab und kletterte in die Wanne.

Libby rutschte nach vorn. Ihre Brüste waren groß und rund und das Badewasser hatte ihre Brustwarzen ganz weich gemacht. Die Warzenhöfe drum herum waren perfekte, rosa schimmernde Kreise. Ich war wie verzaubert und spürte, wie die Hitze in meinen Unterkörper schoss.

»Fass sie an«, sagte Libby, und ihre Stimme klang ganz anders als sonst, tiefer und rauer.

Ich nahm ihre Brüste in die Hände und fuhr mit den Daumen über die Brustwarzen, die daraufhin so hart wurden wie ich weiter unten. Libby schlang ihre Beine um meinen Rücken und ich spürte, wie sie sich mir warm und weich entgegenschob.

LIBBY

In der Badewanne fingen wir an, machten auf dem kalten Fliesenboden des Badezimmers weiter und landeten schließlich im Bett. Wir ließen uns Zeit und erkundeten jeden Zentimeter unserer Körper mit Fingerspitzen, Lippen und Zungen. Wir küssten uns und lachten und hielten uns aneinander fest, als hinge unser Leben davon ab. Gierig drängten wir uns aneinander. Stoßweise. Rhythmisch. Schnell, dann langsam und dann wieder schnell. Dabei küssten wir uns so leidenschaftlich, dass unsere Lippen brannten. Wenn wir uns voneinander lösten, schauten wir einander an, als sähen wie uns zum ersten Mal.

Ich war ein wenig beschwipst, und ich kam mir vor wie in einem Traum oder einer verwunschenen Zauberwelt, voller Magie. Cooper zu lieben, körperlich zu lieben, war das Schönste, was ich je erlebt hatte. Zum ersten Mal verstand ich, was an Sex so aufregend war.

Hinterher waren wir ebenso erschöpft wie zufrieden. Cooper legte sich auf den Rücken, und ich schmiegte mich an ihn, den Kopf auf seiner Schulter. Ich legte ihm eine Hand auf die Brust, schob die Finger ins weiche Gekräusel seines Brusthaars und spürte seinen Herzschlag.

»Als Kind wollte ich nicht erwachsen werden, weil ich dachte, Erwachsene würden immer nur langweilige Dinge machen«, sagte ich. »Aber jetzt weiß ich, was der Vorteil am Erwachsensein ist. Der Riesenvorteil, den ich um nichts in der Welt mehr missen möchte.«

»Ich würde nicht mal drauf verzichten, wenn man mich dafür bezahlen würde«, sagte Cooper schläfrig.

Ich küsste ihn auf die Schulter, rollte auf meine Seite des Betts und schmiegte mich mit dem Rücken an ihn. Er drehte sich auch auf die Seite und legte die Arme um mich. So lagen wir in Löffelchenstellung da und ich fühlte mich so geborgen wie noch nie. Während ich Coopers Atem lauschte, schlief ich ein. Es war das schönste Schlaflied, das ich mir vorstellen konnte.

Der nächste Tag war hell und klar und die Sonne weckte mich viel zu früh. Ich stand auf und zog die Vorhänge zu. Dann legte ich mich wieder schlafen und wachte das nächste Mal erst mitten am Vormittag auf, als Cooper die Vorhänge wieder öffnete. Er war schon angezogen und trug Jeans und T-Shirt. Seine Haare waren nass und aus dem Badezimmer waberte Wasserdampf.

Ich beobachtete ihn eine Weile, ohne ihn merken zu lassen, dass ich aufgewacht war, und verschlang ihn regelrecht mit den Augen. Sein kräftiges Kinn, die Sommersprossen auf seiner Nase, das in die Stirn fallende Haar. Ich beobachtete auch seinen Gang. Und bewunderte den Sitz seines T-Shirts – nicht zu eng, nicht zu weit. Noch mehr bewunderte ich das Dreieck seines Oberkörpers von den breiten Schultern bis zu den schmalen Hüften. Auch seine Jeans saß gut und schmeichelte seinem Hintern auf eine Weise, dass ich sie ihm am liebsten heruntergerissen hätte. Ich liebte seine großen Hände, seine kantigen Fingerknöchel, seine kurz geschnittenen Fingernägel. Ich liebte auch seinen Geruch. Nach Holz und Haut und Salz und Seife. Ich liebte einfach alles an ihm.

Und obwohl ich die einschlägigen Bücher und Filme kannte und wer weiß wie oft darüber geredet und davon geträumt hatte, begriff ich erst jetzt, wie wunderbar und intensiv und magisch die Liebe sein konnte. Etwas, das einen ganz und gar aus- und erfüllte.

Ich hatte nicht gewusst, wie schön das Leben sein konnte.

Wir gingen für ein spätes Frühstück hinunter ins Hotelrestaurant. Anschließend machten wir einen Spaziergang am Circular Quay. Ein Pantomime führte seine Kunststücke vor, Straßenmusiker spielten und wir genossen die Herbstsonne. Hinter dem Opernhaus liefen wir ein Stück durch den Botanischen Garten. Auf dem Rückweg zum Hotel kauften wir uns ein Eis. Zurück in unserem Zimmer verbrachten wir den ganzen Nachmittag im Bett.

Als es dunkel geworden war, bummelten wir durch die George Street, langsam, Arm in Arm. Immer wieder blieben wir stehen, um uns zu küssen. Dass Passanten dann einen Bogen um uns machen mussten und uns irritierte

Blicke zuwarfen, war uns egal. Obwohl wir gerade stundenlang nackt Körper an Körper gelegen hatten, konnten wir nicht genug voneinander bekommen und nicht nah genug beieinander sein.

In einem kleinen spanischen Restaurant fanden wir einen Ecktisch und teilten uns eine riesige Pfanne Paella und einen Krug Sangria.

»Wir sollten zusammen herziehen«, sagte Cooper. »Uns eine eigene Wohnung mieten.«

»Das wäre fantastisch«, sagte ich.

»Wann bist du mit der Uni fertig? Ende nächsten Jahres?«

Ich nickte.

»Dann lass es uns gleich danach tun.«

»Und wo? Sydney ist so groß. Möchtest du lieber ans Meer oder in die Stadt?«

»Ans Meer«, sagte Cooper. »Definitiv ans Meer.«

Er winkte dem Kellner und bestellte einen zweiten Krug Sangria. Dann holte er sein Handy aus der Tasche und suchte online nach Wohnungsangeboten. Wir sahen uns Wohnungen in Bondi, Coogee und Clovelly an. Eine war schöner als die andere, aber die Mieten waren unglaublich hoch.

»Hör dir das an«, sagte Cooper und las etwas vom Display seines Handys ab. »Zweizimmerwohnung, Fenster nach Osten, sonnig. Küche und Badezimmer mit originalen Einbauten. Holzfußböden. Zehn Meter zum Strand.«

»Großartig.«

»Rate mal, wie teuer!«

»Keine Ahnung.«

»Siebenhundert die Woche.«

»Die Woche? Wer kann sich das denn leisten?«

»Keine Sorge«, sagte Cooper und steckte sein Handy wieder ein, nahm meine Hand und beugte sich zu mir über den Tisch. Die jungenhafte Aufregung, mit der er mich ansah, hätte mich beinahe zum Lachen gebracht. »Wir schaffen das. Wir werden uns eine schöne Wohnung leisten können. Ich werde gutes Geld verdienen, und du hast dann einen Uniabschluss, mit dem du einen gut bezahlten Job finden kannst.«

Ich glaubte zwar, dass es doch ein wenig komplizierter werden könnte, denn mein Kunststudium qualifizierte mich nicht wirklich für irgendetwas, aber ich lächelte und nickte. Wir brauchten ja auch keine dieser luxuriösen Wohnungen am Meer. Mir persönlich würde eine Höhle reichen, solange ich mit Cooper zusammen sein konnte.

Wir hatten den zweiten Krug Sangria erst halb ausgetrunken, als Cooper mein Gesicht in die Hände nahm und mich auf den Mund küsste. »Lass uns gehen«, sagte er. »Auf der Stelle. Ich will so schnell wie möglich zurück ins Hotel.«

Am nächsten Tag fuhren wir nach Walloma zurück und nahmen uns am Bahnhof ein Taxi. Zuerst fuhren wir zu mir. Als der Fahrer vor unserer Einfahrt hielt, bat Cooper ihn, zu warten, während er mich zur Haustür begleitete.

Plötzlich fühlte ich mich ganz verloren. Wie ein Kind nach Weihnachten, das nichts mehr hatte, worauf es sich freuen konnte. Ich biss mir auf die Lippen und wischte mir über die Augen.

»Warum weinst du?« Cooper sah mich erschrocken an. »Du musst doch nicht traurig sein.«

»Ich bin nicht traurig«, sagte ich. »Im Gegenteil. Ich bin glücklich. Vielleicht zu glücklich. Das war das schönste Wochenende meines Lebens. Mit Abstand.«

»Meins auch.« Cooper legte seinen Daumen auf meine Wange und wischte eine Träne ab, die sich selbstständig gemacht hatte. »Aber wir können noch so viele schönste Wochenenden haben. 52 pro Jahr mal 50 macht circa …« Er kalkulierte kurz. »2600 schönste Wochenenden, auf die wir uns freuen können.«

»Das sind nicht genug«, sagte ich. »Warum nur fünfzig Jahre? Was passiert danach? Hast du mich dann satt? Verlässt du mich dann?«

»Keine Chance! Ich werde dich niemals satthaben«, sagte er. »Und verlassen schon gar nicht.«

JETZT

LIBBY

Ich kann immer noch nicht fassen, dass Coopers Vater Selbstmord begangen hat. Und auch nicht, dass ich es nicht eher erfahren habe. Das tut am meisten weh. Warum hat Cooper mir das nicht erzählt? Vielleicht stimmt es ja doch, dass Cooper sich das Leben genommen hat. Auf eine grauenvolle Art würde das plötzlich einen Sinn ergeben.

Mum ist zu Hause, aber ganz in ihre Lernerei vertieft. Glücklicherweise. Sie soll nicht merken, wie sehr mich diese Neuigkeit mitnimmt. Sie würde sich nur Sorgen machen und mich mit Fragen löchern, aber ich will nicht darüber sprechen. Noch nicht.

Ich bleibe kurz an der Tür ihres Arbeitszimmers stehen und wir sprechen über irgendetwas Banales. Ich sage, dass ich einen Spaziergang machen will, ziehe meinen Parka an und gehe Richtung Ripple Beach. In den Dünen ziehe ich meine Schuhe aus, krempele meine Jeans bis zu den Knien hoch und gehe aufs Wasser zu. Die Wellen, die über meine Füße schwappen, sind so kalt, dass es mir den Atem verschlägt, aber das ist egal. Dieses körperliche Unwohlsein ist eine willkommene Ablenkung von dem Aufruhr in meinem Kopf.

Ich ziehe die Kapuze auf, vergrabe meine Hände in den Taschen und marschiere los, immer am Strand entlang. Ganz neue, quälende Gedanken machen sich in mir breit: Wenn es wirklich Selbstmord war, muss es Cooper vorher wahnsinnig schlecht gegangen sein. Ich kann mir zwar nicht vorstellen, was er durchgemacht haben muss, aber es muss grauenhaft gewesen sein, wenn er deswegen nicht mehr weiterleben wollte. Warum habe ich nichts davon gemerkt? Wie konnte ich so blind sein zu glauben, er sei genauso glücklich wie ich? War ich egoistisch? Habe ich nur an mich gedacht und ihm zu wenig Aufmerksamkeit geschenkt? Mir kommen die Tränen und ich lasse sie laufen. Ich würde alles dafür geben, die Zeit zurückdrehen zu können. Ich wäre aufmerksamer, würde mich mehr um Cooper kümmern. Jeden Anruf annehmen, jede SMS beantworten. Ich wäre superwachsam. Und ich würde niemals schlafen, wenn er mich brauchte.

Ich würde auf ihn aufpassen, immer an seiner Seite sein und ihn nicht aus den Augen lassen.

Ein älteres Paar kommt mir entgegen. Die Frau lächelt mir zu und ich wende mich schnell ab. Mein Gesicht muss ganz fleckig und aufgedunsen sein, meine Augen rot, aber ich kann nicht aufhören zu weinen. Die Tränen fließen nonstop und meine Lippen sind aus Verzweiflung ganz verzerrt. Ich halte den Kopf gesenkt, als das Paar an mir vorbeigeht, aber ich weiß, dass die Frau mich beobachtet.

Ich spüre ihre neugierigen Blicke, ihre Besorgnis, die wie mit Tentakeln nach mir greift. Ich gehe schneller, um mich den Blicken dieser Frau zu entziehen. Ich ertrage kein Mitleid.

Manchmal wird der Verlust eines geliebten Menschen mit dem Verlust eines Arms oder Beins verglichen. Jedenfalls habe ich das früher mal gehört. Aber jetzt kommt es mir wie ein lahmer Vergleich vor. Ich würde beide Beine opfern, gern und aus vollem Herzen, wenn ich Cooper dafür zurückbekäme.

Die Welt ist nicht dieselbe ohne ihn. Für mich wird sie von jetzt an immer irgendwie ... weniger sein. Weniger bunt. Weniger magisch. Einfach weniger.

Zurück in unserem Haus mache ich Rührei, mehr um etwas zu tun zu haben als aus Appetit. Eine Portion bringe ich Mum in ihr Arbeitszimmer.

»Soll ich in die Küche kommen?«, fragt sie. »Dann können wir zusammen essen.«

Ich schüttele den Kopf. »Ich wollte vor dem Fernseher essen, wenn das okay ist.«

»Natürlich.«

Ich gehe mit meinem Teller zum Sofa und zappe durch die Sender. Schließlich bleibe ich an einer Folge *Große Träume, große Häuser* hängen, eine Sendung, die ich normalerweise gern sehe. Heute geht es um ein wohlhabendes britisches Ehepaar, das sich gerade ein Haus baut. Tagelang denken sie darüber nach, aus welchem Material die Fußböden sein sollen, welche Fenster und Wandfarben am besten wären. Andauernd werfen sie ihre Entscheidungen über den Haufen, streiten mit den Handwerkern und rasten aus, wenn irgendetwas nicht nach Plan verläuft. Ihre Sorgen kommen mir so trivial vor, so unendlich weit entfernt von den wahren Tragödien des Lebens. Ich schalte den Fernseher aus, bringe meinen Teller in die Küche und werfe den Rest meines Rühreis in den Mülleimer.

Ich dusche, ziehe mir einen Pyjama an und gehe dann ins Arbeitszimmer, um Mum Gute Nacht zu sagen.

»Komm mal her«, sagte sie und streckt die Arme aus.

Ich stelle mich neben ihren Schreibtisch und sie zieht mich auf ihren Schoß. Das funktioniert zwar nicht wirklich, weil ich größer bin als sie, aber ihre Umarmung tut mir gut.

»Ich weiß, dass es dir nicht gut geht«, sagt sie. »Deswegen frage ich dich das erst gar nicht. Aber sag bitte, bitte Bescheid, wenn es irgendetwas gibt, das ich für dich tun kann, ja?«

»Mach ich. Danke.«

»Ich wünschte, ich könnte irgendetwas dafür tun, dass es dir besser geht, dir ein wenig von deinem Schmerz abnehmen.«

Wir sitzen noch einen Moment lang so da, die Hände vor meinem Bauch ineinander gefaltet, und ich wünschte, es gäbe tatsächlich etwas, das sie tun könnte.

Ich träume, ich sei mit Cooper in Sydney.

Wir ziehen in eine gemeinsame Wohnung. Sie ist weiß und hell, sauber und freundlich. Von jedem Fenster aus sieht man das

Meer. Wir halten uns an den Händen und gehen von Zimmer zu Zimmer. Eigentlich glauben wir unsere neue Wohnung schon zu kennen, aber in jedem Zimmer finden wir eine versteckte Tür. Dahinter führt ein langer Flur in neue Zimmer. Das Haus wird immer größer, es ist der reinste Irrgarten, ein endloses Netz von Gängen, Geheimtüren und versteckten Räumen. Wir lachen und lachen und freuen uns über den unerwarteten Platz, den wir hier haben.

Doch plötzlich fange ich an zu weinen.

Was hast du denn?, fragt Cooper.

Du bist tot.

Sag doch so was nicht!

Aber es stimmt, schluchze ich. Du bist gar nicht hier, du bist tot.

Unsinn, ich bin hier, sagt er. Aber als er sich an die Brust schlagen und seine Existenz beweisen will, löst er sich auf und zerfällt zu Staub, während ich starr vor Entsetzen vor ihm stehe.

Erschrocken fahre ich aus dem Schlaf. Mein Gesicht ist tränennass. Ich nehme ein Taschentuch vom Nachttisch und putze mir die Nase. Dann schüttele ich mein Kissen auf, drehe mich auf die Seite und zwinge mich, die Augen zu schließen. Aber ich kann nicht wieder einschlafen. Unglücklich wälze ich mich im Bett herum. Lauter verstörende Gedanken schwirren mir durch den Kopf. Ich sehe Coopers geschundenen Körper am Fuße der Klippe liegen und stelle mir vor, wie er oben auf Bradley's Edge steht, verzweifelt und ganz allein. Entschlossen, sich hinunterzustürzen.

Ich versuche, an etwas Positives zu denken. Schöne Erinnerungen wachzurufen. Unsere glücklichen Momente. Unser Wochenende in Sydney, zwei Tage pures Glück.

Ich greife nach meinem Handy, um mir die Fotos anzusehen, die wir dort gemacht haben. Es sind so viele. Auf den meisten albern wir herum oder ziehen Grimassen. Auf einem sind nur unsere Köpfe zu sehen, nebeneinander auf einem Kissen im Hotelbett. Wir strecken die Zungen heraus und reißen die Augen so weit auf, wie es geht. Auf einem anderen küsst Cooper mich auf die Wange. Dann eins, wo wir im Botanischen Garten auf dem Rasen liegen. Und eins von uns beiden in dem spanischen Restaurant, beide mit geröteten Wangen. Dann das letzte, auf der Rückfahrt im Zug, beide ein wenig bedrückt, weil die Reise zu Ende ging.

Ein ganz bestimmtes Foto bricht mir das Herz und ich muss wieder weinen. Es ist eine Nahaufnahme von Coopers Gesicht. Er schaut direkt in die Kamera, ganz ernst und wahnsinnig verliebt. Ich drücke den Finger aufs Display und fahre seine Kinnlinie nach. Dann küsse ich das kalte Plastik des Bildschirms.

Ich denke an unser Hotelzimmer, die grandiose Aussicht, die große Badewanne. An die langen Nächte, in denen wir uns eng aneinandergeschmiegt haben. Ich denke an Coopers Gesicht, wie er mich angesehen hat, als wir darüber gesprochen haben, zusammen nach Sydney zu ziehen. Er war so erwartungsvoll, so zuversichtlich und glücklich. So lebhaft, so lebendig. Er freute sich so sehr auf die Zukunft.

Warum hat er sich dann umgebracht?

Ich lege mein Handy auf den Nachttisch, sinke ins Kissen zurück und starre an die Decke. Irgendetwas beunruhigt mich. Eine verschwommene Erinnerung versucht, an die Oberfläche zu brechen. Am liebsten würde ich sie ignorieren und sage mir, dass es nichts zu bedeuten hat. Dass ich müde und erschöpft bin und vor Trauer nicht klar denken kann. Aber die Erinnerung drängt weiter nach oben und fordert meine Aufmerksamkeit. Ich muss etwas Wichtiges vergessen, etwas Entscheidendes übersehen haben. Ein fehlendes Puzzlestück.

Um zwei Uhr gebe ich die Hoffnung auf, wieder einschlafen zu können. Ich stehe auf, gehe leise durch den Flur und ins Schlafzimmer meiner Mutter. Sie liegt zusammengerollt unter der Bettdecke. Ich stelle mich neben ihr Bett und schaue auf sie hinab, warte darauf, dass sie aufwacht, so wie ich es als kleines Mädchen immer getan habe.

Sie schlägt die Augen auf, erschrickt aber nicht. Das hat sie nie getan, wenn ich sie nachts auf diese Weise geweckt habe. Sie schien immer gewusst zu haben, dass ich es war. »Liebes? Alles in Ordnung?«

Ich schluchze unkontrolliert auf, und sie hebt kommentarlos die Decke und zieht mich ins Bett. Dann deckt sie uns beide bis zum Kinn zu.

Sie nimmt mich in die Arme und drückt meinen Kopf an ihre Brust. Dass ihr Nachthemd von meinen Tränen ganz nass wird, macht ihr nichts aus.

»Du vermisst ihn«, sagt sie, als ich mich einigermaßen beruhigt habe.

»So schrecklich, dass es mich umbringt.«

»Es fühlt sich so an, ich weiß.«

»Mum?«

»Ja?«

»Was wolltest du damals sagen, als ich das erste Mal mit Cooper verabredet war? Über seine Familie?«

»Ach, das …«

»Was denn?«

»Ich sollte es dir lieber nicht sagen. Es spielt jetzt auch keine Rolle mehr.«

»Bitte, Mum!«

Sie seufzt. »Seine Mutter … Tessa, nicht wahr?«

Ich nicke.

»Dein Vater hat damals in einer Anwaltskanzlei gearbeitet … Es muss zwanzig Jahre her sein … Er hat ihren Fall nicht selber bearbeitet, aber eines Tages hatte Tessa bei einem Kollegen von ihm einen Termin, weil sie sich scheiden lassen wollte. Ihr Mann war dabei erwischt worden, betrunken Auto zu fahren, und er hatte deswegen nicht nur den Führerschein, sondern auch seinen Job verloren. Angeblich war Tessa in einem fürchterlichen Zustand.«

»Weißt du, dass er Selbstmord begangen hat?«

»Ja. Das war schrecklich. Er ist von einer Klippe gesprungen, oder?«

»Ich hatte keine Ahnung, Mum! Sebastian hat es mir erst heute erzählt. Niemand hat das jemals erwähnt.«

»Das tut mir so leid, Liebes.« Mum legt mir die Hand an die Wange. »Ich dachte, du wüsstest es.«

Schweigend versuche ich, das alles zu verarbeiten. Cooper hat mir erzählt, dass sein Vater getrunken hat, aber von einer Scheidung hat er nichts gesagt. Natürlich wusste er, dass sich sein Vater von Bradley's Edge gestürzt hat, aber vielleicht wusste er nicht, in welchem Zustand die Ehe seiner Eltern war. Das Ganze war ja schon vor seiner Geburt passiert. Vielleicht fand Tessa es klüger, ihm nicht alles zu erzählen.

Trotzdem tut es weh, dass er mir so etwas verheimlicht hat.

Irgendwie kann ich es aber auch verstehen. Vielleicht wollte er nicht schlecht über seinen Vater reden. Vielleicht hat er sich sogar dafür geschämt, dass es in seiner Familie einen Selbstmord gegeben hat.

»Wolltest du deswegen nicht, dass ich mit ihm zusammen bin?« Ich komme ein Stück hoch, stütze mich auf den Ellenbogen und sehe meine Mum an. »Hattest du Angst, er könnte so werden wie sein Vater?«

»Vielleicht. Wahrscheinlich.« Sie seufzt. »Es war falsch von mir, solche Vorurteile zu haben. Ich hätte nichts sagen sollen. Aber ich habe es schon mit so vielen kaputten Familien zu tun gehabt, Libby, dass ich … Ich denke, ich wollte dich davor schützen, in so etwas Hässliches hineinzugeraten.«

»Cooper war ganz anders«, sage ich wütend. »An ihm war nichts Hässliches. Er hätte niemals …«

»Schsch!«, unterbricht sie mich. »Ich weiß, Libby. Ich weiß. Ich war einfach überängstlich. Cooper war ein wunderbarer Junge. Das weiß ich doch.«

Eine Weile bin ich still und Mum dreht sich auf den Rücken. Ich höre, wie ihr Atem tiefer und gleichmäßiger wird.

»Ich frage mich, warum Richard sich das Leben genommen hat«, flüstere ich. »Vielleicht konnte er nicht ertragen, dass Tessa ihn nicht mehr geliebt hat. Vielleicht wusste er nicht, wie er ohne sie weiterleben sollte.«

»Keine Ahnung«, sagt Mum schläfrig. »Ich kann mich in die Situation der beiden nicht hineinversetzen. Es muss schrecklich gewesen sein. Aber lass uns jetzt nicht weiter darüber spekulieren. Es ist mitten in der Nacht.« Sie küsst mich auf die Stirn und dreht sich auf die Seite. »Gute Nacht, Liebes.«

Ich versuche, einzuschlafen, aber wieder beschleicht mich dieses seltsame Gefühl, etwas vergessen oder übersehen zu haben. Irgendetwas ist da. Aber was? Es macht mich wahnsinnig, dass ich nicht draufkomme. Ich höre den gleichmäßigen Atem meiner Mum und langsam döse ich selber ein. Unmittelbar bevor ich endgültig einschlafe, weiß ich plötzlich, welche Erinnerung ich schon die ganze Zeit im Hinterkopf habe.

Ich reiße die Augen auf.

Claire. Auf der Strandparty. Irgendetwas hat sie Cooper über Tessa erzählt. Ich weiß aber nicht, was. Ich dachte damals nicht, dass es wichtig wäre.

Jetzt bin ich mir da nicht mehr so sicher. Ich muss mit Claire sprechen, rauskriegen, was genau sie Cooper an dem Abend erzählt hat. Sollte Cooper wirklich Selbstmord begangen haben, muss ich wissen, warum. Dass er depressiv war, glaube ich keine Sekunde. Nein, etwas Schreckliches muss passiert sein. Etwas so Schreckliches, dass Cooper damit nicht leben konnte. Und vielleicht weiß Claire, was es ist.

Bevor ich in den Schlaf drifte, erscheint Sebastians panisches Gesicht vor meinem inneren Auge. Er wollte unbedingt verhindern, dass ich mit Claire spreche, und der Gedanke, dass ich es schon getan haben könnte, schien ihm richtig Angst zu machen. Was will er bloß vor mir verbergen?

CLAIRE

Claire wehrt sich dagegen, wach zu werden. Es gibt nichts, wofür es sich aufzustehen lohnt, obwohl es schon spät ist.

Die Drogen, die Sebastian ihr bei der Beerdigung gegeben hat, hat sie erschreckend schnell verbraucht. Eigentlich sollten sie für mehrere Wochenenden reichen, aber jetzt ist kaum noch etwas übrig. Nie zuvor hat sie so viel von dem Zeug genommen, jeden Tag, aber es geht ihr so schlecht, dass sie nicht anders kann. Wenn sie das weiße Pulver geschnupft hat, ist sie nicht mehr so traurig, und ihre Ängste werden erträglicher.

Sie setzt sich auf, reibt sich die Augen und streicht ihr Haar zurück. Ihr Zimmer ist ein einziges Chaos. Überall liegen Sachen herum und alles ist von einer dicken Staubschicht bedeckt. »Scheiße«, sagt sie und seufzt.

»Was ist scheiße?«, fragt Bree, die gerade ins Zimmer kommt.

»Alles«, sagt Claire.

»Okay, verstehe. Gehst du trotzdem zur Arbeit? Ich

würde es dir dringend raten, denn Rod wird bestimmt stinksauer, wenn du schon wieder krankfeierst. Gut möglich, dass er dich sogar feuert.« Bree klingt aggressiv und überheblich, und Claire fragt sich, wann sie so zickig geworden ist. Sie ist schon angezogen. Schwarzer Rock, weiße Bluse, Haare aus dem Gesicht gekämmt. Es ist zum Kotzen, wie energiegeladen und adrett sie aussieht. Sie schaut sich im Zimmer um und ihr Blick bleibt an den herumliegenden Kleidern und Schuhen hängen.

»Er kann mich nicht feuern«, sagt Claire. »Ich bin in Trauer. Ich kann ihn verklagen, wenn er das wagt. Unzulässiger Kündigungsgrund oder so.«

»Alles klar.« Bree will hinausgehen, bleibt aber an der Tür stehen. »Weißt du was, Claire? Ich trauere auch. Wir alle. Aber das Leben geht weiter. Du darfst Coopers Tod nicht als Entschuldigung dafür benutzen, dass du dich hängen lässt. Abgesehen davon war er nicht mal …« Sie spricht den Satz nicht zu Ende.

»Was? Was war er nicht mal?«

Bree schüttelt den Kopf. »Vergiss es.«

»Er war nicht mal mehr mein Freund? Wolltest du das sagen?« Claires Stimme überschlägt sich vor Wut, dabei weiß sie gar nicht, worüber sie so wütend ist. Aber Angriff ist leichter als Verteidigung, und sie ist so am Ende, dass sie den einfachsten Weg wählt. »Was soll der Scheiß, Bree? Musst du so unsensibel und brutal sein? Ich dachte, du bist meine Freundin.«

Bree verdreht die Augen und sieht Claire dann beinahe verächtlich an. »Wir sehen uns später«, sagt sie nur. »Ich habe jetzt die Mittagsschicht. Was soll ich Rod wegen heute Abend sagen?«

»Sag ihm, dass ich nächste Woche wieder anfange.«

»Wie du meinst. Aber mach mich nicht dafür verantwortlich, wenn er dich dann nicht mehr sehen will.«

Als Bree gegangen ist, zieht Claire sich wieder die Decke über den Kopf und versucht weiterzuschlafen, um ihr Unglück zu vergessen, aber es ist zu spät. Sie ist hellwach und viel zu aufgewühlt, um zu schlafen. Sie hat Kopfschmerzen und ihr Magen rumort. Das Bettlaken kratzt, die Matratze ist zu hart, die Bettdecke zu schwer. Sie kann kaum atmen und schwitzt. Als sie die Bettdecke wegstrampelt, Arme und Beine darauf ausbreitet, wird ihr kalt. So kalt, dass sie zu zittern beginnt. Sie steht auf, geht in die Küche und macht sich einen starken Kaffee. An die Küchenzeile gelehnt rührt sie Milch und viel Zucker hinein. Dann nippt sie daran.

In dem Moment klopft es an der Tür. Claire erwartet niemanden, und das Letzte, was sie jetzt gebrauchen kann, ist Small Talk. Also ignoriert sie es, geht ins Badezimmer und schaut in den Spiegel. Herrgott, sie sieht furchtbar aus! Sie muss duschen, etwas mit ihren Haaren machen und Make-up auflegen. Gerade will sie sich das Shirt ausziehen, als es wieder klopft. Es könnte Sebastian sein, also geht sie zur Tür und schaut durch den Spion. Als sie sieht, wer da steht, fällt sie vor Schreck beinahe um. Diese verfluchte Libby Lawson!

»Claire?«, ruft sie durch die Tür. »Bist du das, die ich da höre?«

Also kann sie nicht so tun, als sei keiner zu Hause. Der Fußboden knarrt, und bestimmt sieht Libby auch eine schattenhafte Bewegung hinter dem Spion. Widerwillig öffnet Claire die Tür, lässt aber die Sicherheitskette zu. Sie blinzelt durch den Türspalt.

»Was willst du?«

»Darf ich reinkommen?«

»Warum?«

»Ich muss mit dir reden.«

»Worüber?«

»Cooper.«

»Ich muss nicht darüber reden. Jedenfalls nicht mit dir.«

Unsicher tritt Libby einen Schritt zurück, und es sieht schon so aus, als würde sie aufgeben und gehen, aber dann kommt sie wieder auf die Tür zu und redet einfach los.

»Kann ich nicht wenigstens für eine Minute reinkommen? Bitte! Ich bleibe auch nicht lange. Es ist nur … Ich habe viel über Cooper nachgedacht und würde dich gern fragen, wie du die Sache siehst. Diese ganze Selbstmordgeschichte … Ich habe mich gefragt, ob du etwas weißt, was deine Meinung dazu ist …«

»Meine Meinung?« Claires Herz klopft bis zum Hals. Ihr Magen krampft schlimmer denn je, aus Angst oder Übelkeit oder beidem, und einen Moment lang fürchtet sie, sich zu übergeben oder in die Hose zu machen. Plötzlich bricht kalter Schweiß auf ihrer Stirn und an ihrem Hals aus. »Was er getan hat, ist krank. Vollkommen bescheuert. Das ist meine Meinung. Niemand hat das Recht, sich einfach umzubringen.«

»Ja, es ist krank«, sagt Libby. »Es ist etwas seltsam mit dir so durch den Türspalt zu reden, Claire, darf ich nicht reinkommen? Nur ganz kurz.«

Claire antwortet nicht.

»Bitte!«

Claire löst die Sicherheitskette, öffnet die Tür und geht ins Wohnzimmer zurück. Sie lässt sich aufs Sofa fallen. Libby folgt ihr und nimmt ihr gegenüber Platz.

»Ich würde gern wissen ...«, beginnt sie. »Ich würde gern wissen, worüber du mit ihm auf der Strandparty gesprochen hast. Du hast etwas über Tessa gesagt. Würdest du mir verraten, was es war?«

»Über Tessa?« Claire pult an ihren Fingernägeln.

»Ich habe keine Ahnung, worum es ging«, sagt Libby. »Ich weiß nur, dass du Cooper irgendetwas erzählt hast, das ihm wohl nicht gefallen hat. Bevor Atticus dich nach Hause gefahren hat. Erinnerst du dich?«

»Der Abend ist für mich ein kompletter Filmriss. Ich war betrunken. Aber keine Sorge. Was immer es war, ist vermutlich vollkommen unwichtig. Es lohnt sich nicht, darüber zu reden. Wahrscheinlich habe ich es mir sowieso nur ausgedacht.« Claire lacht nervös.

Libby weiß offenbar nicht, was sie noch sagen soll und schaut auf ihre im Schoß gefalteten Hände. Doch dann beugt sie sich vor und sieht Claire flehend an.

»Bitte, Claire! Bitte versuche, dich zu erinnern! Ich glaube nicht, dass du dir etwas ausgedacht hattest. Vielleicht ist es etwas ... Vielleicht hilft es uns zu verstehen, warum Cooper ...« Sie seufzt. »Bitte hilf mir, Claire.«

Claire greift nach den Zigaretten auf dem Couchtisch, aber als sie sieht, wie sehr ihre Hände zittern, überlegt sie es sich anders. Diese verfluchte Libby! Was für eine Frechheit, herzukommen und Hilfe zu erwarten. Ausgerechnet sie!

»Warum, zum Teufel, sollte ich dir helfen?«

Libby sieht sie erschrocken an. »Warum solltest du es nicht tun?«

»Du hast dich immer für was Besseres gehalten«, sagt Claire. Die Worte sprudeln aus ihr heraus, obwohl sie es gar nicht will. Es ist wie ein Reflex, wie das Erbrechen nach zu viel Wodka. Sie kann nicht aufhören. »Sogar als wir befreundet waren, hast du dich mir haushoch überlegen gefühlt.«

»Was?«

»In der Schule. Sogar als wir angeblich Freundinnen waren.« Claire lacht verbittert auf. »Was für eine absurde Vorstellung – deine Freundin zu sein!«

»Ich habe mich noch nie für etwas Besseres gehalten – gegenüber niemandem. Dafür bin ich mir viel zu lange wie der letzte Idiot vorgekommen.«

»Das stimmt nicht. In deinen Augen war immer *ich* der Idiot. Das hast du selbst gesagt.«

»Du hast doch keine Ahnung, was ich damals gedacht habe! Genauso wenig, wie du weißt, was ich jetzt denke.«

»O doch! Ich weiß ganz genau, was du von mir hältst. Ich habe es mit eigenen Ohren gehört. In der achten Klasse.«

»Diese alte Geschichte willst du jetzt aufwärmen? Vielleicht hatte ich ja einen Grund, schlecht über dich zu reden.

Du hast mir alles nachgemacht. Ich bin in die Schulband gegangen und du hast dir eine Klarinette gekauft. Ich bin dem Debattierclub beigetreten und du hast sofort versucht, da auch aufgenommen zu werden. So ging es die ganze Zeit. Du hast mir nie die Chance gegeben, alleine gut in etwas zu sein.« Libby schüttelt den Kopf und sieht Claire vorwurfsvoll an.

»Ich wollte nur mit dir zusammen sein. Ich dachte, wir waren Freundinnen.«

»Das waren wir ja auch.«

»Eine tolle Freundin warst du! Hast du vergessen, dass ich gehört habe, was du den Wichsern vom Debattierclub erzählt hast? Du hast ihnen gesagt, dass sie mich nicht aufnehmen sollen, weil man sich angeblich nicht auf mich verlassen kann. Und dann hast du mich als Idiotin bezeichnet.«

»Hab ich nicht! So was Gemeines würde ich nie tun«, sagt Libby, aber sie wird ganz rot und muss blinzeln. Sie kann Claire nicht ins Gesicht sehen und wendet den Blick ab, als müsse sie nachdenken.

»O doch!« Claire erinnert sich so deutlich daran, als sei es gestern gewesen. Doch dann zuckt sie mit den Schultern. Libby soll sich bloß nicht einbilden, dass es ihr, Claire, damals etwas ausgemacht hätte und erst recht nicht, dass es heute noch irgendeine Bedeutung hat. »Aber das ist Schnee von gestern. Außerdem bin ich dann ja gar nicht erst zur Probedebatte angetreten und mit unserer Freundschaft war es auch vorbei. Also hast du gekriegt, was du wolltest.«

»So ein Unsinn! Das wollte ich doch gar nicht«, sagt Libby, aber es klingt kleinlaut und wenig überzeugend.

»Natürlich wolltest du das. Es war sogar exakt das, was du wolltest. Genauso wie du wolltest, dass ich höre, was du den anderen über mich erzählst. Du wusstest, dass ich in Hörweite war. Du wolltest mir wehtun. Du wolltest mich loswerden, und genau dafür hast du gesorgt.«

LIBBY

Claires Anschuldigungen bringen mich ganz durcheinander. Ich habe das Gefühl, dass nichts mehr so ist, wie es war, dass ich mich auf nichts mehr verlassen kann. Gern würde ich Claire für alles, was in der achten Klasse passiert ist, die Schuld geben, aber das kann ich nicht. Stattdessen sitze ich hier und versuche, mich in mein früheres Ich hineinzuversetzen. Habe ich es damals bewusst darauf angelegt, Claire zu verletzen? Wollte ich unsere Freundschaft auf so eine feige Art beenden? Ich kann mich nicht erinnern, was ich damals vorhatte, und weiß auch nicht mehr, wie das Gespräch, das Claire mitgehört hat, genau ablief. Allerdings erinnere ich mich sehr wohl an ihre Tränen und ihre Empörung bei unserem letzten Streit.

Ich weiß auch, dass ich die anderen vom Debattierclub unbedingt beeindrucken wollte. Da hat Claire recht. Und wenn ich ehrlich bin, wollte ich von ihr damals wirklich nichts mehr wissen. Sie war so hübsch und beliebt und so eine gute Sportlerin. Alle kannten sie. Sie fiel auf. Im Gegensatz zu mir. Ich war verzweifelt auf der Suche nach einem Platz in der Welt, an dem ich meine eigenen Talente zur Geltung bringen konnte.

Nach und nach begreife ich, was ich damals bezweckt und wie ich mich gefühlt habe. Als Claire sich von mir abgewandt hat, war ich froh. Endlich war ich frei. Das Ende unserer Freundschaft war eine regelrechte Erleichterung.

Vor Scham werde ich rot.

»Du hast recht«, sage ich. »Gott, ich kann gar nicht glauben, dass ich das jetzt sage. Ich habe das wirklich noch nie so gesehen, aber du hast recht: Ich glaube, ich wollte wirklich, dass du es hörst.«

»Wusste ich's doch!«

»Das ist zwar keine gute Erklärung, aber Claire, damals war ich ziemlich neidisch auf dich.«

»Neidisch? Aber worauf denn?«

»Du warst überall beliebt. Eine strahlende Persönlichkeit. Im Vergleich mit dir kam ich mir immer … total uninteressant vor.«

Als eine strahlende Persönlichkeit kann man sie jetzt allerdings nicht mehr bezeichnen. Eher das Gegenteil. Ihre Haut ist blass, ihr Haar stumpf und zerzaust, ihre Augen sind rot gerändert. Sie sieht ungesund aus. Und unglücklich. Es ist ziemlich schockierend, sie so zu sehen.

Sie nimmt eine Zigarette aus der Packung auf dem Couchtisch. Ich sehe, wie ihre Hände zittern. Sie steckt sich die Zigarette in den Mund und zündet sie an. Als sie einen tiefen Zug genommen hat, bläst sie mir den Rauch genau ins Gesicht. Langsam, damit es möglichst lange dauert.

»Blöde Kuh«, sagt sie.

Ich verdrehe die Augen. »Könntest du den Rauch bitte in eine andere Richtung blasen?«

Sie zuckt mit den Schultern. »Wo waren wir gerade?«

»Ich sagte: Du hast recht. Ich wollte, dass du das Gespräch mithörst. Und ja, ich war neidisch auf dich.«

Sie wischt sich etwas von der Lippe und blinzelt mich an. »Du hast mir wehgetan.«

»Es tut mir leid, Claire«, sage ich und meine es ehrlich. »Es tut mir wirklich leid.«

»Es war gemein von dir.«

»Das stimmt. Es war gemein.«

»Total gemein.«

Es entsteht eine längere Pause. Ich meide ihren Blick, und als ich aus dem Augenwinkel doch einmal hinsehe, starrt sie ins Leere und knabbert gedankenverloren an den Fingernägeln. Dann sieht sie mich nachdenklich an.

»Tja, ich glaube, ich vergebe dir.«

»Du glaubst?«

»Nein. Ich meine, ich habe dir schon vergeben.«

»Oh. Ja dann … Danke.«

»Niemand ist vollkommen«, sagt sie großspurig. »Jeder verdient eine zweite Chance.«

»Das ist sehr großzügig von dir.«

»Ich weiß.« Ihre Miene hellt sich auf und sie lächelt sogar. Dieses Lächeln weckt Erinnerungen an die Claire, die ich einmal gernhatte. »Waffenstillstand«, sagt sie. »Okay?«

CLAIRE

Claire glaubt, das Thema Cooper und die Strandparty sei vom Tisch, aber Libby fängt wieder davon an.

»Nachdem wir das geklärt haben«, sagt sie, »kannst du mir vielleicht ja doch weiterhelfen.«

»Was willst du denn?«

»Wissen, was du Cooper an dem Abend am Strand erzählt hast. Ich kann mir nicht vorstellen, dass du es wirklich vergessen hast.«

Claire überlegt einen Moment. Sie könnte so tun, als würde sie die Geduld verlieren, und Libby anschreien, aber das ist ihr zu anstrengend. Lügen erfordern Energie, umso mehr, wenn sie mit zur Schau gestellter Empörung daherkommen sollen. Außerdem glaubt sie nicht, dass diese alte Geschichte jetzt noch irgendjemandem schaden kann. Was immer Tessa und Leonard einmal miteinander hatten, gehört endgültig der Vergangenheit an. Wenn Libby denkt, es könnte erklären, was mit Cooper passiert ist, muss sie sich wohl auf eine große Enttäuschung gefasst machen.

»Okay, ich erzähle es dir«, sagt Claire. »Aber vorher brauche ich einen Drink. Willst du auch einen?«

»Jetzt?«, fragt Libby überrascht. »Es ist doch erst Mittag.«

»Aber irgendwo auf der Welt ist es jetzt fünf Uhr am Nachmittag.«

Claire geht in die Küche, um sich einen Drink zu holen. Als sie zurück ins Wohnzimmer kommt, sieht sie, wie Libby ungläubig auf ihr Glas starrt.

»Was guckst du so?«, fragt Claire bissig.

»Ich dachte nur gerade, dass das sehr verlockend aussieht.«

»Wirklich? Willst du doch? Ich kann dir einen holen.«

»Nein, danke. Ich bin mit dem Auto da. Sonst gern.«

Claire setzt sich und erzählt Libby, was sie auf dem Video gesehen hat. Tessas unverhohlener Flirt mit Leonard, ihre verliebten Blicke, der Kuss. Sie erzählt, wie sie zuerst davon ausgegangen war, dass der Mann mit der Kamera Coopers Vater war, und wie sich dann herausgestellt hat, dass es stattdessen Leonard war.

»Bist du dir wirklich sicher?«, fragt Libby stirnrunzelnd. »Ich meine, vielleicht war es nur Spaß oder ein Partyspiel oder so.«

»Mit Sicherheit nicht, Libby. Die erotische Spannung zwischen den beiden war unübersehbar.«

»Was hat Sebastian denn dazu gesagt?«

»Der ist ausgerastet. Hat mich sogar rausgeschmissen und wollte auf keinen Fall darüber reden. Ich musste ihm schwören, niemandem etwas davon zu erzählen.« Sie trinkt einen Schluck. »Aber das hat sich jetzt ja wohl erledigt.«

»Wusste Cooper Bescheid? Hat irgendjemand es *ihm* erzählt?«

Claire fühlt, wie ihr die Schamesröte ins Gesicht steigt. Fakt ist, dass sie nicht weiß, was sie Cooper an dem Abend, als er gestorben ist, erzählt hat. Oder was sonst noch passiert ist.

»Kann schon sein. Vielleicht an dem Abend, an dem Cooper bei Sebastian vorbeigekommen ist. Wir waren schon ziemlich betrunken Schrägstrich high und haben über alles Mögliche geredet.« Sie zuckt mit den Schultern. »Ich kann nur sagen, dass auch dieser Abend ein kompletter Filmriss für mich ist. Seb und ich waren völlig hinüber. So viel hatten wir noch nie getrunken und eingeworfen. Deswegen habe ich keine Ahnung, wer was gesagt hat. Ich weiß nicht mal, wie ich nach Hause gekommen bin.«

»Angenommen, ihr habt es ihm gesagt ... Deswegen würde er sich doch nicht das Leben nehmen! Ich meine, wer bringt sich denn um, weil er herausfindet, dass seine Mum vor zwanzig Jahren eine Affäre hatte? Ich würde es jedenfalls nicht tun, genauso wenig wie Cooper.«

»Ich auch nicht«, sagt Claire.

Libby lehnt sich zurück und denkt nach. Dann runzelt sie die Stirn, beugt sich vor und redet sehr schnell. »Wann war das, Claire? Ich meine, als ihr so betrunken und high wart?«

»Der Abend, an dem Cooper gestorben ist. Ich dachte, das wüsstest du.«

Libbys Augen werden immer größer. »Das ist nicht dein Ernst, oder?«

»Doch, natürlich.«

»Du hast ihn an dem Abend gesehen, als er gestorben ist? Bei Sebastian?«

»Ja. Warum? Ist das ...«

»O mein Gott!« Libby fährt sich mit der Hand durchs Haar. »Was ist da passiert? Das ergibt doch keinen Sinn! Gar keinen!« Sie senkt den Kopf und schlägt die Hände vors Gesicht. Als sie wieder aufschaut, sind ihre Augen feucht. »Jetzt kann ich doch einen Drink gebrauchen. Ist das okay, Claire? Nur einen kleinen.«

Bevor Claire antworten kann, steht Libby auf und geht in die Küche. Claires Ängste flackern wieder auf. Sie versteht nicht, was an der Sache so wichtig sein soll, und fragt sich, ob sie womöglich ungewollt etwas verraten hat.

Wenn sie sich bloß an diesen Abend erinnern könnte!

Libby kommt mit einem Drink zurück und setzt sich wieder.

»Sebastian behauptet, er hätte Cooper vor seinem Tod nicht gesehen«, sagt sie. »Ziemlich lange sogar. Das hat er ausdrücklich betont. Warum sollte er das tun? Warum lügt er?«

»Merkwürdig ...«

»Genau: sehr merkwürdig!«, wiederholt Libby. »Was, zum Teufel, ist hier los? Je mehr ich darüber nachdenke und je mehr Nachforschungen ich anstelle, desto mehr frage ich mich, was *wirklich* passiert ist.«

»Was willst du damit sagen?«

»Es sind eine Menge Lügen im Spiel, Claire. Merkst du das nicht? Ich glaube nicht, dass Cooper sich das Leben genommen hat. Ganz und gar nicht. Es wäre die einfachste Erklärung, aber ich glaube nicht, dass die Sache wirklich so einfach ist. In Wahrheit muss es anders gewesen sein.«

»Wie denn?«

»Keine Ahnung. Ich wünschte, ich wüsste es. Mein erster Gedanke war, dass er gestürzt ist. Die Idee, dass er sich umgebracht hat, fand ich völlig abwegig. Aber dann hat Sebastian mir erzählt, dass Coopers Vater sich von Bradley's Edge in den Tod gestürzt hat, und da dachte ich …« Libby zögert. »Zumindest machte das einen Selbstmord wahrscheinlicher. Aber jetzt, da ich weiß, dass Sebastian gelogen hat, habe ich wieder Zweifel. Vielleicht will Seb jemanden schützen. Unter Umständen sogar sich selbst.«

»Wovor denn?«

»Vielleicht ist Cooper von der Klippe gestoßen worden.«

Claire merkt, dass sie kreidebleich wird. Sie greift nach der Zigarettenschachtel, steht auf und geht ans Fenster. Ihre Hände zittern jetzt so stark, dass sie die Zigarette nicht gleich aus der Schachtel bekommt. Das Anzünden dauert noch länger. Dann nimmt sie einen tiefen Zug und bläst den Rauch aus.

»Das wäre ja …« Sie kann kaum schlucken, kaum atmen. »Das wäre furchtbar. Grauenhaft.«

»Es wäre *Mord*«, sagt Libby.

Claires Herz klopft so schnell und so stark, als wollte es ihren Brustkorb sprengen. Sie legt eine Hand darauf und drückt, als könnte sie dadurch ihren Herzschlag verlangsamen. »Mord? Ist das dein Ernst?«

»Allerdings«, sagt Libby ernst. »Meinst du, über so was mache ich Witze?«

»Was willst du denn jetzt machen?«

»Weiter Fragen stellen, Claire. Bis ich herausbekomme, was genau passiert ist.«

LIBBY

Als ich von Claire zurückkomme, steht Atticus' Wagen in unserer Einfahrt, und als ich ins Haus gehe, höre ich Stimmen – Cates und Haris'. Ich sollte mich über den Besuch und ihr Bemühen freuen, aber dazu bin ich momentan nicht in der Lage.

Die drei sitzen mit Mum in der Küche. Auf dem Tisch steht eine weiße Kuchenschachtel von Maisie's. Tee, Kuchen und Small Talk. Das ist zu viel. Woher soll ich bloß die Energie dafür nehmen?

»Libby!« Cate kommt auf mich zugestürzt und umarmt mich.

Ich bin froh, dass ich mich einen Moment lang hinter ihrer Umarmung verstecken kann.

»Geht es dir gut?«, fragt sie. »Nein, natürlich nicht. Was für eine dumme Frage. Sorry. Du brauchst nicht zu antworten.«

Ich drücke ihren Arm, dann löse ich mich von ihr. »Hallo, alle. Schön, euch zu sehen. Ich bin bloß … Ich habe …« Ich trete ein paar Schritte zurück und zwinge mich zu lächeln. »Ich gehe nur eben auf die Toilette. Bin gleich wieder da.«

Im Bad schließe ich die Tür und gehe zum Spiegel. Es ist bizarr, dass mein Gesicht fast genauso aussieht wie immer. Ich sehe zwar etwas müde aus, meine Augen sind rot, und ich habe deutlich abgenommen, aber wie es mir wirklich geht, kann man nicht sehen. Die Bauchschmerzen und die Benommenheit. Die vielen Fragen und meine Wut. Ich will nicht in die Küche zurück, wo ich meinen Freunden gegenüber so tun muss, als ginge es mir gut. Lieber wäre ich allein an einem einsamen Ort, wo ich meinen Schmerz laut herausschreien kann.

Als ich das Badezimmer wieder verlasse, haben die anderen Tee gekocht und alles auf die Terrasse hinterm Haus gebracht. Cate, Hari und Atticus haben sich schon an den Tisch gesetzt, Mum ist noch im Haus. Ich setze mich dazu, was soll ich auch sonst tun?

Atticus schiebt mir einen Teller herüber. »Schoko-Kirsch, dein Lieblingskuchen.«

Cate schenkt mir Tee ein, gibt Milch und Zucker hinein.

Ich versuche, ganz normale Gespräche zu führen. Atticus frage ich, ob er gerade an einem Bild arbeitet. Cate und Hari frage ich, wie sie ihre freien Tage verbracht haben. Ich höre mir ihre Antworten an und tue so, als interessiere ich mich dafür. Nicke, lächle, trinke meinen Tee. Irgendwann kommt die Frage auf, ob wir am Wochenende etwas unternehmen wollen, und meine Gedanken wandern zurück zu Cooper.

»Libs?«, sagt Cate. »Du kommst doch mit, oder?«

Ich weiß nicht, was sie meint, nicke aber und sage: »Ich versuch's.«

»Du hast deinen Kuchen ja noch gar nicht angerührt«, sagt Cate. »Hast du keinen Appetit?« Sie ist so mitfühlend und besorgt, dass ich mich nicht mehr beherrschen kann und losheule.

Cate springt von ihrem Stuhl auf und hockt sich vor mich, die Hände auf meinen Knien. »Oh, Libby! Weine dich ruhig aus. Lass alles raus. Halte es bloß nicht zurück.«

Sie klingt so sehr wie einer dieser »Wie bewältige ich meine Trauer«-Ratgeber, dass ich lachen muss. »Ich weiß, dass ich weinen darf«, sage ich.

»Mal im Ernst, Libby«, sagt Atticus. »Ist alles in Ordnung? Ich weiß ja, dass du um Cooper trauerst, aber im Moment wirkst du eher total angespannt und gestresst. Fast schon verstört.«

»Natürlich ist sie gestresst«, sagt Cate. »Das ist doch normal. Ich habe gerade was über Trauer gelesen. Während der Trauerzeit sind alle Gefühle okay. Stress, Wut, Verleugnung.«

»Aber Atticus hat recht«, sage ich. »Ich bin wirklich angespannt. Und nein, es ist nicht alles in Ordnung.«

»Oh, Libs!« Cate drückt mein Knie.

Ich versuche, so ruhig wie möglich zu sprechen, denn ich will nicht hysterisch klingen. Die anderen sollen nicht denken, ich sei vor Trauer übergeschnappt. »Ich glaube nicht, dass Cooper Selbstmord begangen hat.«

Hari und Atticus tauschen einen alarmierten Blick.

»Moment!«, sage ich. »Bevor ihr mich für verrückt erklärt, hört mir erst mal zu. Dann könnt ihr sagen, was ihr davon haltet.«

Ich erzähle ihnen alles, was ich bis jetzt herausgefunden habe. Richards Selbstmord. Tessas Verhalten auf dem Video. Dass Cooper vielleicht an seinem Todestag erfahren hat, dass seine Mutter eine Affäre hatte. Sebastians Lüge darüber, wann er Cooper das letzte Mal gesehen hat.

»Wirklich eigenartig«, sagt Hari.

»Stimmt.« Atticus runzelt die Stirn. »Aber es beweist noch lange nicht, dass Cooper sich nicht umgebracht hat.« Er sieht Hari und dann wieder mich an. »Genauso gut könnte alles, was du gerade erzählt hast, der Grund für seinen Selbstmord sein. Ein Motiv, oder wie man so was nennt.«

»Was glaubst du denn, was all diese Dinge zu bedeuten haben, Libs?«, fragt Cate.

»Das weiß ich noch nicht. Aber es muss da irgendeinen Zusammenhang geben, ganz bestimmt. Ich war gerade bei Claire und …«

»Du warst bei Claire?«, unterbricht Atticus mich. »Wie geht es ihr?«

»Keine Ahnung.« Was soll die Frage? Das ist doch jetzt unwichtig. Doch dann sage ich: »Na ja, eigentlich … Es scheint ihr wirklich nicht gut zu gehen. Jedenfalls sieht sie nicht gut aus.«

»Zu viel Wodka«, sagt Hari abfällig.

Atticus wirft ihr einen bösen Blick zu.

»Aber sie kann sich an nichts mehr erinnern, was an

dem Abend passiert ist. Sie und Seb waren betrunken und high. Trotzdem habe ich das Gefühl, dass an diesem Abend irgendetwas passiert ist. Claire hat sich echt seltsam benommen und Seb hat geradeheraus gelogen. Es muss etwas Schlimmes passiert sein.«

»Libby, wir wissen, was an diesem Abend Schreckliches passiert ist«, sagt Hari. Sie spricht so eindringlich und langsam, als sei ich nicht ganz zurechnungsfähig und als fürchte sie, dass ich an der Wahrheit zerbrechen könnte. »Cooper ist von Bradley's Edge gesprungen.«

»Nein. Genau das hat er nicht getan.« Ich stoße meinen Kuchenteller fort und stehe so ruckartig auf, dass mein Stuhl umfällt. »Cooper war glücklich. Er hatte so viel, wofür es sich zu leben lohnte. Er liebte seinen Job und sein Leben und mich. Was soll es ihm groß ausgemacht haben, dass seine Mutter eine Affäre hatte? Gar nichts! Und dass Richard Selbstmord begangen hat, bedeutet doch nicht, dass Cooper ihm gefolgt ist! Man kann jemanden doch nicht danach beurteilen, wie seine Eltern waren, und schon gar nicht danach, was sie vor ewigen Zeiten getan haben! Das ist unfair und ignorant und einfach nur bescheuert! Cooper und ich waren verliebt und er war *glücklich*!« Während ich all das sage, wird mir klar, wie sicher ich mir inzwischen bin. So sicher, wie ich meinen eigenen Namen kenne und weiß, dass die Erde rund ist und die Sonne im Westen aufgeht. Cooper ist *nicht* von dieser Klippe gesprungen.

DAMALS

LIBBY

Als Cooper mich nach unserem Wochenende in Sydney zu Hause absetzte, wartete Mum schon mit dem Abendessen auf mich. Sie war ganz aufgedreht und hatte sich offensichtlich besondere Mühe gegeben. Ich kannte sie gut genug, um zu wissen, dass sie sich auf diese Weise für ihre Skepsis gegenüber Cooper entschuldigen wollte. Das war zwar nicht nötig, aber ich freute mich, sie so gut gelaunt zu sehen. Wir setzten uns an den Küchentisch, und ich erzählte ihr von Sydney, dann berichtete sie von ihrem eigenen Wochenende. Nach dem Essen stand ich auf und fing an, den Tisch abzuräumen.

»Lass nur«, sagte sie. »Du siehst müde aus. Willst du nicht lieber früh ins Bett gehen?«

Sie hatte recht. Ich war wirklich sehr müde, aber es war eine geradezu angenehme Erschöpfung. Nachdem mir beim Abschied von Cooper seltsamerweise die Tränen gekommen waren, war ich jetzt wieder unfassbar glücklich. Ich gab meiner Mum einen Gutenachtkuss und ging ins

Badezimmer, um zu duschen. Danach kroch ich sofort in mein Bett. Bevor ich die Nachttischlampe ausmachte, schrieb ich Cooper noch eine SMS.

Gehe jetzt schlafen. Vermisse dich ganz schrecklich. xoxoxo

Ich schlief schnell ein, doch ein Geräusch an meinem Fenster riss mich mitten in der Nacht wieder aus dem Schlaf. Zuerst dachte ich, der Wind würde Zweige gegen die Scheibe wehen, drehte mich um und zog mir die Bettdecke über die Ohren. Aber das Geräusch kam immer wieder, bis ich endgültig wach war, aufstand und ans Fenster ging, um nachzusehen, was los war.

Draußen im Garten stand Cooper. Ich öffnete das Fenster und sah grinsend zu ihm hinunter.

»Ich musste dich einfach sehen«, sagte er. »Ich konnte nicht schlafen.«

»Komm rein. Aber beeil dich.«

Er schwang sich auf das Fenstersims und Sekunden später war er in meinem Zimmer und umarmte mich. Ich hielt ihn fest, als hätten wir uns wochenlang nicht gesehen.

»Mmm, du riechst gut«, sagte er nach einer Weile und küsste mich. Meinen Hals, mein Schlüsselbein, meine Wangen, meine Lippen. Dann fuhr er mit den Händen unter mein Pyjamaoberteil und ich spürte seine kühlen Handflächen auf meiner warmen Haut. Eine Hand bewegte sich nach unten und in meine Pyjamahose. Als seine Fingerspitzen zwischen meine Beine glitten, zog ich scharf die Luft ein.

»Komm«, sagte ich, nahm seine Hand und führte ihn zu meinem Bett. Dann zog ich ihm Pullover und T-Shirt aus, öffnete seinen Gürtel und half ihm aus Schuhen und Jeans. Als er nur noch seine Boxershorts anhatte, schob ich ihn sanft ins Bett. Ich legte mich zu ihm und zog die Decke über uns.

»Du bist ja noch angezogen«, flüsterte er, und seine Stimme verriet, wie leidenschaftlich er mich begehrte. »Das ist unfair.«

Ich sagte nichts, sondern zog ihn einfach auf mich. Er lächelte mich an, dann bewegte er sich nach unten, küsste meinen Hals, öffnete mein Oberteil, küsste meine Brüste und meinen Bauch. Dann streifte er meine Hose herunter und küsste mich immer weiter, immer tiefer, und drückte meine Beine auseinander.

Einen kurzen Moment lang fühlte ich mich schutzlos und ausgeliefert, doch dann spürte ich seinen Mund, und es war ein so überwältigendes Gefühl, dass nichts anderes zählte.

Als ich aufwachte, zeigte die Uhr meines Handys 4:03 an. Cooper lag neben mir und atmete tief und gleichmäßig. Eine Weile lauschte ich dem Geräusch und genoss seine Wärme und Nähe. Dann streichelte ich seine Wange.

»Cooper«, flüsterte ich. »Wach auf!«

Lächelnd schlug er sie Augen auf, und es war so ein schöner Anblick, dass mein Herz vor Freude hüpfte.

»Warum soll ich aufwachen?«

»Weil du gehen musst. Ich habe Angst, dass meine Mum reinkommt.«

»Wie spät ist es denn?«

»Kurz nach vier.«

»Kommt sie öfter um vier Uhr nachts in dein Zimmer?«

»Natürlich nicht, aber …«

Er lachte leise.

»Aber wer weiß? Vielleicht tut sie's ja doch, ohne dass ich es merke, weil ich schlafe.«

»Und wenn? Was würde sie denn tun, wenn sie jetzt hereinkäme und uns so sähe?«, fragte er.

»Keine Ahnung.« Ich versuchte, es mir vorzustellen. Wahrscheinlich gar nichts. Sie würde die Tür einfach wieder zumachen und uns allein lassen. Aber ich würde mich trotzdem schlecht fühlen. Als wäre ich dabei erwischt worden, wie ich etwas hinter ihrem Rücken tat. »Ich würde ihr lieber vorher Bescheid sagen, wenn du bei mir übernachtest, und gar nicht erst anfangen, ein Versteckspiel daraus zu machen.«

»Verstehe. Sorry«, sagte er. »Es ist meine Schuld. Ich bin hier einfach aufgetaucht und habe dich überrumpelt.«

»Ich bin froh, dass du gekommen bist.« Ich stupste sanft gegen seine Brust. »Aber jetzt musst du gehen.«

»Darf ich vorher noch was sagen?«

»Nein. Du hast Redeverbot.«

»Nur eine Sache. Dann schweige ich für immer.«

Ich seufzte theatralisch. »Also gut. Ein oder zwei Sätze lasse ich noch über mich ergehen, mehr nicht.«

»Du weißt ja, dass ich einen gewissen Ruf habe … als ein … du weißt schon.« Er zögerte und seufzte. »Gott, ist das peinlich!«

»Sprich ruhig weiter«, sagte ich. »Ich weiß, worauf du hinauswillst: dass du ein Weiberheld bist.«

»Offenbar ist es das Bild, das manche von mir haben.«

»Und? Was ist damit?« Ich hob den Kopf, um ihn anzusehen, und plötzlich wurde mir ganz mulmig. Das war's jetzt. Gleich würde er sagen, dass es keine ernste Sache sei. Dass ich nichts von ihm erwarten solle. Dass es Spaß gemacht habe, aber mehr sei nicht drin.

»Es stimmt nicht«, sagte er. »Ich habe es dir schon mal gesagt, aber ich möchte, dass du weißt, wie wichtig mir das hier ist, das mit dir. Du darfst nicht glauben, ich würde so was andauernd machen, alle paar Tage mit einer anderen … dass es nur eine bedeutungslose Affäre für mich ist.«

Ich strahlte bestimmt von einem Ohr bis zum anderen, aber das drückte das Glücksgefühl, das ich empfand, nicht einmal ansatzweise aus. Ich schmiegte mein Gesicht an seinen Hals und spürte seine Bartstoppeln an meinen Lippen, als ich ihn küsste. »Da bin ich aber froh.«

»Viele halten mich für einen oberflächlichen, dauerbekifften Surfer oder so. Aber in Wahrheit nehme ich eine Menge Dinge ziemlich ernst. Treue und Ehrlichkeit zum Beispiel.«

Er legte eine Hand unter mein Kinn und hob mein Gesicht an.

»Ich werde dich niemals betrügen, Libby. Oder belügen. Oder absichtlich verletzen.« Plötzlich sah er selbst sehr verletzlich aus, beinahe ängstlich. »Und ich hoffe, für dich gilt dasselbe.«

»Natürlich, Cooper. O Gott. Natürlich. Du kannst mir vertrauen.«

»Gut. Denn …« Er sprach nicht weiter.

»Denn was?«

»Die Sache ist die …« Er fuhr mit den Fingerspitzen an meinem Hals entlang und über die Vertiefung zwischen Schlüsselbein und Schulter. »Ich glaube, ich liebe dich.«

JETZT

CLAIRE

Nachdem Libby gegangen ist, trinkt Claire den ganzen Nachmittag lang weiter. Aber der Alkohol hilft ihr nicht, zur Ruhe zu kommen. Im Gegenteil. Immer mehr hat sie das Gefühl, gleich in ihre Einzelteile zu zerfallen und nie wieder heil und ganz zu werden.

Mord hat Libby gesagt. Mord.

Sie schenkt sich ein neues Glas ein, geht ins Wohnzimmer zurück und hockt sich neben dem Couchtisch auf den Fußboden. Zwischen den Sofakissen, wo sie ihre Vorräte versteckt, zieht sie das Tütchen Speed hervor, das Sebastian ihr bei Coopers Beerdigung gegeben hat. Sie schüttet etwas von dem Pulver auf die Glasplatte des Couchtischs, schiebt es zu zwei Linien zusammen und schnupft sie beide schnell hintereinander auf. Dann lehnt sie sich ans Sofa und trinkt einen Schluck Wodka. Er schmeckt scharf und scheußlich, aber es ist ein schönes, warmes Gefühl, als er durch ihre Kehle rinnt und sich in ihr ausbreitet. Sie greift zu dem Tütchen und schüttet auch den Rest auf den

Tisch. Wieder schiebt sie das Pulver zu zwei Linien zusammen und zieht sich die erste in einem schnellen Zug rein.

Schon bald fühlt sie sich ruhiger, beinahe wohl – zum ersten Mal seit Coopers Tod. Der Druck auf der Brust lässt nach und auch die Panik, das Chaos in ihrem Kopf beruhigt sich langsam. Und mit einer Klarheit, die sie so nur kennt, wenn sie high ist, weiß sie plötzlich, was sie tun muss.

Sie wird alles gestehen. Die Wahrheit sagen.

Zumindest die Bruchstücke, an die sie sich erinnert.

Der Gedanke ist so erleichternd, dass sie beinahe lachen muss. Warum ist sie nicht schon früher darauf gekommen?

Dass sie große Schwierigkeiten bekommen wird, ist ihr klar, aber das ist in Ordnung. Sie hat das Versteckspiel satt, die Unsicherheit, die Schuldgefühle. Und die Angst, diese lähmende, bleierne Angst, die sie langsam zu ersticken droht. Und sie hat es satt zu weinen – die roten Augen, die Kopfschmerzen, die nassen Kissen und vollgerotzten Taschentücher.

Die Wahrheit zu sagen, macht alles viel einfacher.

Sie holt sich noch einen Wodka und trinkt ihn in großen Schlucken, wie Wasser. Dann beugt sie sich über den Tisch und zieht sich die letzte Line Speed rein.

Als ihr das Glas aus den Händen rutscht und auf den Teppich fällt, reagiert sie nicht. Sie schaut ihm einfach nur nach, wie es unter den Tisch rollt, und im nächsten Moment sinkt sie selbst zu Boden. Es ist, als hätte sie keine Knochen mehr. Sie ist vollkommen kraftlos. Auf dem

Rücken liegend starrt sie an die Zimmerdecke. Es ist nur eine gerade weiße Gipsplatte, aber wenn sie die Augen ein wenig verdreht und seitlich an die Decke schaut, sieht sie, wie das Licht vom Fenster reflektiert wird. Es bildet Quadrate und Rechtecke, Striche und Kreise, in Schwarz und Weiß. Als sie die Augen schließt, sieht sie wunderschöne Farbwirbel in der Dunkelheit. Alles dreht sich. Schatten und Licht.

»Aufwachen, Claire! Claire, wach auf!«

Brees Stimme scheint aus weiter Ferne zu kommen. Sie klingt verzweifelt, und Claire will ihr sagen, dass alles in Ordnung ist, alles bestens. Kein Grund, in Panik zu geraten. Aber sie ist unter irgendetwas begraben. Es lastet so schwer auf ihr, dass sie sich nicht bewegen kann. Aber es ist nicht unangenehm. Im Gegenteil. Noch nie war ihr so wohlig warm. Es ist ein weiches Gewicht, das sie auf den Boden drückt, das ihr Sicherheit und Trost gibt.

Sie versucht zu lächeln, aber stattdessen kommt nur ein gequältes Stöhnen heraus. Das wollte sie doch gar nicht! Und dann muss sie plötzlich würgen und erbricht sich auf den Fußboden. Ihr ganzer Körper windet sich in Krämpfen. Es ist merkwürdig. Sie spürt, wie sich ihr der Magen umdreht, wie sie den Mund öffnet, und sie schmeckt sogar, was ihr da Widerliches hochkommt, aber das alles scheint in weiter Ferne zu passieren – und nicht ihr, sondern einem anderen. Sie weiß, dass sie sich erbrochen hat, aber das ist so belanglos, als hätte sie sich nur an einer juckenden Stelle gekratzt. Trotzdem fragt sie sich für den

Bruchteil einer Sekunde besorgt, ob ihre Haare etwas von dem Erbrochenen abbekommen haben.

Sie hört Bree ins Telefon sprechen, ganz hysterisch. Claire will ihr sagen, dass sie sich keine Sorgen machen soll, dass es ihr besser geht denn je. Aber ihr Mund gehorcht ihr nicht. Die Worte bleiben darin stecken und weigern sich, herauszukommen. Ihr Körper tut, was er will, wie ein ungezogenes, dickköpfiges Kind. Ihr Geist dagegen ist heiter und ruhig, wie ein spiegelglatter, blauer See im Frühling.

»Verdammt, Claire! Verdammt! Was hast du bloß getan?«

Wieder versucht Claire zu lächeln, die Hand zu heben und Bree mitzuteilen, dass alles in Ordnung ist. Doch stattdessen spürt sie, wie ihr Rücken sich krümmt, ihr Kopf nach hinten kippt und ihr ganzer Körper zuckt und sich windet. Sie hat keine Kontrolle darüber.

Und dann ist da plötzlich gar nichts mehr.

SEBASTIAN

Früh am Morgen klingelt Sebastians Handy und reißt ihn aus dem Schlaf. Er ist wütend, zumal er seit Tagen zum ersten Mal wieder gut geschlafen hat. Er greift zum Telefon, sieht Brees Namen im Display und legt es wieder auf den Nachttisch, ohne ranzugehen. Eine Minute später ertönt das penetrante Signal, das den Eingang einer SMS ankündigt. Seufzend greift er erneut nach seinem Handy und liest.

Claire im Krankenhaus. Überdosis. Ruf an!

Er springt aus dem Bett und zieht sich hastig an. Als er sich herunterbeugt und die Schuhe zubinden will, sieht er, wie stark seine Hände zittern. *Nicht Claire! Lieber Gott, nicht Claire! Lass sie bitte nicht sterben!* Sein Magen verkrampft sich bei dem bloßen Gedanken daran. Es darf nicht passieren. Auf keinen Fall.

Im Bad putzt er sich schnell die Zähne und fährt sich mit den Fingern durchs Haar. Als er sich im Spiegel sieht, hält er inne und sieht genauer hin. Er ist hässlich. Lächerlich, die schwarz umrandeten Augen! Genauso lächerlich wie seine durchgestylte Frisur.

Angewidert wendet er sich ab, geht in den Flur, greift nach Portemonnaie und Schlüsseln und verlässt das Haus.

Im Wagen drückt er das Gaspedal durch, um so schnell wie möglich das Krankenhaus zu erreichen.

Eine Krankenschwester im Schwesternzimmer auf Claires Station sagt, Claire werde sich erholen. Ein paar Tage lang wird es ihr schlecht gehen, und sie wird bedauern, was sie getan hat, aber sterben würde sie nicht. Sehen darf Sebastian sie jedoch nicht. Angeblich schläft sie. Aber das ist okay. Er ist unendlich erleichtert, dass er sie nicht auch noch verliert. Auf dem Weg zum Parkplatz gönnt er sich im Innenhof des Krankenhauses eine Zigarette.

Auf dem Rückweg fährt er langsam, eine Hand locker am Lenkrad. Ganz entspannt sitzt er da. Das genaue Gegenteil von der angespannten, übereilten Hinfahrt. Er fährt nicht direkt nach Hause, sondern macht einen Umweg über Bradley's Edge. Dort schaltet er den Motor aus. Er legt den Kopf aufs Lenkrad und fängt an zu weinen. Wie ein Baby. Mit bebenden Schultern, offenem Mund und lautem Schluchzen. Zur Abwechslung ist es ihm egal, wie er aussieht oder was jemand denken könnte, der ihn so sieht. Er ist einfach nur froh, dass Claire auf dem Weg der Besserung ist. Verdammt froh.

LIBBY

Einen Tag nach dem Besuch bei Claire beschließe ich, Sebastian zur Rede zu stellen. Ich leihe mir Mums Wagen und fahre in die Hügel hinauf, ohne Sebastian mit einem Anruf oder einer SMS vorzuwarnen. Ich will unangekündigt auftauchen und ihm so keine Möglichkeit geben, mir auszuweichen oder irgendwelche Ausreden vorzubereiten.

Ich parke an der Straße, ein Stück vor dem Haus, und gehe direkt zu Sebastians Seiteneingang unten im Haus. Dann klopfe ich und warte. Als niemand reagiert, gehe ich zum Haupteingang weiter oben und klingele. Gleich darauf öffnet Sebastians Vater die Tür. Obwohl ich ihn noch nie zuvor gesehen habe, erkenne ich ihn sofort, denn er ist eine ältere, dunkelhäutigere und fülligere Version von Sebastian. Es überrascht mich, dass er an einem Wochentag daheim ist. Noch mehr überrascht mich aber sein Zustand. Seine Augen sind blutunterlaufen, und er riecht, als hätte er in Alkohol gebadet. Er trägt eine Anzughose und ein schickes Hemd, aber es hängt ihm aus der Hose, die oberen Knöpfe stehen offen und die Ärmel sind hochgekrempelt.

»Sebastian ist nicht da«, sagt er knapp, während er mich von Kopf bis Fuß mustert. Sich vorzustellen oder Guten Tag zu sagen, hält er offenbar für unnötig. »Er ist weggefahren, schon vor Stunden.«

»Wissen Sie, wohin?«

»Nein. Er informiert mich nicht über sein Kommen und Gehen.«

»Vielleicht kann ich hier auf ihn warten?« Ich will nicht gehen, weil ich sonst den Mut verlieren und ihn womöglich nie wieder aufbringen würde.

Stirnrunzelnd schaut Sebastians Vater ins Haus und dann wieder mich an. »Warum nicht? Ich bin übrigens Leonard.« Er reicht mir die Hand. »Und du?«

»Libby.«

»Komm doch rein.« Er tritt zur Seite. »Ich mache uns einen Drink. Sarah ist einkaufen, wie immer. Wir haben das Haus also ganz für uns allein.« Er lacht auf eine unheimliche Art. »Aber keine Sorge. Ich beiße nicht.«

Ich folge ihm in ein großes Arbeitszimmer, in dem jeder Quadratzentimeter Maskulinität ausstrahlt: dunkle Ledersofas, Bücherregale aus grobem Holz, ein riesiger Schreibtisch. Leonard geht zu einem Sideboard, auf dem mehrere Flaschen stehen, um unsere Drinks zu machen. Als er Eis in zwei Gläser löffelt, schwankt er leicht, und ich ahne, wie betrunken er ist. Er greift zu einer Whiskyflasche und schenkt so unkoordiniert ein, dass außer den Gläsern auch das Sideboard eine Ladung Whisky abbekommt.

Er flucht und unternimmt einen halbherzigen Versuch, das Sideboard abzuwischen. Dann dreht er sich um und reicht mir ein Glas.

»Nun setz dich doch endlich!«, fährt er mich an und zeigt auf ein Sofa. »Entspanne dich. Ich sage doch, dass ich nicht beiße.«

Ich setze mich. Er sinkt in den Sessel mir gegenüber und schlägt ein Bein übers andere.

»Woher kennst du Sebastian?«, fragt er. »Aus der Schule oder von der Uni?«

»Hauptsächlich durch Cooper«, sage ich.

»Cooper?« Er zieht die Augenbrauen hoch. »Du kanntest ihn?«

»Ich war mit ihm zusammen.«

»Ah.« Er schaut mich über den Rand seiner Brille hinweg an. »Ein hübsches Mädchen.« Dann fügt er hinzu: »Sebastian mag keine Mädchen. Wusstest du das?«

»Ich weiß, dass er schwul ist.«

»Und es scheint dir nichts auszumachen. Nein, natürlich macht es dir nichts aus. Warum sollte es auch? Du bist ja nicht sein Vater. Niemand guckt dich deswegen schief an. Du musst auch nicht auf Enkelkinder oder ein normales Familienleben verzichten. Für dich sind Schwule lediglich eine Modeerscheinung, vielleicht sogar etwas Trendiges. Auf jeden Fall aber etwas rein Theoretisches.«

Ich sage nichts und muss daran denken, dass Cooper mir erzählt hat, wie schwierig das Verhältnis zwischen Sebastian und seinem Vater ist. Es war keine gute Idee, mit ihm ins Haus zu kommen. Ich hätte lieber im Auto warten sollen. Ich versuche zu hören, ob sich auf der Straße ein Wagen nähert, aber das Haus ist so groß und die Wände so dick, dass keine Straßengeräusche zu hören sind. Ich führe mein Glas an den Mund und tue so, als würde ich trinken. Der Whiskydunst treibt mir Tränen in die Augen.

»Du warst also Coopers Freundin?«

»Ja.«

Ein unangenehmes Schweigen breitet sich aus. Nur Leonards Trinkgeräusche und das klirrende Eis sind zu hören. Leonard atmet schwer und immer wieder seufzt er. Ich starre auf die Wand hinter ihm.

»Glaub ja nicht …«, sagt er plötzlich und macht eine ausladende Bewegung mit der Hand, in der er sein Glas hält, sodass der Whisky überschwappt und auf den Teppich tropft. »Was war noch mal dein Name? Jillian? Glaub ja nicht, dass man im Leben mit irgendwas davonkommt, Jillian! Das war noch nie so und wird auch nie so sein. Alles holt einen früher oder später wieder ein. Alles, was du je getan hast. Jeder noch so kleine Fehler. Am Ende musst du für alles bezahlen. Das Universum sorgt immer für Gerechtigkeit.«

Ich frage mich, ob er seine Affäre mit Tessa meint. Ist das der »kleine« Fehler, von dem er spricht? Ich frage mich auch, wie er dafür »bezahlt« hat.

In einem Zug leert er den Rest seines Drinks, dann lässt er das Glas einfach fallen. Ich sehe ihm nach, wie es über den Teppich rollt und unter dem Schreibtisch liegen bleibt. Leonard greift in die Brusttasche seines Hemds und holt ein Stück Papier heraus. Als er es auffaltet, erkenne ich an der glänzenden Oberfläche und dem Stempel auf der Rückseite, dass es ein Foto ist. Er drückt es an seine Brust und stöhnt. Dann fängt er zu meinem größten Entsetzen plötzlich an zu weinen. Noch nie habe ich einen erwachsenen Mann weinen sehen und weiß nicht, was ich tun soll.

Nach einer Weile beruhigt er sich und schließt die Augen. Im nächsten Moment fällt sein Kopf nach vorn. Als ein tiefes, kehliges Schnarchen aus seinem Mund kommt, schreckt er auf. Sein Kopf schnellt wieder hoch und Leonard sieht mich erschrocken an.

»Das habe ich doch nicht gewollt.« Die Worte fusseln aus seinem Mund, als sei der voller Wattebäusche. Seine Hand rutscht von der Sessellehne und das Foto segelt zu Boden. »Es tut mir so leid. So entsetzlich leid. Alles ist meine Schuld. Das habe ich doch nicht gewollt!«

Als ich mir sicher bin, dass er wieder eingeschlafen ist, stehe ich auf, um zu gehen. Auf dem Weg zur Tür hebe ich das Foto auf. Sebastian. Ein oder zwei Jahre alt. Er trägt einen orange-schwarzen Tigerpyjama, steht in einem Kinderbettchen und hält sich am Gitter fest, während er die Person anstrahlt, die das Foto macht. Ich lege es auf den Schreibtisch und gehe.

Ich habe Mums Wagen noch nicht erreicht, als Sebastians roter VW den Hügel heraufkommt. Grüßend hebt er eine Hand, als er an mir vorbeifährt und in seine Einfahrt einbiegt. Er parkt, steigt aus und kommt direkt auf mich zu.

»Libby.« Es klingt weder freundlich noch unfreundlich. »Was tust du hier?«

Als er nahe genug herangekommen ist, sehe ich, dass auch seine Augen blutunterlaufen sind. Der sonst so perfekte Lidstrich ist verschmiert. Er muss geweint haben.

»Ich wollte mit dir reden«, sage ich.

Er nickt.

»Ich habe gestern mit Claire gesprochen.«

»Was?« Er scheint schockiert zu sein.

»Du wolltest nicht, dass ich mit ihr spreche, ich weiß.«

»Nein, das ist es nicht. Sie … Claire liegt im Krankenhaus. Da komme ich gerade her.«

»Was ist denn passiert?«

»Sie hat eine Überdosis genommen.«

»O mein Gott. Wie geht es ihr denn?« Ich bin überrascht, wie sehr mich diese Neuigkeit mitnimmt.

»Sie wird's überstehen.«

»Oh.« Ich lege eine Hand auf die Brust und atme tief durch. »Gott sei Dank.«

»Ich wusste gar nicht, dass ihr euch nahesteht.«

»Tun wir auch nicht. Also nicht auf *die* Art. Ich will bloß nicht, dass sie …«

»Sie ist auf dem Weg der Besserung.«

Eine Weile sagt keiner von uns etwas. Sebastian schaut auf seine Füße und kickt lose Steinchen über das Straßenpflaster. Was ich ihm zu sagen habe, kann man nicht schonend verpacken. Also schieße ich einfach los.

»Warum hast du gelogen, Seb? Warum hast du behauptet, du hättest Cooper vor seinem Tod lange nicht gesehen? Claire sagt, an dem Abend, an dem er gestorben ist, habt ihr ihn beide gesehen.«

Er blinzelt und wirft den Kopf in den Nacken, als wolle er seine Tränen zurückhalten. Dann seufzt er tief. »Als ich ihn das letzte Mal gesehen habe, haben wir uns gestritten. Ich war sturzbetrunken. So wollte ich ihn nicht in Erinnerung behalten. Und ich wollte nicht, dass jemand es erfährt.«

»Was ist denn passiert?«

»Hab ich doch gesagt. Wir haben uns gestritten.«

»Und worüber?«

»Wozu willst du das alles wissen, Libby? Was willst du damit erreichen?«

»Ich will herausfinden, was genau passiert ist. Ist das so schwer zu verstehen? Claire hat mir von dem Video erzählt. Tessa und dein Dad … die Affäre.«

Wieder seufzt er, geht an den Bordstein und setzt sich. Er sinkt ganz in sich zusammen und legt den Kopf auf die Knie. Als er aufschaut, ist sein Gesicht tränennass. »Sorry«, sagt er. »Ich weiß, dass ich mich hier zum Affen mache, aber ich bin so erschöpft … das kannst du dir gar nicht vorstellen.«

Ich setze mich neben ihn. »Du brauchst dich nicht dafür zu entschuldigen, dass du weinst.«

»Weißt du was, Libby? Als Bree mir heute Morgen geschrieben hat, dass Claire im Krankenhaus ist, dachte ich … Ich hatte Angst, dass sie auch sterben würde. Erst Cooper dann Claire. Und soll ich dir noch was sagen? Es wäre meine Schuld gewesen, wenn sie gestorben wäre. Ganz allein meine Schuld. Ich habe ihr die Drogen gegeben. Wenn sie gestorben wäre … wenn sie … Ich wäre nicht damit fertiggeworden. Ich hätte …« Er spricht nicht weiter und vergräbt das Gesicht in den Händen.

Ich warte. Mir ist klar, wie elend er sich fühlt, und er tut mir leid. Aber er hat mir immer noch nicht erzählt, was passiert ist, und ich werde nicht gehen, bevor er das tut.

»Cooper war mein bester Freund«, sagt er. »Ich habe ihn geliebt. Niemals hätte ich ihm wehtun können. Niemals. Ich habe ihn *geliebt*.«

»Sag mir einfach, was passiert ist. Bitte!«

»Du gibst nicht auf, was?«

»Nein.«

Er nickt und fängt tatsächlich an zu erzählen. »Okay. Claire und ich waren völlig hinüber. Whisky und Speed und noch so allerlei. Da rief Cooper völlig überraschend an und sagte, er würde rüberkommen. Ich war total glücklich. Ich hatte ihn eine ganze Weile nicht gesehen und habe mich einfach gefreut, dass er mit uns zusammensein wollte. Aber als er dann hier war, artete es gleich in Streit aus.«

»Worüber denn?«

»Alles Mögliche. Lauter dummes Zeug, das es nicht wert ist, wiederholt zu werden.«

»Bitte, Seb!«

»Ich habe ihm Vorwürfe gemacht, weil er sich so lange nicht gemeldet hat. Als hätte er seinen besten Freund vergessen. Ich war gemein und beleidigend. Es war einfach nur blöd von mir und ich werde es für den Rest meines Lebens mit mir herumschleppen.« Einen Moment lang schließt er die Augen und atmet tief durch. »Cooper wurde wütend und wollte wieder gehen. Claire hat ihn gebeten, sie nach Hause zu fahren.«

»Ach ja?«

Er nickt.

»Und hat er sie mitgenommen?«

»Ja. Sie fuhren los und das war's dann. Das war das letzte Mal, dass ich Cooper gesehen habe, und ich habe mich wie ein Idiot benommen. Deswegen wollte ich es dir nicht erzählen. Ich will es einfach nur vergessen.«

»Und was ist dann passiert? Auf der Fahrt?«

»Keine Ahnung. Ich war ja nicht dabei. Ich weiß nur, dass Claire ihm da von der Affäre erzählt hat. Ich war es nicht. Ich wollte nicht, dass er es erfährt ... oder irgendjemand sonst. Es würde meine Mum umbringen, wenn das rauskommt, verstehst du?«

»Vielleicht ist es aber wichtig. Du kannst doch nicht so tun, als ...«

»Wichtig wofür, Libby?« Er starrt mich finster an. »Was soll daran denn wichtig sein? Und was spielt es heute noch für eine Rolle?«

»Es ist einfach wichtig, Seb«, sage ich. »Da bin ich mir ganz sicher. Aber Claire hat mir nicht gesagt, dass sie es Cooper erzählt hat. Es hörte sich bei ihr eher so an, als hättet ihr es ihm zusammen gesagt.«

Seb zuckt mit den Schultern. »Zu verstehen, was in Claires Kopf vorgeht, kannst du nicht von mir verlangen. Sie versteht es ja selber nicht. Abgesehen davon hat sie wahrscheinlich einfach vergessen, was an dem Abend wirklich passiert ist. Sie vergisst eine Menge, wenn sie trinkt.«

Einen Moment lang schweigen wir. Sebastian rupft ein paar Grashalme aus und wirft sie auf die Straße.

»Es ist … kaum auszuhalten.«

»Das stimmt.«

»Ich wünschte nur …« Er spricht nicht weiter.

»Wie war er denn drauf?«, frage ich. »An dem Abend? Kannst du seine Stimmung beschreiben?«

»Wir haben uns gestritten. Entsprechend wütend wird er gewesen sein.«

»Aber nicht …«

»Selbstmordgefährdet? Nicht, dass ich wüsste. Aber ich war zu hinüber, um noch irgendwas richtig wahrzunehmen. Und wütend war ich auch. Nicht gerade die idealen Voraussetzungen, um zu beurteilen, in welchem Zustand er sich befand.«

»Danke«, sage ich. »Danke, dass du mir das alles erzählt hast.«

»Hoffentlich nützt es was.«

Ich stehe auf. »Ich sollte dann mal wieder …«

Er begleitet mich zu Mums Wagen. Als ich eingestiegen bin und das Fenster runterlasse, beugt er sich zu mir.

»Du hast nicht ernsthaft gedacht, ich hätte ihm etwas angetan, oder?«, fragt er.

»Das spielt ja jetzt keine Rolle mehr. Du hast mir erzählt, was passiert ist.«

Ich lasse den Motor an, lege den Gang ein und fahre los.

D'AM'ALS

COOPER

Am Montagabend kaufte ich auf dem Heimweg von der Arbeit Steaks und kochte für Mum und mich. Ich war kein besonders begabter Koch, aber Mum hatte mir die Grundlagen beigebracht. Ich briet die Steaks in Butter, machte einen Salat und kochte Kartoffeln.

Als alles fertig war, rief ich Mum zum Essen, stellte die Salatschüssel auf den Tisch und holte die Steaks aus der Pfanne.

Der neue Esstisch war fast fertig, bald würde ich ihn mit nach Hause nehmen. Ich freute mich schon auf Mums Gesicht, wenn sie ihn sah. Dann würde ich den alten Tisch endlich auf die Müllhalde bringen, wo er hingehörte.

»Oh, das sieht aber gut aus, Coops«, sagte Mum, als sie sich setzte.

Ich nahm ihr gegenüber Platz und reichte ihr das Salatbesteck. »Du zuerst«, sagte ich.

»Und?«, fragte sie und grinste breit. »Wie war Sydney? Du hast noch gar nichts davon erzählt.«

»Wir haben uns ja auch noch gar nicht richtig gesehen. Aber es war toll. Danke, Mum!«

»Das freut mich. Du hast es verdient.«

Wir begannen zu essen. Das Fleisch war zart, genau auf den Punkt.

»Was habt ihr denn so gemacht? War das Hotelzimmer in Ordnung?«

Ich erzählte ihr vom Blick auf den Hafen, den Straßenmusikern am Circular Quay, dem spanischen Restaurant, und versuchte, einen zusammenhängenden Bericht daraus zu machen, aber es gelang mir nicht. Was an diesem Wochenende wirklich bedeutend war, hatte sich in unserem Hotelzimmer abgespielt. Und damit meinte ich nicht nur den Sex.

Nach dem Essen machten wir zusammen die Küche sauber, dann ging Mum in ihr Zimmer, um zu lesen, und ich wollte im Wohnzimmer fernsehen. Ich zappte durch die Kanäle, aber es gab nichts, was mich interessierte. Reality Shows. Gartentipps. Ein Film, der mich nicht ansprach. Am liebsten wäre ich zu Libby gefahren, aber ich hatte auch das Gefühl, dass ich mich mal wieder bei Seb melden sollte. Ich hatte kein Wort mehr mit ihm gesprochen, seit ich – zusammen mit Libby – seine Party unter Protest verlassen hatte.

Aber ich konnte ja auch einfach beides tun. Zu Seb fahren und Hallo sagen und dann auf dem Heimweg bei Libby vorbeischauen.

Ich schickte ihm eine SMS.

Was machst du gerade? Soll ich vorbeikommen? 'Ne Runde Billard spielen oder so?

Die Antwort kam prompt und war typisch Seb.

Für 'ne Runde Billard bin ich immer zu haben.

Ich verabschiedete mich von Mum, die auf ihrem Bett saß und las. Ich küsste sie auf die Stirn, was ich normalerweise nicht tat, wenn ich wegging, aber ich war ihr immer noch für das Hotelzimmer dankbar, und das Glücksgefühl, das ich daraus mitgenommen hatte, war noch ganz frisch. »Du bist die Beste«, sagte ich. »Im Ernst, Mum. Danke.«

Sie lächelte, nahm meine Hände und drückte sie.

»Gern geschehen. Und jetzt ab mit dir. Fahr vorsichtig und bleib nicht die ganze Nacht weg. Ich brauche den Wagen morgen früh.«

Ich fuhr in die Hügel hinauf, parkte hinter Sebs VW und lief unten am Haus vorbei zu seiner Tür. Sie stand offen, also ging ich einfach rein, vorbei an Sebs leeren Räumen und ins Billardzimmer. Aber auch dort war es dunkel, und keiner war da, also schaute ich auf der Terrasse nach, denn es war ein relativ milder Abend.

Dort fand ich Seb dann. Er saß auf einer Bank und rauchte. Und er war nicht allein. Claire saß ihm gegenüber, die Beine auf den Gartentisch gelegt.

»Ah, welch seltener Gast«, sagte Sebastian. »Mr Bartholomew persönlich.«

Ich zog mir einen Stuhl heran und setzte mich so weit

von Claire entfernt, wie es ging, ohne ein Statement daraus zu machen.

Sie kicherte und sagte: »Schön, dich zu sehen, Cooper.«

Immerhin hatte sie gute Laune. Sie lachte und nahm die Füße vom Tisch. Dabei fiel mir ein Plastiktütchen mit einem weißen Pulver auf, das auf dem Tisch lag. Daneben zeichneten sich feine Pulverspuren auf der dunklen Glasplatte ab. Außerdem standen zwei leere Schnapsgläser und eine Flasche Whisky auf dem Tisch.

Offenbar hatten sich die beiden schon ordentlich die Kante gegeben. Jetzt sah ich auch, dass ihre Augen ganz glasig waren. Also waren sie bereits high. Hätte ich gewusst, dass Claire hier war, wäre ich nicht gekommen. Auch nicht, wenn ich gewusst hätte, dass Seb auf Speed war. Aber jetzt war ich hier und konnte ja nicht gleich wieder gehen.

»Was hast du in letzter Zeit so getrieben?«, fragte ich Sebastian.

Er antwortete nicht, sondern sah mich nur mit einer merkwürdig undurchdringlichen Miene an.

»Was starrst du mich denn so an?«

»Ich versuche mich nur daran zu erinnern, wer du bist«, sagte er. »Irgendwie kommst du mir bekannt vor.«

Ich ignorierte den zynischen Sarkasmus, denn ich war viel zu glücklich, um mir von ihm die Laune verderben zu lassen. »Ich dachte, wir wollten eine Runde Billard spielen«, sagte ich. »Wie sieht's aus? Hast du Lust?«

»Ja, klar.« Er klang eigentlich ganz freundlich, aber in seinem Blick lag etwas Aggressives. »Cooper will Billard spielen, Claire«, fuhr er fort. »Selbstverständlich ist uns sein

Wunsch Befehl. Wir müssen tun, was er verlangt, sonst verschwindet er wieder.« Er schnippte mit den Fingern. »Puff! Wie durch Zauberhand würde er sich einfach wieder in Luft auflösen.«

Ich verdrehte die Augen.

Es sah nicht so aus, als hätte Seb vor aufzustehen. Stattdessen griff er zu der Whiskyflasche und schenkte die beiden Schnapsgläser voll. Eins schob er in Claires Richtung. »Auf ex«, sagte er. Mir bot er keinen Drink an, was ihm gar nicht ähnlich sah. Er tat wirklich alles, was er konnte, um mich zu beleidigen. Als sie ihre Gläser geleert hatten, schüttete Seb den Rest Speed aus dem Tütchen auf den Tisch und schob es zu zwei Linien zusammen. Es war reine Provokation; er wollte mich wütend machen.

Während sich die beiden über das Speed beugten, holte ich mein Handy aus der Tasche und schrieb Libby.

Noch wach? Kann ich zu dir kommen? x

Claire holte einen Spiegel aus ihrer Handtasche und legte neuen Lipgloss auf. Dann klappte sie den Spiegel zu und sah mich an.

»O mein Gott, Cooper, ich habe dir ja noch gar nicht erzählt …« Sie begann eine verworrene Geschichte über den Abend, an dem Atticus sie von der Strandparty nach Hause gefahren hatte, und irgendetwas, das offenbar in der achten Klasse passiert war. Sie war so high, dass sie wie ein aufgeregtes Kind auf ihrem Platz herumwippte. Ihre Pupillen waren winzige schwarze Punkte.

»Findest du etwa, wir sollten dir dankbar sein?«, unterbrach Sebastian plötzlich ihren Monolog. Dabei starrte er mich finster an. »Ist es das, was du denkst? Dass wir dir für deinen Besuch dankbar sein sollten?«

»Nein, Seb. Das denke ich ganz und gar nicht. Warum sollte ich? Es tut mir leid, dass wir uns länger nicht gesehen haben. Ich hatte einfach viel zu tun.«

»Viel zu tun«, wiederholte er und klang furchtbar wütend. »Wir haben alle viel zu tun, Cooper. Aber deswegen vernachlässigen wir unsere Freunde nicht. Und manche von uns können es echt nicht leiden, abserviert zu werden.«

»Abserviert? Ich habe dich doch nicht abserviert! Ich bin doch hier!« Ich lächelte ihn an, obwohl es mir schwerfiel, aber ich wollte ihn aus seiner Schmollecke holen. Er sollte vergessen, was immer an ihm nagte, und einfach der Freund sein, der er immer gewesen war. Ich hätte ihm gern von Libby erzählt, denn ich war mir ziemlich sicher, dass ich in ihr meine Traumfrau gefunden hatte. Die Liebe meines Lebens. Und ich wusste, dass ich einen Weg finden musste, es ihm zu erklären. Sobald er es verstand, würde er aufhören, ihretwegen wütend auf mich zu sein.

Aber dieses Gespräch konnten wir nicht in Claires Gegenwart führen. Ich musste warten, bis ich mit ihm allein reden konnte.

»Hör zu, Seb«, sagte ich. »Es tut mir leid, okay? Es tut mir leid, dass ich nicht genug Zeit für dich hatte. Aber jetzt bin ich ja da. Lass uns einfach eine Runde Pool spielen, okay?«

Claire stöhnte auf, schlug sich die Hand vor den Mund und beugte sich vor. »O Gott, ich glaube, ich muss kotzen.«

»Badezimmer!« Sebastian zeigte auf seine Wohnung. »Mach hier draußen bloß keine Sauerei.«

Wieder stöhnte Claire, aber dieses Mal lehnte sie sich zurück und schloss die Augen. Ich ging an die Bar, um ihr ein Glas Wasser zu holen. Als ich zurückkam, war sie aufgestanden und sammelte ihre Sachen ein.

»Ich muss nach Hause«, sagte sie. »Ich bin völlig hinüber und will nur noch ins Bett. Oder kotzen. Oder beides.«

»Ich fahre dich«, sagte Sebastian. »Aber nur, wenn du versprichst, meinen Wagen nicht vollzukotzen.«

»Moment mal!«, sagte ich und lachte. »Du kannst doch jetzt nicht fahren!«

»Warum nicht?«

»Ich habe gerade mit eigenen Augen gesehen, wie du dir eine Line reingepfiffen und Whisky getrunken hast. Dabei warst du sowieso schon high, als ich ankam. Wenn du erwischt wirst, sperren sie dich weg und lassen dich so schnell nicht wieder raus. Tu dir das nicht an, Mann!«

»Er hat recht, Seb«, sagte Claire. »Cooper soll mich fahren. Wenn sie dich erwischen, sitzt du ganz schön in der Scheiße. Und das bin ich nicht wert.«

Zunächst fuhren wir schweigend. Als wir die Stadtgrenze erreichten, griff Claire in ihre Handtasche und holte eine Zigarettenschachtel heraus.

»Macht es dir was aus, wenn ich rauche?«

Ich sah sie von der Seite an. »Ich dachte, dir ist schlecht.«

Sie zuckte mit den Schultern. »Die Übelkeit kommt und geht.«

»Dann kannst du mit dem Rauchen auch noch warten. Du bist ja gleich zu Hause.«

Sie seufzte und steckte die Zigaretten in ihre Handtasche zurück. »Tut mir leid, dass ich neulich ungebeten auf eurer Strandparty aufgetaucht bin.«

»Schon gut. Vergiss es.«

»Aber die Sache mit deiner Mum … wovon ich auf der Party gesprochen habe … das ist kein Witz. Ich war bloß betrunken, deswegen kam es wahrscheinlich etwas verquer rüber.«

»Hör auf, Claire! Es interessiert mich nicht.« Es war eine ziemliche Abfuhr, aber ich wollte verhindern, dass sie wieder anfing, halbgare Schauergeschichten zu erzählen. Schließlich war ich ihrem Gerede ausgeliefert, bis wir ihre Wohnung erreichten.

»Wenn du mir mal eine Minute lang zuhören könntest, würde es dich bestimmt interessieren.«

»Vielleicht solltest du solche Gespräche lieber führen, wenn du nüchtern bist. Dann würde ich auch zuhören.«

»Verdammt, Cooper! Du kannst ein richtiger Arsch sein.«

»Weißt du was, Claire? Ich bin momentan ziemlich glücklich und habe keine Lust, mir dieses Gefühl von dir kaputtmachen zu lassen.«

»Kaputtmachen? Ich? Warum sollte ich dir was kaputtmachen?«

Ich holte tief Luft und sagte mir, dass sie völlig hinüber war. Es hatte keinen Sinn, mit ihr zu argumentieren.

»Es geht um deine Mum, Cooper. Willst du nicht die Wahrheit über sie erfahren?«

»Nein, danke.«

»Cooper«, sagte sie ganz jammervoll und legte mir eine Hand aufs Knie. »Warum nimmst du mich nicht ernst? Hör dir doch erst mal an, was ich zu sagen habe, und beurteile es *dann*.«

Ich stieß ihre Hand fort. »Wenn es etwas Wichtiges wäre, hätte es mir bestimmt schon längst jemand erzählt. Okay? Lass es einfach.«

»Aber es *ist* wichtig, und ich muss es dir wirklich sagen.«

»Tja, Pech gehabt«, sagte ich. »Ich will es nämlich nicht hören. Jedenfalls nicht jetzt. Was immer es auch ist. Und von dir schon gar nicht.«

Einen Moment lang war sie still, dann lachte sie. Es war ein niederträchtiges Lachen, das mir fast ein wenig Angst machte. Ich wusste, dass sie keine Ruhe geben würde, bis sie mir erzählt hatte, was ihrer Meinung nach so wichtig war. Sie musste irgendetwas Schlimmes über meine Mutter herausgefunden haben – oder zumindest dachte sie das –, und wollte es mir unbedingt unter die Nase reiben.

Ich wünschte, ich hätte sie bei Seb gelassen. Mehr noch: Ich wünschte, ich wäre gar nicht erst zu Seb gefahren.

»Halt an!«, sagte sie. »Lass mich aussteigen. Ich fahre mit dem Taxi weiter.«

»Warum? Du brauchst bloß noch ein paar Minuten den Mund zu halten. Das solltest ja wohl selbst du schaffen.«

»Halt, verdammt noch mal, an, Cooper!«, schrie sie. »Ich hasse dich und will keine Sekunde länger neben dir sitzen. Halt an und lass mich raus, sonst schreie ich. Ich mache einfach die Tür auf und springe raus. Ich schwör's, Cooper!«

Wenn Claire wütend *und* hysterisch wurde, war sie zu allem fähig, vor allem, wenn es etwas Selbstzerstörerisches war. Also fuhr ich an den Straßenrand und sie stieg sofort aus. Am liebsten wäre ich einfach weitergefahren und hätte sie ihrem Schicksal überlassen, aber wir befanden uns in einem zwielichtigen Viertel, Claire war high und betrunken, und es war spät.

Fluchend schaltete ich den Motor ab, stieg aus und folgte ihr.

Sie ging neben dem Gehweg im Rinnstein der Fahrbahn. Vollkommen idiotisch. Mit den schwarzen Sachen, die sie trug, war sie in der Dunkelheit kaum zu sehen. Die Gefahr, dass sie so angefahren wurde, war groß. Ich lief, um sie einzuholen. Als ich bei ihr war, zog ich sie auf den Bürgersteig.

»Lass mich los!«, schrie sie. »Lass mich bloß los!«

»Steig wieder ein!«

»Nein! Verpiss dich! Ich gehe zu Fuß.«

»Verdammt, Claire! Kannst du nicht ein einziges Mal darauf verzichten, Ärger zu machen? Ein einziges Mal das Richtige tun? Halte den Mund und steig wieder ein! Und hör auf, dich so idiotisch zu benehmen.«

Sie wirbelte zu mir herum und sah mich mit funkensprühenden Augen an. »Weißt du was, Cooper? Du hältst dich für so überlegen und glaubst, was Besseres zu sein. Aber das bist du nicht. Deine Mutter war eine dreckige Schlampe und hatte eine Affäre mit Leonard. Frag Seb. Er kennt die Wahrheit. Los, mach schon, ruf ihn an! Frag ihn!«

Ich lachte. Ich konnte nicht anders. Sie war so erbärmlich, so kindisch und rachsüchtig.

»Netter Versuch, Claire«, sagte ich. »Ich hoffe, du fühlst dich jetzt besser.«

»Es ist die Wahrheit!«

»Ist es nicht.« Langsam wurde auch ich böse. »Du bist eine Lügnerin, Claire. Und absolut unmöglich, total abgefuckt. Das warst du immer schon. Ich schäme mich, jemals mit dir zusammengewesen zu sein. Sieh dich doch an! Du kannst nicht mal aufrecht stehen!«

Sie zuckte zusammen, als hätte ich sie geschlagen. Dann stürzte sie mir entgegen, holte aus und schlug mit aller Kraft zu. Aber sie erwischte mich nur am Arm.

»Ich hasse dich«, kreischte sie und holte zum nächsten Schlag aus, verfehlte mich aber. »Ich hasse dich!«

Ich wich zurück, aber sie folgte mir. »Ich habe es selber gesehen«, kreischte sie. »Mit eigenen Augen.«

Sie stieß mir beide Hände gegen die Brust. Ich stolperte und fiel hin, richtete mich aber schnell wieder auf und wischte mir die verschrammten Handflächen an der Jeans ab. Dann sah ich Claire an und sagte: »Du widerst mich an.« Damit drehte ich mich um und ging zu meinem Wagen zurück.

Ich hörte, dass Claire hinter mir anfing zu weinen.

Dann rief sie nach mir und stammelte irgendetwas Entschuldigendes. Aber ich ignorierte sie. Ihre Probleme waren nicht meine. Sie war mir vollkommen egal.

JETZT

LIBBY

Nach dem Besuch bei Sebastian fahre ich ohne Umweg nach Hause. Glücklicherweise ist Mum nicht da, denn ich brauche den Nachmittag für mich allein. Ich muss nachdenken und das Durcheinander in meinem Kopf sortieren.

Zuerst gehe ich in die Küche und an den Kühlschrank. Darin steht noch eine angebrochene Flasche von Mums Chardonnay, und ich schenke mir ein großes Glas davon ein, das ich mit ins Badezimmer nehme. Ich lasse mir Badewasser ein, viel und schön heiß, mit einem großzügigen Schuss Badeöl. Noch während das Wasser in der Wanne steigt und sich das pinkfarbene Öl verteilt, trinke ich das ganze Glas leer, gehe in die Küche zurück und hole mir noch eins. Zurück im Badezimmer ziehe ich mich aus, binde mir die Haare hoch und steige ins heiße Wasser.

Die Mischung aus Hitze und Wein macht mich ganz schwindelig, aber es ist ein schönes Gefühl, beruhigend und entspannend nach dem ganzen Stress der letzten Tage. Ich lege den Kopf zurück und schließe die Augen. Dann konzentriere ich mich nur auf das Gefühl des heißen Wassers auf meiner Haut und die Schwerelosigkeit meiner Glieder, inhaliere die duftenden Dämpfe und spüre dem Geschmack des Weins in meinem Mund nach.

Als das Wasser langsam abkühlt, steige ich aus der Wanne. Es ist noch nicht mal zwei Uhr, aber ich ziehe mir schon einen Pyjama und meinen kuscheligen Bademantel an, denn ich habe nicht vor, noch mal rauszugehen oder jemanden zu treffen. Ich gehe in die Küche und überlege, ob ich noch ein Glas Wein trinken soll, lasse es dann aber lieber sein. Ich bin jetzt schon beschwipst und würde wahrscheinlich einschlafen, wenn ich noch mehr trinke. Stattdessen setze ich Teewasser auf und mache mir einen Toast mit viel Erdnussbutter, den ich im Stehen in der Küche esse.

Als ich den Teller abspüle, klingelt mein Handy. Dass ich deswegen Herzflattern bekomme, ist völlig irrational, aber jedes Mal, wenn es klingelt, hoffe ich noch immer, dass es Cooper ist. Dass er sagt, alles sei nur ein schreckliches Missverständnis gewesen. Dabei wäre das gar nicht schrecklich, sondern das Beste, was passieren könnte.

Im Display steht Atticus' Name. Enttäuscht drücke ich ihn weg, aber keine Minute später ruft er wieder an.

Dieses Mal gehe ich ran. »Hallo, Atticus.«

»Hey. Wie geht es dir?«

»Ganz okay.«

»Gibt's was Neues?«, fragt er.

»Was soll es denn Neues geben?«

»Na ja … hast du noch weiter nachgedacht … über diese Coopersache?«

Viel zu viel, hätte ich am liebsten gesagt. Mir schwirrt der Kopf und meine Gedanken sind völlig verworren. Ich kann sie nicht ordnen oder verstehen und sie machen mich vollkommen rat- und rastlos.

»Du denkst wohl, ich spinne, was?«, sage ich. »Und dass ich die Sache auf sich beruhen lassen und mich auf etwas anderes konzentrieren sollte.«

»Nein, ich glaube nicht, dass du spinnst. Genauso wenig wie Hari und Cate. Ganz bestimmt nicht. Ich habe gestern Abend noch mal drüber nachgedacht und bin zu dem Schluss gekommen ... Also wenn ich eines Tages auf mysteriöse Weise sterben sollte, würde ich wollen, dass meine Freunde ... Wie soll ich sagen? Dass sie Fragen stellen und der Sache auf den Grund gehen. Was du da tust, ist richtig, Libby, und gut. Schaden kann es jedenfalls nicht.«

»Ist das dein Ernst?« Ich hätte heulen können. Nicht vor Freude, aber vor Erleichterung.

»Mein voller Ernst«, sagt er. »Also, wie sieht's aus? Hast du was Neues rausgefunden?«

»Nichts Konkretes. Aber ich habe mit Sebastian gesprochen.«

Ich erzähle ihm, was Sebastian gesagt hat. Dass er geschworen hat, Cooper nichts getan zu haben. Ich erzähle ihm auch, warum Sebastian behauptet hat, Cooper vor seinem Tod nicht mehr gesehen zu haben. Von den Drogen. Dem Streit.

»Und du glaubst ihm?«

»Ja, tu ich. Es ist zwar alles sehr traurig, aber es ergibt Sinn. Außerdem bin ich mir sicher, dass er Cooper wirklich geliebt hat. Aber ich frage mich, warum Claire nichts davon gesagt hat, dass Cooper sie an dem Abend nach Hause gefahren hat.«

»Vielleicht hat sie es vergessen.«

»Wie kann man so etwas vergessen? Aber apropos: Weißt du schon, dass sie im Krankenhaus liegt? Sie hat wohl eine Überdosis genommen, gestern Nachmittag, nachdem ich bei ihr war und …«

»*Was*?«

»Ich weiß nichts Genaues. Aber irgendwie kommt es mir verdächtig vor. Findest du nicht?«

»Eine Überdosis?«

»Ja. Das ist es ja, was mich stutzig macht. Erst lügt sie und kurz danach nimmt sie eine Überdosis. Offenbar gibt es da etwas, womit sie nicht klarkommt, was sie echt fertig macht.«

»Wie geht es ihr?«, fragt Atticus eindringlich »Sie kommt doch heil aus der Sache raus, oder?«

»Oh Gott, ja. Ja, natürlich. Sorry. Das muss ein ziemlicher Schock für dich sein. Aber ja, Sebastian sagt, es geht ihr schon besser, und sie wird sich erholen.«

»Was hat sie denn genommen?«

»Keine Ahnung.«

Atticus sagt so lange nichts, dass ich mich schon frage, ob er aufgelegt hat.

»Atticus?«

»Sorry. Ich bin noch dran.«

»Was meinst du? Findest du es nicht verdächtig? Es ist doch komisch, wegen so etwas zu lügen. Dafür muss sie doch irgendeinen Grund haben. Ich habe das Gefühl, dass da etwas faul ist.«

»Warum fragst du sie nicht? Eine knallharte Konfrontation.«

»Das habe ich vor. Sobald es geht. Ich kann ja schlecht ins Krankenhaus stürmen und sie ausquetschen, solange es ihr noch schlecht geht.«

»Bestimmt gibt es eine plausible Erklärung für ihr Verhalten. Wahrscheinlich etwas total Harmloses. So was Ähnliches wie bei Sebastian. Etwas Persönliches. Ich meine, die ganze Stadt wusste, dass sie auf Cooper scharf war. Vielleicht haben sie sich ja auch gestritten. Und wenn Sebastian betrunken oder high oder beides war, dann war Claire es garantiert auch. Wer weiß schon, was dann alles passieren kann …«

»Das stimmt schon. Aber mir wird immer schleierhafter, was an dem Abend passiert ist. Und da ist noch etwas. Ich habe auch mit Sebastians Vater gesprochen.«

»Und?«

»Er war so betrunken, dass er nicht mehr wirklich wusste, was er tat. Aber er hat ein paar merkwürdige Dinge gesagt.«

»Was denn?«

»Als die Rede auf Cooper kam, hat er gesagt, am Ende käme keiner davon. Das Universum würde schon dafür sorgen, dass jeder seine gerechte Strafe bekommt. Oder so ähnlich.«

»Hmmm. Das klingt wirklich merkwürdig. Glaubst du, dass er damit seine Affäre gemeint hat?«

»Keine Ahnung. Er ist weggedöst, gleich nachdem er das gesagt hat. Bevor er dann endgültig eingeschlafen ist, hat er aber noch etwas gesagt ... Ich weiß gar nicht, ob zu mir oder sich selbst. Jedenfalls fing er plötzlich an zu weinen und ...«

»Was? Er hat ge*weint*? Ist ja irre!«

»Das kannst du wohl sagen. Aber das Unheimlichste war, dass er dann immer wieder etwas davon gefaselt hat, wie leid es ihm täte. Dass er das nicht gewollt hätte und dass alles seine Schuld sei.«

»Was soll das denn heißen? *Was* hat er nicht gewollt?«

»Genau das würde ich auch gern wissen.«

»Gott, Libby, das ist wirklich merkwürdig. Verdammt ... Meinst du, dass er ...«

»Keine Ahnung.«

»Aber du wirst es rausfinden?«

»Worauf du dich verlassen kannst. Zumindest werde ich es versuchen.«

D'AM'ALS

COOPER

Ich ließ Claire auf dem Bürgersteig stehen, stieg in den Wagen und fuhr los – keine Ahnung, wohin. Ich war quasi auf Autopilot, und erst als ich in Libbys Straße einbog, merkte ich, wohin mein Weg geführt hatte.

Das Haus lag völlig im Dunkeln. Nirgendwo war Licht. Auch Libbys Fenster war dunkel. Feindselig und abweisend schien es mich anzustarren.

Ich griff zu meinem Handy und checkte die eingegangenen Nachrichten. Keine Antwort von ihr auf meine SMS von vorhin. Obwohl ich mir sicher war, dass sie schlief – inzwischen war es fast Mitternacht –, schickte ich ihr noch eine SMS.

Libs? Bist du da?

Ich wartete zehn Minuten. Am liebsten wäre ich zu ihr gegangen, hätte sie geweckt und mich im Bett an sie geschmiegt. Ihre Berührung würde mich vergessen lassen, was ich erlebt und gehört hatte, wie ein reinigendes Bad.

Aber sie reagierte auch auf die zweite SMS nicht, und ich brachte es nicht übers Herz, sie zu wecken. Nicht schon wieder. Bestimmt war sie noch ganz erschöpft. Keiner von uns hatte in den letzten Tagen besonders viel Schlaf bekommen.

Das Vernünftigste war, nach Hause zu gehen, mit meiner Mum zu reden und ihr zu erzählen, was Claire gesagt hatte. Die Wahrheit zu erfahren und Claires Lügen aus dem Kopf zu bekommen.

Ja, ich sollte Libby schlafen lassen.

JETZT

CLAIRE

Als Claire im Krankenhaus aufwacht, weiß sie nicht, wo sie ist, und kann sich nicht daran erinnern, was passiert ist. Sie fühlt sich verloren, ihr ist schwindelig, und alles kommt ihr so schrecklich vor, dass sie sich sogar kurz fragt, ob sie im Gefängnis gelandet ist. Doch dann tritt eine Krankenschwester an ihr Bett, misst Blutdruck und Temperatur. Schlagartig wird Claire klar, was passiert ist.

Eine Überdosis. Was ist sie doch für eine erbärmliche Loserin!

Sie fällt in einen unruhigen Schlaf, und als sie das nächste Mal aufwacht, sitzen ihre Eltern an ihrem Bett und unterhalten sich leise. Ihre Mutter küsst sie auf die Stirn und weint. Stöhnend dreht sich Claire um und stellt sich für den Rest der Besuchszeit schlafend.

Sobald sie wieder allein ist, greift sie nach dem Handy auf ihrem Nachttisch. Sebastian hat ungefähr eine Million Mal geschrieben und angerufen. Ihr fällt wieder ein, was sie Libby von Tessa und Leonard erzählt hat, und dass sie

Cooper noch an dem Abend vor seinem Tod gesehen hat. Ihr Herz beginnt zu rasen. Sebastian muss stinksauer auf sie sein.

Warum Sebastian überhaupt gelogen hat, kann sie sich allerdings nicht erklären. Er hat doch nichts zu verbergen! Sie ist diejenige, die Dreck am Stecken hat, nicht Seb. Sie ist diejenige, die klaren Tisch machen und dann die Konsequenzen tragen muss.

Sie steht auf und zieht sich den Pyjama, den ihre Mutter mitgebracht hat, über das lächerliche Krankenhaushemdchen. In ihrem Kopf hämmert es, und wenn sie sich zu schnell bewegt, hat sie das Gefühl, gleich ohnmächtig zu werden oder sich übergeben zu müssen. Aber sie muss sich beeilen, muss nach draußen, braucht Nikotin.

Sie geht den Flur entlang zum Schwesternzimmer und bittet um eine Zigarette.

»Das hier ist ein Krankenhaus«, sagt die Diensthabende. »Wir ermuntern unsere Patienten nicht zum Rauchen.«

»Wo geht man denn hier zum Rauchen hin?«

Die Schwester wirft ihr einen tadelnden Blick zu, erklärt ihr aber, wie sie zum Innenhof kommt. Claire geht nach draußen und sieht ein paar Patienten auf Bänken sitzen. Manche rauchen, andere genießen einfach nur den Sonnenschein. Den Jüngsten von ihnen, mit gebrochenem Bein und Halskrause, spricht sie an und bittet ihn um eine Zigarette. Er nickt und hält ihr die Schachtel hin.

»Nimm gleich zwei«, sagt er.

Claire lässt sich auch Streichhölzer geben, zündet sich eine Zigarette an und bedankt sich. Dann sucht sie sich eine leere, sonnige Bank, setzt sich und raucht. Sie meidet jeglichen Blickkontakt und starrt auf ihre Füße. Am liebsten wäre sie unsichtbar.

Die Zigarette ist fast aufgeraucht, als jemand ihr unangenehm nahe kommt und einen Schatten auf sie wirft.

»Hey!«, protestiert sie und schaut auf. »Würden Sie bitte …«

»Claire Forrester.« Lächelnd und mit verschränkten Armen steht Atticus vor ihr. »Du bist in Schwierigkeiten, wie ich höre.«

»Und du stehst mir in der Sonne.«

Er geht ein Stück zur Seite, dann setzt er sich neben Claire.

»Nun erzähl schon«, sagt er und sieht sie fragend an. »Wie geht es dir?«

»Beschissen«, sagt sie. »Total beschissen.«

»Kann ich mir vorstellen. Eine Überdosis macht bestimmt keinen Spaß.«

Claire ärgert sich. Was bildet er sich ein? Sie ist doch kein Junkie! Sie will ihm gerade sagen, dass er sich verziehen soll, als er ihr zuvorkommt.

»Wahrscheinlich fühlst du dich jetzt wie jemand, der Chemotherapie bekommt, und glaub mir: Ich weiß, wie schrecklich das ist. Du tust mir wirklich leid.« Er legt ihr eine Hand auf die Schulter und drückt sie ermutigend. Dabei sieht er sie freundlich an, ohne den geringsten Vorwurf.

»Ich kann jeden Knochen spüren«, sagt sie, und in einem Anfall von Selbstmitleid schießen ihr Tränen in die

Augen. »Ich habe Kopfschmerzen und sogar meine Haut tut weh.«

»Kann ich mir vorstellen. Aber morgen oder übermorgen ist es vorbei und dann brauchst du so etwas nie wieder durchzumachen. Nicht, wenn du es nicht willst.«

»Ja, kann schon sein.«

Eine Weile sitzen sie schweigend da. Atticus schließt die Augen, legt den Kopf in den Nacken und lässt sich von der Sonne bescheinen, aber er lächelt nicht mehr. Irgendwann seufzt er und schlägt die Augen wieder auf. »Darf ich dir was sagen, Claire?«

»Wenn's sein muss.«

»Ich ärgere mich ganz gewaltig über dich.«

»Was?«, zischt sie. »Wie kannst du …«

»Du hast so viele Möglichkeiten und Talente, aber statt sie zu nutzen, machst du dir alles kaputt und benimmst dich wie der letzte Loser.«

Claire will protestieren, aber Atticus schüttelt den Kopf und sagt ihr, sie soll still sein. Er ist so ernst und bestimmt, dass sie tut, was er sagt.

»Ich war gezwungen, Gift zu mir zu nehmen. Ich hatte keine Wahl. Ich musste mich vergiften lassen, um am Leben zu bleiben. Aber du hast die Wahl. Du kannst einfach aufhören, hier und jetzt, und wenn du das tust, stehen deine Chancen auf ein langes, erfülltes Leben gar nicht mal schlecht.« Er schüttelt den Kopf. »Es ist total frustrierend für mich, jemanden wie dich dabei zu beobachten, wie er sein Leben an die Wand fährt. So wie ich es sehe, hast du doch alles, was du brauchst. Du bist intelligent und wunderschön. Deine Familie liebt dich. Du studierst. Die ganze Welt steht dir offen. Du kannst tun, was du willst, wo du willst. Sein, wer du willst. Aber du wirfst das alles weg. Du bist lieber unglücklich.«

»Ist doch gar nicht wahr! Ich bin doch nicht absichtlich unglücklich«, protestiert sie. »Du hast ja keine Ahnung!«

»Doch. Unglücklich sein – das ist allein deine Wahl. Hör doch wenigstens auf, dich selbst zu belügen. Niemand zwingt dich, dieses Teufelszeug zu schnupfen oder so viel zu trinken. Es ist deine Entscheidung, Claire. Deine ureigenste Entscheidung. Und die dümmste, die du treffen kannst.«

»Das ist alles viel komplizierter, als du denkst. Du verstehst das nicht. Ich bin ... Alles ist momentan so schwierig ...«

Er lacht, ein wenig herablassend aber nicht unfreundlich. »Hör auf, Claire! So brauchst du mir echt nicht zu kommen. Willst du wissen, was schwierig ist?«

»Was?« Sie merkt selbst, dass sie wie eine beleidigte Göre klingt, obwohl sie das gar nicht will.

»*Keine* Wahl zu haben – das ist schwierig. Den Tod vor Augen zu haben, obwohl man leben will. Du *hast* eine Wahl, Claire. Es ist Zeit, sie zu treffen. Hör einfach auf! Werde glücklich!«

»Als ob das so einfach wäre ... glücklich werden ...«

»Aber es *ist* einfach. Das ist ja das Verrückte. Es ist wirklich ganz einfach. Was hindert dich daran, Claire? Was hindert dich daran, glücklich zu sein? Leidest du unter Depressionen?«

»Keine Ahnung. Vielleicht.«

»Dann lass dich behandeln. Geh zum Arzt. Dagegen kann man was tun. Und hör auf, diesen ganzen Müll in deinen Körper zu stopfen, denn das hilft dir kein bisschen. Reiß dich zusammen.« Er zuckt mit den Schultern. »Oder versuch es wenigstens.«

Claire verzichtet auf eine Antwort. Es gibt nichts mehr zu sagen. Wie soll sie auch erklären oder gar rechtfertigen, was sie getan hat? Wie soll sie Atticus sagen, was ihr eigentliches Problem ist? *Ach, übrigens … Ich bin mir zwar nicht ganz sicher, weil ich wieder mal besoffen war, aber ich glaube, ich habe meinen Freund umgebracht. Wahrscheinlich habe ich ihn von einer Klippe gestoßen. Ich bin eine Mörderin. Gut möglich, dass ich den Rest meines Lebens hinter Gittern verbringe.*

Sie kann ihm nicht sagen, dass sie vor lauter Angst vor dem, was sie möglicherweise getan hat, kaum noch atmen kann. Dass ihr Drogen- und Alkoholkonsum in letzter Zeit nichts mit Spaß zu tun hatte, sondern dass sie das Zeug brauchte, um überhaupt noch mit dem Leben zurechtzukommen.

»Darf ich noch etwas sagen, Claire? Etwas, worüber ich lange nachgedacht habe, genauer gesagt, seit ich dich zum ersten Mal gesehen habe.«

»Warum fragst du überhaupt? Dir ist doch sowieso scheißegal, was ich denke, und außerdem scheinst du keinen verdammten Aus-Knopf zu haben.«

»Die Sache ist die …« Atticus zögert und räuspert sich. »Die Sache ist die … Ich finde dich ziemlich … Also eigentlich bin ich seit der achten Klasse in dich verknallt.«

Claire kann ihn nur anstarren, und sie merkt, wie ihr die Kinnlade herunterfällt.

»Wirklich«, fährt er fort. »Wenn es nicht so bescheuert klingen würde, würde ich dich als meine Traumfrau bezeichnen. Mit fünfzehn habe ich dir zehnseitige Liebesbriefe geschrieben. Und ich habe nie aufgehört, an dich zu denken oder mich zu fragen, was du inzwischen wohl so treibst. Deswegen konnte ich es gar nicht fassen, als du plötzlich auf der Strandparty aufgetaucht bist und ich dich nach Hause fahren durfte. Dass du betrunken warst, war mir egal. Ich war trotzdem im siebten Himmel.«

»Wow!«

»Ich finde dich wirklich toll, Claire. Du bist so schön! Für mich bist du das heißeste Mädchen in ganz Walloma. Aber das ist gar nicht das Wichtigste. Da ist noch viel mehr.«

»Wirklich?«

Er nickt.

Sie stößt ihm in die Seite. »Dann raus damit!«

»Na ja, zum Beispiel finde ich dich sehr witzig. Witzig und tough und mutig. Und intelligent. Das Dumme ist nur, dass du es nicht weißt. Du siehst dich selbst als Versagerin, und ich wünsche mir so sehr, dass du damit aufhörst.«

Seine Worte entwaffnen sie vollkommen. Claire kann nicht so tun, als ließe sie das alles kalt. Trotzdem schaut sie erst mal nur auf ihre Füße und tritt nach einem imaginären Stein. Aber sie grinst von einem Ohr bis zum anderen und fühlt sich wahnsinnig geschmeichelt. Es ist verdammt lange her, dass ihr jemand Komplimente gemacht hat.

Schon zum zweiten Mal ist es Atticus gelungen, das Unmögliche möglich zu machen.

Als er geht, kehrt Claire auf ihr Zimmer zurück. Voller guter Laune und so viel Selbstbewusstsein, dass sie das Gefühl hat, mit allem fertigwerden zu können, greift sie nach ihrem Handy und ruft Sebastian an.

»Claire!« Er klingt überraschend erfreut, von ihr zu hören.

»Seb?«

»Alles in Ordnung mir dir? Du kannst dir gar nicht vorstellen, was für eine Angst du mir eingejagt hast. Tu mir so was nie wieder an!«

»Habe ich nicht vor.«

»Gut. Was macht dein Kopf?«

»Schon besser.« Sie schluckt. »Seb?«

»Ja?«

»Es tut mir leid.«

»Was soll dir denn leidtun? Es ist doch meine Schuld. Ich habe dir die Drogen gegeben. Ich hätte mich mehr um dich kümmern sollen. Dir ein besserer Freund sein.«

Claire stutzt. Das klingt gar nicht nach Sebastian. Sentimentalität und Gefühlsausbrüche sind nicht seine Art. »Machst du dich über mich lustig?«

Er lacht, aber es ist ein herzliches Lachen, nicht das zynische *Ha-ha-ha*, das sonst so oft von ihm zu hören ist. »Nein, Claire. Du hast mir wirklich einen Riesenschreck eingejagt. Schließlich bin ich kein herzloses Monster. Du bist mir wichtig, Claire.«

»Wow!« Sie merkt, dass ihr schon wieder Tränen kommen. Also legt sie den Kopf in den Nacken und blinzelt so lange, bis sie sich verziehen. »Du bist lieb, Seb.«

»Ich gebe mir Mühe.«

»Seb? Ich muss dir was sagen.«

»Schieß los!«

»An dem Abend mit Cooper …« Sie schließt die Tür und spricht im Flüsterton weiter. »Ich habe dir noch nicht erzählt, was da passiert ist.«

»Ich kann dich kaum hören. Sprich bitte lauter.«

Sie geht durchs Zimmer und stellt sich ans Fenster. »Ich weiß zwar nicht genau was, aber irgendwas muss da passiert sein. Ich kann mich nicht richtig dran erinnern. Aber ich weiß, dass Cooper und ich uns fürchterlich gestritten und angeschrien haben.«

»Du darfst dir das nicht so zu Herzen nehmen, Claire. Ich weiß, dass es wehtut, aber du musst versuchen, dich an die guten Momente zu erinnern. Die gab es schließlich auch.«

»Nein, das ist es nicht.« Nun muss Claire doch weinen und gibt sich große Mühe, sich einigermaßen zu beruhigen. Sie holt tief Luft. »Ich habe ihn gestoßen, Seb. Ich habe ihn *gestoßen*.«

»Wie meinst du das – gestoßen?«

»Ich weiß nicht genau, wie. Aber ich muss ihn von Bradley's Edge gestoßen haben.«

Lange sagt Sebastian nichts. Schließlich seufzt er. »Das ist doch lächerlich, Claire! Du hast Cooper nicht umgebracht.«

»Ich glaube, doch. Das ist mein voller Ernst, Seb, verstehst du? Ich kann mich zwar nur undeutlich erinnern, aber ich weiß, dass ich ihn gestoßen habe. So richtig. Weil ich so wütend auf ihn war.«

»Hör zu, Claire! Ich schwöre dir, dass nichts dergleichen passiert ist.«

»Das kannst du doch gar nicht wissen!«

»Doch. Ich weiß, dass es sich unauslöschlich in dein Gedächtnis eingebrannt hätte, wenn du einen Freund von Bradley's Edge gestoßen hättest. Das würdest du niemals vergessen. Du hättest kein vages Gefühl, dass du es eventuell unter Umständen vielleicht getan haben könntest, sondern du *wüsstest* es. Klar und deutlich. Egal, wie betrunken oder high du warst.«

»Aber ich weiß, dass ich ihn gestoßen habe.«

»Na und? Ihr habt euch gestritten. Das kommt vor. Mehr ist nicht passiert. Glaub mir. Ich weiß es.«

Claire fragt sich, wie er sich da so sicher sein kann. Wahrscheinlich will er sie nur beruhigen. Oder ihr indirekt nahelegen, es für sich zu behalten und sich nicht zu verraten.

Was immer sein Motiv ist – es funktioniert. Sie fühlt sich schon besser. Nicht viel, aber immerhin. Sie hat jemandem die Wahrheit gesagt und die Welt ist nicht untergegangen.

Sebastian sagt noch, sie solle aufhören, sich Sorgen zu machen, und sich lieber ausruhen. Dann verabschiedet er sich und beendet das Telefonat.

Sie legt sich ins Bett, deckt sich bis zur Nasenspitze zu

und zieht die Knie an. Dann schließt sie die Augen. Die Gedanken an Cooper, Sebastian, Beerdigungen und Gefängnisse schiebt sie beiseite. Stattdessen denkt sie an das, was Atticus gesagt hat, und spürt dem Kribbeln in ihrem Bauch nach, das seine Worte ausgelöst haben. Noch ist sie in Sicherheit. Noch kann sie es genießen.

LIBBY

Nach dem Gespräch mit Atticus wälze ich alles, was mich seit Tagen bewegt, so lange im Kopf herum, bis ich nicht mehr weiß, was wichtig ist und was nicht. Bis mir plötzlich klar wird, dass es eine Person gibt, mit der ich noch nicht gesprochen habe.

Tessa.

Ich fahre zu ihr nach Hause, ohne mir erst zu überlegen, was ich sagen soll. Ich habe keinen Plan, sondern weiß nur, dass ich mit Coopers Mutter sprechen muss. Sie fragen, was sie zu all dem denkt. Herausfinden, ob sie etwas weiß. Ich biege in die Einfahrt und stelle den Wagen hinter Tessas altem Mazda ab. Dann klopfe ich an die Tür und warte.

Als Tessa mir aufmacht, erschrecke ich. Sie sieht furchtbar aus und hat so stark abgenommen, dass ihre Klamotten lose an ihr herunterhängen. Unter den Augen hat sie dunkle Ringe und ihre Wangenknochen stechen im eingefallenen Gesicht scharf hervor. Sie sieht um Jahre gealtert aus.

»Libby«, sagt sie fast tonlos. »Was gibt es denn?«

»Kann ich kurz reinkommen und mit Ihnen reden?«

»Worüber denn?«

»Cooper.«

Sie hebt die Schultern, als wollte sie sagen: *Was soll das jetzt noch nützen?*

Ich werde unsicher und scheue mich, alles noch schlimmer zu machen. Aber ich kann nicht einfach wieder heimfahren, ohne etwas zu sagen. Es gibt keinen guten Einstieg für so ein Gespräch, also lege ich einfach los und lasse die Worte aus mir herauspurzeln, wie sie wollen.

»Ich kann einfach nicht glauben, dass er sich umgebracht hat. Das ist unmöglich. Er war glücklich, Tessa! Wirklich glücklich. Ich habe im Internet gelesen, wie Fachleute die Umstände beschreiben, unter denen Menschen Selbstmord begehen, und auf Cooper traf nichts davon zu. Er war weder zurückgezogen noch depressiv. Ich weiß inzwischen, dass er am Abend vor seinem Tod von Ihrer Affäre erfahren hat. Aber warum sollte ihm das etwas ausmachen? Das ist doch zwanzig Jahre her! Ich glaube … nein, ich *weiß*, dass noch etwas anderes passiert sein muss. Und ich weiß, dass Leute gelogen haben … Sebastian und Claire … Ich habe keine Ahnung, was passiert ist, aber was immer es war, ich glaube nicht, dass Cooper deswegen auf die Klippe geklettert und runtergesprungen ist. Ich frage mich inzwischen sogar, ob jemand vielleicht wollte, dass er stirbt. Ich weiß, es klingt verrückt, aber ich habe heute Morgen mit Leonard Boccardo gesprochen, und er war vollkommen betrunken und hat merkwürdige Dinge gesagt …« Meine Stimme zittert und ich weiß nicht weiter.

Tessa steht immer noch vollkommen still und ausdruckslos da und starrt vor sich hin, als sei sie meilenweit entfernt. Ich frage mich, ob sie Beruhigungsmittel genommen hat und überhaupt irgendetwas zu ihr durchdringt.

»Komm rein«, sagt sie plötzlich und öffnet die Tür ein Stück weiter, jedoch ohne jede einladende Geste oder Freundlichkeit. Sie wartet auch nicht auf meine Reaktion, sondern dreht sich einfach um und geht ins Haus.

Ich folge ihr in die Küche. Als Erstes fällt mir der neue Tisch auf. Coopers Tisch. Massives dunkles Holz, ganz glatt poliert. Er ist wunderschön und hat die perfekten Maße für den Platz, an dem er steht. Ich gehe darauf zu und fahre mit der Hand darüber. Mir kommen die Tränen, aber ich kämpfe sie nieder.

»Dann haben Sie ihn also bekommen«, sage ich leise.

»Cameron hat ihn gebracht. Nach der Beerdigung.« Tessa schaut den Tisch an, und ihr Blick wird ganz weich. Für einen Moment kehrt ein Funken Leben in sie zurück, aber dann ist der Moment auch schon wieder vorbei.

»Möchtest du einen Tee?«, fragt sie.

»Nein, danke.«

Sie sieht mich an, aber ihr Blick ist leer. Kaum zu glauben, dass sie dieselbe Frau ist, die mir Cooper vor gar nicht langer Zeit vorgestellt hat.

»Was willst du von mir, Libby?«

»Hören, wie Sie die Sache sehen. Rauskriegen, was

genau an dem Abend passiert ist, als Cooper starb. Und warum Sebastian und Claire behauptet haben, zu dem Zeitpunkt hätten sie ihn schon lange nicht mehr gesehen, obwohl sie am selben Abend zusammen waren.«

»Du weißt aber schon, dass ihn das nicht zurückbringt?«, sagt sie. »All diese Fragen. All der Schmerz, den du durchlebst. Das ist dir klar, oder? Dass du dich am Ende nicht besser fühlen wirst. Weißt du das?«

»Ich weiß, dass ihn das nicht zurückbringt.« In dem Punkt stimme ich ihr zu, aber was den Rest betrifft, bin ich mir nicht so sicher. Eigentlich glaube ich, dass es hilft, die Wahrheit zu kennen. Dass es wichtig ist.

»Du wirst drüber hinwegkommen, Libby. Du bist jung. Er war nicht dein Sohn.«

Was will sie damit sagen? Dass sie unter Coopers Tod leiden darf und ich nicht? Ich fühle mich gekränkt und will protestieren, ihr erklären, wie sehr ich ihn geliebt habe, aber ich beherrsche mich. Es wäre demütigend und sinnlos, darüber zu streiten, wie tief und echt meine Trauer ist.

Also nicke ich nur und sage: »Ja, ich weiß.« Seit Cooper tot ist, habe ich mich schon daran gewöhnt, mich auf diese Weise zu verstellen. Es ist das, was alle von mir erwarten: Optimismus und das Versprechen, schnell und gründlich über seinen Tod hinwegzukommen. Schließlich bin ich jung, wie mir pausenlos versichert wird. Ich werde noch mit vielen anderen Männern ausgehen, andere Liebhaber finden. Als seien Menschen verzichtbar, ersetzbar – und keine einzigartigen Geschöpfe, mit denen man einzigartige Beziehungen hat.

»Dann stimmt es also?«, frage ich. »Sie hatten eine Affäre mit Leonard?«

Sie seufzt resignierend. Dann schüttelt sie den Kopf und hebt die Hände, als wollte sie mich zum Schweigen bringen, dreht sich um und geht zum Wasserkocher. »Ich mache uns Tee. Setz dich.«

Ich setze mich an den Tisch. Auf dem Stuhl neben mir liegt ein Stapel Fotos. Ich greife danach. Das oberste ist ein Foto von Cooper während seiner Schulzeit. Er trägt das blaue Hemd der Walloma Highschool und grinst in die Kamera. Er ist jung und strahlend schön. Und so lebendig.

»Darf ich sie mir ansehen?«, frage ich.

Tessa zuckt mit den Schultern.

Ich blättere durch die Fotos, während sie Tee kocht. Alle zeigen Cooper. Cooper als Baby, als Kleinkind, mit sieben, acht und neun. Cooper, wie er schwimmt, surft, rennt, schläft. Einige dieser Fotos waren auch bei der Beerdigung aufgestellt gewesen.

Tessa stellt Tassen und Untertassen, die Teekanne, Zucker und Milch auf den Tisch. Dann schenkt sie den Tee ein und gibt Zucker und Milch in meinen, ohne zu fragen, wie ich ihn trinke. Als sie ihren Tee umgerührt hat, legt sie den Löffel auf die Untertasse und lehnt sich auf ihrem Stuhl zurück.

Ich stoße auf ein Foto, das ich kenne. Ein kleiner Junge im Kinderbettchen. Er trägt einen orange-schwarzen Tigerpyjama. Es ist das gleiche Foto, das Leonard sich heute Morgen angesehen hat.

Ich zeige es Tessa und frage: »Sebastian?«

»Nein, Cooper.«

»Aber das …« Ich schüttele den Kopf. »Ich habe dieses Foto …« Ich spreche nicht weiter, starre auf das Foto und drehe es um. Auf der Rückseite stehen Coopers Name, Tag und Ort der Aufnahme.

»Ich dachte, es sei Sebastian«, sage ich.

»Es ist aber Cooper.«

»Aber er sieht aus wie Sebastian.«

Tessa schüttelt den Kopf.

Statt ihr zu erzählen, dass ich dieses Foto schon einmal gesehen habe, sitze ich ganz still und reibe mir die Schläfen. Ich versuche nachzudenken.

Cooper.

Sebastian.

Leonard Boccardo hat also über ein Foto von Cooper geweint, nicht von Sebastian. Tessa und er hatten vor zwanzig Jahren eine Affäre.

Leonard. Tessa. Cooper.

Die Wahrheit läuft mir wie Eiswasser den Rücken herunter. Ich beginne zu zittern.

»Leonard war Coopers Vater«, sage ich. Es ist keine Frage und Tessa widerspricht nicht.

»Wusste Cooper das?«, frage ich.

Tessa schließt die Augen, und ihr Gesicht ist vor Schmerz verzerrt. Das nehme ich als ein Ja.

»O mein Gott.« Ich stehe auf und gehe zur Tür, komme dann aber an den Tisch zurück. »Verstehe ich das richtig? Claire hat Cooper von der Affäre erzählt, und danach ist er hierher gekommen, nach Hause?«

Tessa rührt sich nicht.

»Er hat Sie danach gefragt, richtig? Er wollte wissen, ob es stimmt.«

Sie nickt.

»Dann haben Sie ihm alles erzählt, von Leonard und so weiter.«

»Ja.« Sie schaut zu mir auf. »Herrgott, Libby, setz dich doch wieder!«

Ich tue ihr den Gefallen, falte die Hände zwischen den Knien und zwinge mich, ruhig zu bleiben.

»Leonard und ich waren verliebt«, fängt sie mit monotoner Stimme an zu erzählen. »Unsere Affäre dauerte etwa ein Jahr. Wir waren beide nicht glücklich in unserer Ehe. Richard war kein … Er trank. Flog schon nach kurzer Zeit aus jedem Job. Und spielte. Er verbrachte mehr Zeit in Kneipen als sonst wo. Ich hatte mich in ihn verliebt, weil er gut aussah und charmant war, aber das reichte nicht für eine Ehe.«

Ich erinnere mich daran, wie Cooper über Richard gesprochen hat. Seine arglose Liebe für einen Vater, den er nie kannte. Es bricht mir das Herz, wenn ich mir vorstelle, wie niederschmetternd die Enthüllung für ihn gewesen sein muss, wie verraten er sich fühlte, als Tessa ihm nach all den Jahren die Wahrheit sagte.

Ich könnte schreien und heulen angesichts dieser Tragödie. Aber ich beherrsche mich, bleibe ruhig sitzen, höre weiter zu und staune über meine Selbstkontrolle.

»Dann wurde ich schwanger«, fährt Tessa fort. »Ich wollte Richard endlich alles sagen und Leonard wollte es

Sarah sagen. Wir wollten ein Paar werden. Als ich es Richard dann tatsächlich erzählte, hat er sich am nächsten Tag umgebracht. Er ist einfach zu Bradley's Edge hinaufgefahren und hat sich hinuntergestürzt. Es war so feige von ihm! Emotionale Erpressung.«

»Das alles haben Sie Cooper erzählt? An dem Abend?« Die Vorstellung, wie Cooper sich gefühlt haben muss, tut richtig weh. Ich sehe sein Gesicht förmlich vor mir, gezeichnet von der Enttäuschung und dem Schock. Bestimmt hat er mich in dem Moment gebraucht. Ich hätte für ihn da sein müssen.

»Hör zu, Libby …« Tessa streicht mit der Hand über den Tisch und fängt plötzlich an zu weinen. Von einem Moment auf den nächsten wird aus einer quasi apathischen Frau ein Häufchen Elend und sie lässt ihren ganzen Schmerz heraus. Die Tränen laufen ihr über Wangen und Hals und durchnässen ihren Kragen.

»Lass mich allein«, schluchzt sie. »Ich ertrage es nicht. Geh, bitte! Es ist zu spät. Cooper ist tot. Es ist mir egal, was jetzt noch kommt. Auch du bist mir egal … was du denkst oder fühlst … Mir ist alles egal.«

Sie wischt sich mit dem Handrücken über die Nase, lacht bitter und sieht zur Zimmerdecke auf. »Ich habe immer gewusst, dass so etwas eines Tages passieren würde. Ich wusste, dass ich meine Strafe bekommen würde. Cooper war einfach zu wunderbar, um wahr zu sein. Ich habe ihn nicht verdient.«

Ich stehe auf und schiebe meinen Stuhl an den Tisch. Tessa steht die Verzweiflung ins Gesicht geschrieben. Völlig in sich zusammengesunken sitzt sie da. Aber ich kann kein Mitleid für sie aufbringen. Hätte sie die Dinge anders gehandhabt, könnte Cooper noch am Leben sein. Wenn sie nicht gelogen hätte. Wenn sie ihn besser beschützt hätte. Hätte, wenn und aber …

»Hier geht es nicht um Sie«, sage ich. »Nicht darum, was Sie verdient oder nicht verdient haben. Außerdem haben nicht Sie Ihre Strafe bekommen, sondern Cooper. Er ist derjenige, der für Ihre Sünden büßen musste. Sie und Leonard haben ihn sein Leben lang belogen, indem Sie Ihr Geheimnis bewahrt haben. Und nun ist er tot.«

Nachdem ich Tessa verlassen habe, fahre ich ziellos durch die Gegend, biege hier und dort ab, ohne darauf zu achten, wo ich eigentlich bin. Die ganze Zeit über stelle ich mir vor, wie Cooper sich an dem Abend gefühlt haben muss, und das ist fast genauso schwer zu ertragen wie die Tatsache, dass er tot ist. Aber das Unerträglichste ist, dass er vergeblich versucht hat, mich zu erreichen, dass er mich wirklich gebraucht hat. Ich hätte ihn retten können, wenn ich wach gewesen wäre, aber ich habe geschlafen.

Irgendwann breche ich in Tränen aus und kann gar nicht mehr aufhören zu weinen. Ich kann kaum noch die Straße erkennen und muss anhalten, um keinen Unfall zu bauen. Ich beuge mich übers Lenkrad und heule mich aus, bis keine Tränen mehr in mir sind. Mein Hals ist wie zugeschnürt, in meinem Kopf hämmert es, und meine Augen brennen. Ich bin zu erschöpft, um weiterzuweinen. Ich atme durch, starte den Wagen und fahre zu Atticus.

Sein kleiner Bruder, Theo, macht mir die Tür auf. Offenbar hat er jemand anderen erwartet, denn ich sehe die Enttäuschung in dem knappen Lächeln, mit dem er mich begrüßt. Dann sagt er, Atticus sei hinten im Haus, und verschwindet. Ich gehe ebenfalls hinein und rufe, aber bevor irgendjemand antwortet, bin ich schon an Atticus' Tür.

Sie steht offen, und ich sehe, dass Atticus malt. Seine Leinwand steht auf der Staffelei, die Cooper gebaut hat.

»Hallo?«, sage ich.

Er dreht sich um und lächelt breit, als er mich sieht. »Hey, Libs, komm rein!« Er legt den Pinsel weg, wischt sich die Hände an einem Lappen ab und umarmt mich. »Du bist ja ganz verweint.«

Ich zucke mit den Schultern. »Das ist momentan mein Normalzustand.«

»Möchtest du etwas trinken? Was Warmes? Kaffee, Tee? Oder lieber ein Wasser?

»Nein, danke.« Ich gehe zur Terrassentür und schaue nach draußen. Atticus' Vater ist ein leidenschaftlicher Gärtner. Sogar jetzt im Winter blüht noch etwas im Garten. Eine Pflanze mit üppigen rosa Blüten. Es ist so ein schöner Anblick, dass ich wütend werde. Wie kann die Welt so grausam und sein und diese Farbenpracht hervorbringen, wo nur noch tristes Grau angemessen wäre? Wie kann das Leben einfach weitergehen, obwohl Cooper nicht mehr da ist? Wer braucht jetzt noch diese Schönheit?

Ich drehe mich wieder zu Atticus um. »Ich war gerade bei Tessa.«

»Verstehe. Ich dachte mir schon, dass etwas passiert ist«, sagt er. »Du siehst völlig fertig aus. Was hat sie denn gesagt?«

Ich muss wieder weinen und begreife, dass Tessa recht hatte. Die Wahrheit bringt keine Erleichterung. Im Gegenteil. Zu wissen, wie verzweifelt Cooper an dem Abend gewesen sein muss, ist unerträglich. Er hat versucht, mich zu erreichen. Er brauchte mich. Zum tausendsten Mal wünsche ich mir, ich wäre später schlafen gegangen und hätte auf seine SMS geantwortet.

Atticus kommt zu mir, legt mir einen Arm um die Schulter und führt mich zum Sofa. Dann gibt er mir ein Taschentuch und ein Glas Wasser, setzt sich geduldig neben mich und lässt mich erst einmal weinen. Als ich wieder sprechen kann, erzähle ich ihm, was ich über Leonard, Tessa und Cooper erfahren habe.

»Wow, das ist ja wirklich … eine Überraschung«, sagt er, als ich fertig bin. »Und Cooper wusste das?«

»Er hat es am Abend seines Todes herausgefunden.«

Atticus schweigt eine Weile, reibt sich das Kinn und kratzt sich den Kopf. Dann macht er: »Hmmm …«

»Was?«

»Das ändert natürlich einiges.«

»Warum?«

»Weil es plötzlich um gesellschaftliches Ansehen geht. Sebastians Dad ist ein bekannter Geschäftsmann. Und steinreich. Weißt du, wie groß das Vermögen der Boccardos ist?«

»Keine Ahnung.«

»Zehn Millionen. Das habe ich letztes Jahr im Internet gelesen.«

»Na und?«

»Wenn rausgekommen wäre, dass Cooper Leonards Sohn war, hätte das doch einen riesen Skandal ausgelöst. Und hätte Cooper nicht auch Anspruch auf einen Teil des Vermögens gehabt?«

»Kann schon sein«, sage ich.

»Meinst du, jemand hatte ein finanzielles Interesse daran, diese Familienverhältnisse geheimzuhalten?«

»Ich verstehe nicht, worauf du hinauswillst«, sage ich. Aber das stimmt nicht. Langsam dämmert es mir. Ein abscheulicher Gedanke. Unfassbar.

»Menschen haben schon für weniger gemordet«, sagt Atticus. »So etwas passiert andauernd.«

SEBASTIAN

Habe vorhin mit Tessa gesprochen. Wir müssen reden, Sebastian! Wenn du dich weigerst, gehe ich zur Polizei. Entscheide dich! Und zwar bis morgen Mittag.

Sebastian liest Libbys Nachricht und schaltet das Handy dann aus.

Er holt sich einen Vorrat an Whisky, Limo, Eis und Zigaretten und setzt sich in einen Sessel an der Terrassentür. Normalerweise raucht er im Haus nicht, aber draußen ist es kalt, und es ist kein Abend, an dem man sich an Regeln hält. Er öffnet die Tür und wickelt sich in eine Decke. Den Rauch bläst er ins Freie, so gut es geht, aber die meisten Schwaden ziehen ins Zimmer zurück, sodass die Luft langsam dick wird.

Er bleibt die ganze Nacht auf und versucht gar nicht erst zu schlafen. Obwohl er körperlich erschöpft ist, schwirrt ihm der Kopf.

Er trinkt langsam und gestattet sich nur eine Zigarette pro Glas. Er will nicht, dass ihm übel wird oder der Alkohol ihn übermannt. Er muss zur Ruhe kommen und die Gedanken ordnen, die ihn bedrängen. Der quälenden Angst Herr werden. Gerade so viel trinken, dass es ihn einlullt, und diesen Zustand dann halten.

Er weiß nicht, was auf ihn zukommt, aber dass es nicht schön wird, ist ihm klar. Wahrscheinlich wird es ein rasanter Absturz. Sein Leben wird sich in einen Albtraum verwandeln. Auch seine Familie wird auseinanderbrechen. Ganz Walloma wird sich das Maul über sie zerreißen – niveaulose Schlagzeilen in der Lokalzeitung, hämische Berichte in den Sechs-Uhr-Nachrichten im Fernsehen.

Leonard wird die Firma schließen müssen. Vielleicht verlieren sie sogar alles, was sie besitzen. Das Haus. Die Autos. Das gesellschaftliche Ansehen, das Leonard so wichtig ist. Bei diesem Gedanken muss Sebastian fast lachen.

Dass er jetzt mit dem Lügen aufhören kann, ist allerdings eine Erleichterung. Eine unerträgliche Spannung fällt von ihm ab und sogar die Angst lässt nach. Er kann aufhören zu kämpfen und den Dingen einfach ihren Lauf lassen. Muss nicht mehr krampfhaft versuchen, alles unter Kontrolle zu behalten.

Es ging ihm nie darum, Leonard zu schützen, sondern seine Mutter. Sie hat es nicht verdient, mit unterzugehen, wenn die Wahrheit herauskommt. Nichts von alledem hat sie verdient. Aber jetzt weiß er, dass er nichts mehr tun kann. Nicht einmal für sie.

Heute Nacht will er nur noch eins: die Angst loswerden und ein letztes Mal das Hier und Jetzt genießen. Egal, was passiert, und egal, wie schlimm es wird, er weiß, dass es ihm wohl kaum noch schlechter gehen kann, als das seit Coopers Tod ohnehin schon der Fall ist.

Er hält sich wach. Raucht nach und nach fast die ganze Schachtel auf und senkt den Pegel der Whiskyflasche beträchtlich, ohne sich ernsthaft zu betrinken. Erst gegen Morgen wird er schwach, döst immer wieder weg und schreckt dann wieder hoch. Um fünf steht er auf, sucht sein Handy und beantwortet Libbys SMS.

Bin den ganzen Tag zu Hause. Komm vorbei, wann es dir passt. Dann reden wir.

LIBBY

Ich wache früh auf und schaue als Erstes nach meinem Handy. Sebastian hat geantwortet, während ich geschlafen habe. Ob er wohl die ganze Nacht wach war? Ich ziehe mich an, gehe in die Küche und mache mir einen Becher Tee. Dann setze ich mich auf der Veranda in die milde Wintersonne und nehme mir einen Moment Zeit, um mich zu sammeln und die Kraft zu finden, die ich heute brauchen werde.

Als ich wenig später auf Sebastians Wohnung im Untergeschoss zugehe, steht die Terrassentür offen. Das Zimmer dahinter ist dunkel und ein rauchiger Gestank dringt nach draußen. In eine Decke gehüllt sitzt Sebastian in einem Sessel. Im Näherkommen sehe ich zu seinen Füßen eine Whiskyflasche und einen überquellenden Aschenbecher. Sebastians sonst so gepflegtes Äußeres wirkt ziemlich ramponiert und das Haar hängt ihm schlaff ins Gesicht. Er ist blasser als sonst und hat dunkle Ringe unter den Augen, beinahe wie blaue Flecken. Er verzichtet auf eine Begrüßung, wirft mir aber ein schmallippiges Lächeln zu und nickt.

»Da bist du ja, Libby. Schön dich zu sehen, wie immer«, sagt er. »Nimm dir einen Stuhl.«

Das tue ich und setze mich ihm gegenüber.

Er lächelt milde. »Du solltest Detektivin werden. Hartnäckig genug bist du jedenfalls.«

»Ich habe gestern mit Tessa gesprochen. Sie hat mir erzählt, dass Cooper Leonards Sohn war, dein Halbbruder.«

Sebastian sieht mich nur an und wartet ab, was ich noch zu sagen habe. Überrascht ist er nicht. Ich erzähle ihm also nichts Neues.

»Cooper ist am selben Abend gestorben, an dem er das erfahren hat«, sage ich. »Findest du das nicht merkwürdig? Man könnte sogar sagen: verdächtig?«

Er lacht bitter auf.

»Und Atticus hat mich darauf aufmerksam gemacht, dass dein Vater steinreich ist. Das bedeutet, er hat viel zu verlieren.«

Sebastian sieht mich fragend an. »Ich verstehe nicht, was das …«

»Hör zu, Sebastian«, sage ich. »Ich weiß, dass du in der Klemme steckst. Ich weiß auch, dass du deinen Vater schützen willst. Aber damit muss Schluss sein. Du musst die Wahrheit sagen.«

Er seufzt müde und hebt eine Hand, um sich etwas aus dem Augenwinkel zu wischen. Sie zittert so stark, dass er sie kaum unter Kontrolle hat. Er legt sie auf sein Knie und sieht darauf hinab, als gehöre sie ihm nicht, ballt sie zur Faust und verbirgt sie dann unter der Decke. Wie er so dasitzt, mit der Decke und ganz in sich zusammengesunken, sieht er wie ein alter Mann aus.

»Wo war Leonard an dem Abend?«, frage ich. »An dem Abend, als Cooper starb.«

Langsam schüttelt Sebastian den Kopf und mir sinkt der Mut. Ich dachte, er wäre bereit zu reden. Ich dachte, seine SMS würde bedeuten, dass er es satt hat zu lügen.

»Bitte, Sebastian!«

»Du irrst dich, Libby«, sagt er. »Du bist auf der komplett falschen Fährte.«

»Das glaube ich nicht«, sage ich.

»Leonard war zu Hause, im Bett, und hat geschlafen«, sagt er. »*Ich* war da, Libby. *Ich* war mit Cooper auf Bradley's Edge.«

»*Du*?« Ich sinke im Stuhl zusammen und starre ihn an.

»Ja, ich«, sagt er und beugt sich zu seiner Zigarettenschachtel hinunter. Weil er so zittert, kann er sich nur langsam und ungeschickt bewegen, aber schließlich gelingt es ihm, sich eine Zigarette in den Mund zu stecken und sie anzuzünden. Er nimmt einen tiefen Zug. Ganz ruhig und still sitzt er da, bis die Zigarette halb aufgeraucht ist. Ich hetze ihn nicht. Ich kann warten. Ich habe alle Zeit der Welt.

D'AM'ALS

COOPER

Nachdem von Libby keine Antwort auf meine SMS kam, fuhr ich nach Hause. Ich bog in unsere Einfahrt, bremste scharf und rannte dann ins Haus. Es war schon nach Mitternacht, aber ich gab mir keine Mühe, leise zu sein.

»Cooper?«, rief Mum aus ihrem Zimmer. »Bist du das? Was machst du für einen Krach?«

»Kannst du mal kommen?«, rief ich zurück. »Ich muss mit dir reden.«

»Jetzt?«

»Jetzt.«

Ich wartete im Wohnzimmer auf sie. Mit verschränkten Armen lehnte ich an einer Wand. Als Mum kam, sah sie mich besorgt an und lächelte fragend.

»Was ist denn los?«

»Claire Forrester hat mir gerade erzählt, dass du eine Affäre mit Leonard Boccardo hattest«, schleuderte ich ihr entgegen. Dann lachte ich höhnisch – ich konnte nicht anders, denn die bloße Vorstellung war so was von pervers und widerwärtig. »Aber das stimmt nicht, oder? Sag, dass Claire sich das nur ausgedacht hat, um mich zu ärgern.«

Sie war immer ziemlich blass, aber jetzt wurde sie kreideweiß. Ich konnte dabei zuschauen, wie die Farbe aus ihrem Gesicht wich. Ein bizarrer Anblick. Krampfhaft raffte sie ihren Morgenmantel am Hals zusammen, ging zum Sofa hinüber und ließ sich schwer darauf fallen.

»O Gott!« Sie fuhr sich mit der Hand durchs Haar. »O Gott!«

»Was?« Ich spürte, wie mein Herz schneller zu schlagen begann und ich selbst ganz blass wurde. Am liebsten wäre ich einfach davongelaufen. Bloß weg hier, bevor ich etwas Schreckliches hören konnte!

»Cooper …« Mum schaute auf und streckte mir eine Hand entgegen. »Komm, setz dich.«

»Ich stehe lieber«, sagte ich.

»Setz dich zu mir«, sagte die. »Bitte!«

»Nein. Erzähl mir einfach, was los ist.« Meine Stimme war ganz brüchig, obwohl ich keine Ahnung hatte, was mir solche Angst machte. Aber ich fühlte mich auf einmal so in die Enge getrieben, dass der bloße Gedanke ans Hinsetzen unerträglich war. Ich wollte den Flur direkt hinter mir haben, um notfalls schnell fliehen zu können.

»Okay«, sagte Mum, nickte und holte tief Luft. »Ich habe mich schon lange gefragt, wie ich es dir sagen soll. Ob ich es dir überhaupt sagen muss oder ob es besser für dich wäre, die Wahrheit …«

»Verdammt!«, sagte ich. »Spuck's einfach aus und hör auf, in Rätseln zu sprechen!«

Wieder nickte sie und wischte sich die Handflächen an den Knien ab. »Claire hat recht. Ich weiß nicht, woher sie es weiß oder wer es ihr erzählt haben könnte. Aber Leonard Boccardo und ich hatten eine Affäre. Eine Zeit lang. Vor deiner Geburt.«

Ich starrte sie nur an.

»Cooper.« Sie drückte sich die Hände an die Augen. Als sie sie wieder wegnahm, waren ihre Augen wässrig und rot. »Es tut mir so leid. So schrecklich leid. Ich hätte es dir schon viel eher sagen sollen.«

»Warum?«, zischte ich. »Warum, zum Teufel, sollte ich irgendetwas über eine schmutzige Affäre wissen wollen, die du vor zwanzig Jahren hattest?«

Ich wusste, dass ich gerade eine 180°-Wende machte, aber ich war so wütend, dass ich einfach raushaute, was mir als Erstes in den Sinn kam.

»Das ist noch nicht alles, Cooper. Ich wollte es dir nicht auf diese Weise sagen, aber jetzt muss ich es wohl. Schließlich sollst du es nicht von jemand anderem erfahren.«

»Was erfahren?« Mir wurde ganz schlecht. Ich ballte die Fäuste und fühlte mich wie ein Tier in der Falle, blind vor Wut und bereit, jeden anzufallen, der mir zu nahe kam.

»Es tut mir so leid, Cooper.« Sie begann zu weinen. »So schrecklich leid.«

»Hör, verdammt noch mal, damit auf! Ich kann es nicht mehr hören.«

»Okay. Okay.« Sie atmete tief durch. »Leonard ist dein Vater, Cooper.«

Meine erste Reaktion war rein körperlich. Es war, als

hätte mir jemand ein Messer in die Eingeweide gerammt, und ich bekam keine Luft mehr.

»Cooper. Schatz. Bitte komm und setz dich zu mir!«

Nur die Wand in meinem Rücken hielt mich aufrecht.

»Wusste Dad das?«, fragte ich. Erst als es raus war, wurde mir der Fehler bewusst. Dad.

Richard war ja gar nicht mein Vater.

»Cooper, was hat …«

»Wusste er es?«, schrie ich. »Wusste er, dass du ihn betrogen hast? Wusste er, dass das Kind in deinem Bauch nicht seins war, als er von dieser verdammten Klippe gesprungen ist?«

Sie bekam einen regelrechten Weinkrampf. Das war Antwort genug. Angewidert starrte ich sie an.

»Du weißt ja nicht, wie es war … Dein Vater …«

»Mein *Vater*?«, schrie ich. »Ich weiß nicht mal, welchen du meinst. Richard? Oder Leonard Boccardo, diesen Scheißkerl? Welchen, Mum? Von wem redest du?«

»Bitte, Cooper!«, sagte sie. »Bitte!«

Alles drehte sich in meinem Kopf. Die Welt war nicht mehr dieselbe. Alles, was ich von mir, meiner Mutter, meiner Familie wusste oder zu wissen glaubte, stimmte nicht mehr. Alles war eine gigantische Lüge.

»Das Geld!«, fiel mir plötzlich ein. »Der Computer und die Reisen! Sogar das verfluchte Surfboard! Das hat alles *er* bezahlt?«

Sie nickte.

»Zu was macht dich das, Mum? Wenn du sein Geld annimmst? Zu was macht es mich?«

»So war es doch gar nicht!« Sie schüttelte den Kopf. »So war es wirklich nicht. Versuch doch bitte zu verstehen! Die Ehe mit Richard war kaputt, schon lange. Ich habe dir ja erzählt, dass er getrunken hat. Aber es war nicht nur das. Keinen Job hatte er länger als ein paar Wochen und auch mit der Polizei hatte er Ärger. Wir wollten uns scheiden lassen. Es war längst aus und vorbei mit uns, als ich …«

»Halt den Mund!«, sagte ich. »Halt einfach den Mund!«

Mum stand auf und kam mit ausgestreckten Armen auf mich zu. Sie sah ganz verweint und völlig verzweifelt aus. Einfach nur widerlich! Ich hasste sie.

»Rühr mich nicht an!«

Ich rannte aus dem Haus und konnte gar nicht schnell genug von ihr wegkommen.

SEBASTIAN

Sebastian wollte gerade schlafen gehen, als er eine SMS von Cooper bekam.

Muss mit dir reden. Bin oben an Bradley's Edge. Kannst du kommen?

Er schrieb sofort zurück.

Bin schon unterwegs.

Inzwischen war er etwas nüchterner, aber immer noch ziemlich high und betrunken. Trotzdem war er froh, dass Cooper sich gemeldet hatte und mit ihm reden wollte. Seit er vorhin im Streit gegangen war, ging es Sebastian schlecht, und er bedauerte sein Verhalten.

Das hier war seine Chance, es wiedergutzumachen.

Allerdings wunderte er sich, was Cooper so dringend besprechen wollte, und einen kurzen Moment lang hoffte er, Cooper hätte mit Libby Schluss gemacht. Vielleicht brauchte er eine Schulter, an der er sich ausweinen konnte. Trost von einem alten Freund.

Doch während er sich wieder anzog, Jacke, Schlüssel und Portemonnaie suchte, fiel ihm ein plausiblerer Grund für Coopers Redebedürfnis ein: Claire musste ihm auf der Heimfahrt von der Sache mit Tessa und Leonard erzählt haben. Hatte sie ihre große Klappe doch nicht halten können. In dem Fall war Cooper jetzt vermutlich komplett durch den Wind und musste wieder aufgebaut werden.

Aber auch das wäre okay.

Beim Autofahren merkte Sebastian, dass er doch betrunkener war, als er gedacht hatte. Er musste sich vorbeugen, um die Straße richtig zu erkennen. Vorsichtshalber blieb er unter dem Tempolimit, aber ohne verdächtig langsam zu fahren. Jetzt bloß nicht auffallen!

Als er auf den Parkplatz des Wanderwegs von Bradley's Edge einbog, beleuchteten seine Scheinwerfer die Picknickwiese, auf der Cooper saß. Sebastian stellte den Wagen ab und stieg aus, ging auf Cooper zu und setzte sich neben ihn. Das Gras war kühl und feucht.

»Hey«, sagte er.

Cooper sah ihn an. Der Parkplatz war hell genug beleuchtet, um zu erkennen, dass Cooper geweint hatte.

»Alles in Ordnung?«

»Nein.«

»Ein verrückter Abend, was?«

»Kann man wohl sagen.«

Cooper wandte sich ab und sagte nichts mehr, saß einfach nur reglos da. Sebastian winkelte die Knie an und legte das Kinn darauf. Dann schloss er für einen Moment die Augen. *Nur einen Moment*, dachte er. Doch als er sie wieder aufschlug, merkte er, dass Cooper bereits angefangen hatte zu reden. Er versuchte, sich zu konzentrieren und zu verstehen, was Cooper sagte, aber das war plötzlich so schwer. Er war völlig hinüber und schrecklich müde. Das Einzige, was er in aller Deutlichkeit wahrnahm, war Coopers Nähe. Ein schönes Gefühl! Aber Cooper sah verzweifelt aus und Sebastian wollte ihn trösten. Dafür sorgen, dass es seinem Freund gut ging. Ohne nachzudenken, legte er Cooper einen Arm um den Rücken, und als der nichts dagegen unternahm, rückte er ein Stück näher, legte Cooper die andere Hand unters Kinn und beugte sich vor, um ihn auf den Mund zu küssen.

»Verdammt, was soll das?« Cooper stieß ihn fort. Heftig. Purer Ekel stand ihm ins Gesicht geschrieben. »Was tust du da? Hast du überhaupt zugehört? Wir sind Brüder, Sebastian. Brüder!«

»Cooper«, sagte Sebastian und versuchte, den geliebten Freund an sich zu ziehen. »Bitte!«

Cooper rückte ein gutes Stück weit weg und stand auf. »Hörst du mir gar nicht zu?«, schrie er. »Tessa und Leonard. Sie hatten was miteinander. Leonard ist mein Vater.«

Langsam drang die Bedeutung von Coopers Worten durch den Nebel in Sebastians Kopf. Als er es endlich begriff, traf es ihn wie ein Schlag. Er schüttelte den Kopf, als könnte er den Gedanken auf diese Weise auslöschen. Aber es war zu spät.

Er brach in Tränen aus und schämte sich im selben Moment dafür.

Nicht, dass er nicht schon selbst daran gedacht hätte. Eine wirkliche Überraschung war es also nicht. Seit er das Video gesehen hatte, verfolgte ihn dieser Verdacht wie eine lästige Fliege. Ob er las, fernsah oder schlief – überall quälte ihn dieser niederschmetternde Verdacht und machte es unmöglich, sich auf irgendetwas zu konzentrieren. Nicht einmal richtig schlafen konnte er mehr.

Die Geschenke. Die Familienurlaube, bei denen Leonard Cooper dabei haben wollte. Aber das Schlimmste und Verräterischste war die liebevolle, vertraute Beziehung, die Leonard schon immer zu Cooper zu haben schien. Jetzt, da Sebastian die Wahrheit kannte, erschien im Rückblick alles vollkommen offensichtlich.

Sebastian merkte, dass er wütend wurde. Wütender als jemals zuvor. So wütend, dass er keine Kontrolle mehr darüber hatte. Er sprang auf und schlug mit den Fäusten auf Cooper ein.

»Verdammt, Seb!« Cooper wich zurück und hob schützend die Hände. »Hör, verdammt noch mal, auf!«

Doch Sebastian hatte die Kontrolle verloren. All die Jahre der Kränkungen und unterdrückten Wut gaben ihm Kraft. Er holte aus und boxte Cooper mit voller Wucht in den Magen. Cooper krümmte sich, fluchte und packte Sebastians Beine. Beide gingen zu Boden. Rangen miteinander auf dem Gras. Es ging hin und her, mal hatte der eine die Oberhand, mal der andere. Sie fluchten und keiner von beiden gab nach.

»Du Arsch!«

»Wichser!«

»Lass mich los!«

»Geh doch! Verpiss dich!«

Am Ende lag Sebastian auf dem Rücken und Cooper hockte auf ihm. Cooper drückte den Unterarm auf Sebastians Hals, immer stärker, bis Sebastian kaum noch Luft bekam und mit hochrotem Gesicht wie ein Fisch den Mund auf und zu machte.

Fluchend ließ Cooper ihn los und rollte zur Seite.

Sebastian sprang auf, fasste sich an den Hals und musste erst wieder zu Atem kommen.

»Du gehörst doch in die Klapse!«, schrie er. »Du hättest mich fast umgebracht!«

Cooper setzte sich auf und fuhr sich mit den Händen durchs Haar. »Tut mir leid.«

»Das reicht nicht, Cooper. *Tut mir leid* reicht nicht.«

Cooper zuckte mit den Schultern. »Und was soll ich deiner Meinung nach tun?«

»Hau ab und lass mich zufrieden!«

Cooper nickte. »Na gut.«

»*Na gut? Na gut?* Du lockst mich hier rauf und bringst mich fast um, und alles, was dir dazu einfällt ist: *Na gut*?«

»Du hast doch angefangen, Seb. Du hast als Erster zugeschlagen. Aber ich habe keine Lust mehr zu streiten.«

Sebastian seufzte. Auch er wollte nicht mehr streiten.

»Du hast überall Gras und Dreck an den Klamotten«, sagte er.

»Du auch.«

»Du siehst aus wie ein Idiot.«

»Und du wie ein Arschloch.«

Beide mussten lachen. Es war nur ein unsicheres Schnauben, aber es war besser als ein erneuter Versuch, sich gegenseitig zu verprügeln.

Sebastian reichte Cooper eine Hand, um ihm aufzuhelfen. »Komm mit zu mir«, sagte er. »Ich glaube, wir können jetzt beide einen Drink vertragen.«

»Oder zwei oder drei.«

Als sich ihre Hände berührten und einer die Haut des anderen spürte, seinen Schweiß, seine Körperwärme, trafen sich ihre Blicke, und darin lag etwas Versöhnliches. Etwas, das stärker war als die Wut. Es war etwas, das sie schon immer begleitet hatte: Zuneigung, Verständnis, Liebe.

Sie waren Brüder. Und das konnte ja nicht nur schlecht sein.

Als Cooper aufstand, rutschte sein hinterer Fuß ab, und sein ganzer Körper bewegte sich ein Stück in die Tiefe. Sebastian sah über Coopers Schulter, und da war nur das schwarze Nichts. Vor Schreck lief es ihm kalt den Rücken herunter. Beim Kämpfen hatten sie sich auf die Felskante zubewegt, ohne es zu merken. Cooper befand sich direkt am Abgrund.

»Nicht bewegen!«, rief Sebastian. »Nicht bewegen!«

Ein paar Steine unter Coopers Füßen lösten sich und fielen in die Tiefe. Cooper geriet in Panik. Er drehte den Kopf, um zu sehen, was hinter und unter ihm war, verlor auch mit dem vorderen Fuß den Halt und rutschte weiter ab. Noch hielt Sebastian seine Hand, aber beide begannen zu schwitzen. Ihre Haut wurde glitschig und ihr Griff lockerte sich.

»Seb!«, schrie Cooper. »Halt mich fest! Lass mich nicht los!«

Sebastian mobilisierte seine letzten Kräfte, hielt Cooper, so fest er konnte, und lehnte sich mit seinem ganzen Körpergewicht zurück. Schultern und Rücken schmerzten schon vor Anstrengung. Und er spürte den unendlichen Horror des Versagens in sich aufsteigen, spürte ihn bis ins innerste Mark. Seine Hand war einfach zu verschwitzt, sein Arm zu schwach. Er war so unsagbar müde. So verdammt müde.

Er konnte Cooper nicht halten.

JETZT

LIBBY

Ich weine und weine, während Sebastian erzählt. Von Anfang an, denn ich weiß, dass diese Geschichte kein gutes Ende nimmt. Und ich weine, weil ich Cooper so schrecklich vermisse, dass es mir den Brustkorb zuschnürt. Ich bekomme kaum Luft und mein Herz fühlt sich an wie zerquetscht. Zu wissen, dass Cooper keinen Selbstmord begangen hat, dass er mich nicht verlassen wollte, ändert nicht das Geringste.

Es läuft aufs Gleiche hinaus. Er ist immer noch tot.

SECHS MONATE SPÄTER

LIBBY

Silvester feiern wir am Strand. Mit Lagerfeuer. Obwohl das eigentlich nicht nötig ist, denn es ist warm und abends lange hell. Die meisten halten Abstand vom Feuer, weil ihnen sonst zu heiß wird. Später, wenn es dunkel und kühler wird, werden wir das flackernde Licht und die Wärme zu schätzen wissen.

Alle meine Freunde sind gekommen, um das alte Jahr zu verabschieden und das neue willkommen zu heißen. Atticus, Hari und Cate. Und auch Claire. Neuerdings ist sie oft mit uns zusammen, vor allem wenn Atticus dabei ist.

Die beiden tragen schwarze Barette. Atticus' Haare sind nachgewachsen und schon wieder so lang, dass sie lockig unter dem Barett hervorlugen – ganz der lässige Künstler, der er immer war.

Ich gehe zur Kühlbox, hole eine Bierflasche heraus und nehme einen Schluck. Atticus schaut zu mir herüber und lächelt. Dann sagt er etwas zu Claire, küsst sie und kommt auf mich zu.

»Schöne Kappen«, sage ich.

»Danke. Eine Art Insiderwitz.«

»Ach, wirklich?«

»Ja, wir kultivieren ein snobistisches Image als Paar.«

»Du und Clair, hm?« Ich grinse ihn an. »Ich habe dich das nie gefragt, aber war sie die eine? Das echt heiße Mädchen, wie du es damals in deiner E-Mail ausgedrückt hast?«

»Genau.«

Ich stoße ihm freundschaftlich in die Seite. »Dann sind deine Träume ja wahr geworden.«

»Sieht ganz danach aus. Bis jetzt zumindest.« Er sieht mich ernst an. »Und du? Kommst du klar?«

Ich stecke die Hände in die Taschen. Ich hasse diese Frage. Wie soll ich sie wahrheitsgemäß beantworten? So weit ist alles in Ordnung. Ich lebe. Stehe jeden Morgen auf, erledige mein Tagespensum. Gehe zur Uni, jobbe, esse, schlafe. Manchmal gehe ich wandern oder schwimmen. Oder lache sogar. Und ab und an gibt es regelrechte Glücksmomente. Aber etwas fehlt, und ich weiß, dass sich das niemals ändern wird. Jemand, der perfekt für mich war, ist für kurze Zeit in mein Leben getreten, und dann – zack! – war's schon wieder vorbei. Er wurde mir einfach entrissen und hat eine riesige Lücke hinterlassen. So viel Mühe ich mir auch gebe, diese Lücke zu schließen, es wird mir doch niemals gelingen. Nicht wirklich.

Und *das* will keiner hören.

»Alles gut«, sage ich deswegen. »Ich freue mich aufs neue Jahr.«

Claire kommt zu uns herüber. Sie sieht aus wie … typisch Claire eben. Sie hat sich die Haare geglättet, ist für eine Strandparty viel zu stark geschminkt und aufgebrezelt. Aber ich kann sie nicht mehr so hassen wie früher einmal, und das Lächeln, mit dem ich sie ansehe, ist echt.

»Wie geht's Sebastian?«, frage ich. »Hast du mal wieder was von ihm gehört?«

Die Frage scheint ihr unangenehm zu sein, und wahrscheinlich denkt sie, ich frage nur aus Höflichkeit, während ich ihrem Freund in Wahrheit die Pest und die Cholera an den Hals wünsche. Tatsächlich habe ich gemischte Gefühle, was Sebastian betrifft. Ich schwanke zwischen Mitleid und Wut, aber keins von beidem trifft es wirklich. Wenn alles stimmt, was er mir erzählt hat – und das glaube ich –, muss er durch die Hölle gehen. Coopers Tod war zwar ein Unfall, aber es macht mich immer noch wahnsinnig wütend, dass Sebastian so lange gelogen hat.

»Es geht ihm so weit ganz gut. Er ist auf Kaution freigekommen.«

»Er hat Glück, dass er einen reichen Vater hat«, sage ich.

»Als Glück würde ich es nicht gerade bezeichnen«, sagt Atticus.

Ich könnte jetzt sagen, dass er mit Sicherheit mehr Glück hat als Cooper, aber ich will keinen Streit vom Zaun brechen oder verbittert klingen.

»Ich weiß, dass der Prozess kurz bevorsteht«, sage ich. »Ich hab's in der Zeitung gelesen. Hoffentlich kann seine Unschuld bewiesen werden. Das wünsche ich ihm wirklich.«

»Sein Anwalt ist zuversichtlich«, sagt Claire und hakt sich bei Atticus unter. »Weißt du eigentlich schon, dass er bei Bree eingezogen ist?«

Ich schüttele den Kopf.

»Seine Eltern haben sich getrennt und verkaufen das Haus. Er wohnt jetzt in meinem alten Zimmer. Kaum zu fassen, was? Er hat die Wohnung immer gehasst. Angeblich hat er sämtliche Teppiche reinigen lassen, bevor er eingezogen ist. Sogar im Treppenhaus. Er hat auch neue Vorhänge und Sofas gekauft. Irgendwie hat er echt einen Knall.«

Ich lache. »Klingt tatsächlich ein bisschen verrückt.«

Dass Sebastian möglicherweise schon bald ins Gefängnis wandert, bleibt unausgesprochen, ist aber allen bewusst.

»Du kannst ihn ja mal besuchen«, sagt Claire. »Ich glaube, darüber würde er sich freuen.«

»Vielleicht tue ich das«, sage ich. »Irgendwann … Es ist nur …«

»Schon gut, Libby. Du bist uns keine Erklärung schuldig.«

»Wo wohnst du denn jetzt?«, frage ich Claire. »Wenn Sebastian dein Zimmer übernommen hat.«

»Bei meinen Eltern. Übergangsweise. Ich habe die Uni geschmissen und bin dabei, mich neu zu sortieren.«

Atticus legt ihr einen Arm um die Schulter und lächelt. Sie sieht zu ihm auf und er beugt sich zu ihr hinab und küsst sie. Ich nutze die Gelegenheit, um mich davonzuschleichen.

Es freut mich, dass Atticus so glücklich ist. Er hat es

wirklich verdient. Aber ich kann es kaum ertragen, glückliche Paare zu sehen. Die Selbstverständlichkeit, mit der sie sich berühren, sich aneinander lehnen. Ihr Lächeln, ihre Küsse. Wenn ich so etwas sehe, muss ich mich immer beherrschen, sie nicht mit körperlicher Gewalt auseinander zu zerren, oder lautstark zu verlangen, dass sie sofort mit der Turtelei aufhören. Um es gar nicht erst so weit kommen zu lassen, ist es einfacher, ihnen aus dem Weg zu gehen.

Ich krempele meine Jeans bis zu den Knien hoch und gehe ans Wasser.

Meine Freunde wissen es noch nicht, aber im neuen Jahr ziehe ich aus Walloma weg. Mum hat eine Arbeit in Melbourne gefunden und ich gehe mit ihr. Als sie es mir erzählt hat, habe ich erst gesagt, dass ich nicht ohne meine Freunde leben möchte, aber dann haben wir uns Melbourne einmal angesehen, und da habe ich es mir anders überlegt. Ich liebe die Straßenbahnen, das Kopfsteinpflaster und die engen Straßen. Außerdem herrscht in der Stadt eine geradezu ansteckende Energie und die Anonymität einer Großstadt reizt mich ebenfalls. Niemand kennt mich dort, niemand stellt mir Fragen. Das habe ich an unserem Erkundungswochenende als ausgesprochen angenehm empfunden. Als ich durch die Straßen spaziert bin, habe ich mir vorgestellt, wie es wohl ist, dort zu leben, und es war das erste Mal seit Monaten, dass ich mich für etwas begeistern konnte. Das hat meine Entscheidung dann besiegelt.

An der dortigen Uni weiterzustudieren, ist kein Problem. Wir haben eine Wohnung gemietet, von der aus man mit der Straßenbahn schnell in der Innenstadt ist. Es ist eine Altbauwohnung mit viel Atmosphäre. Statt eines Gartens haben wir einen kleinen Balkon, und statt des Strands gibt es hübsche kleine Gassen mit Cafés, Bars und Buchhandlungen. Anstelle der Verschlafenheit von Walloma erwartet uns die Geschäftigkeit einer Großstadt. Ich werde meine Freunde und meine Heimat vermissen, denn ich habe mein Leben lang hier gewohnt, aber ich weiß, dass es die richtige Entscheidung ist, und freue mich auf die Veränderung.

Ich schaue aufs Meer hinaus und sehe einen Surfer, der unangestrengt und elegant über die Wellen gleitet. Einen Moment lang stelle ich mir vor, es sei Cooper. Dass er bald ans Ufer kommt, weil ihm kalt wird und er Hunger hat. Ich helfe ihm aus dem Neoprenanzug. Dann setzen wir uns ans Feuer und wärmen uns gegenseitig. Wir küssen uns stundenlang und vergessen alle und alles um uns herum. In unserem Glück sind wir unberührbar. Gierig aufeinander und ganz selbstsüchtig nur auf unsere Liebe fixiert.

Mit solchen Fantasien habe ich in den letzten Monaten viel Zeit verbracht.

Ich vergrabe die Hände in den Taschen und spüre etwas an meinen Fingerspitzen. Ich hole es heraus und halte es in das schwindende Licht am Horizont. Das Gänseblümchen, das Cooper mir auf Bradley's Edge gegeben hat. Ich drehe mich um, sehe zum Mount Timbi auf und versuche, die Tränen zurückzuhalten.

Das Gänseblümchen ist verwelkt, die Blütenblätter eingerollt und vertrocknet. Während ich es anschaue, zerfällt es in meiner Hand. Ich habe versprochen, es aufzubewahren, aber da ist nichts mehr, was ich aufbewahren könnte. Lauter Einzelteile, kaum mehr als Staub. Ich mache ein paar Schritte ins Wasser hinein. Die Wellen umspülen meine Knöchel, meine Waden, durchnässen den Rand meiner Jeans. Ich bleibe stehen und starre auf meine Füße, die im sandigen Meerboden versinken.

Dann lasse ich die Blütenteile fallen. Eine Weile umkreisen sie meine Beine, bevor sie von einem weißen Wellenkamm erfasst und mitgerissen werden. Schnell bücke ich mich, plötzlich versessen darauf, sie wieder einzufangen und doch für immer aufzubewahren. Aber es ist zu spät. Sie sind fort.

»Libby.«

Ich spüre eine Hand auf meiner Schulter. Ich drehe mich um und sehe Cate. Hinter ihr stehen Hari, Atticus und Claire. Alle warten auf mich.

Cate hakt mich unter und zieht mich an sich. »Komm wieder an den Strand, Libby. Setz dich zu uns. Wir vermissen dich.«

DANKSAGUNG

Ich danke Erica Wagner, die meine Arbeit unermüdlich unterstützt und an mich glaubt. Sie hat das Potenzial dieser Geschichte als Erste erkannt und geduldig und hilfreich den Prozess der Formgebung begleitet.

Sonja Heijn, Lektorin der Extraklasse, hat sich sehr um dieses Buch bemüht, und ich kann ihr nicht genug dafür danken. Aber ich werde es versuchen: Danke, Sonja! Ich hoffe sehr, dass wir wieder einmal zusammenarbeiten.

Dank gebührt auch meiner Agentin, Sue Armstrong, für Anregungen, Rat und Vertrauen.

Für Ermutigung und Rat in früheren Jahren danke ich meiner ehemaligen Agentin, Jo Unwin.

Meiner Schwester, Wendy James, danke ich für Hilfe, Unterstützung und unermüdliche Lektüre der verschiedenen Fassungen.

Ein herzliches Dankeschön geht an Fleur Ferris, die ebenfalls mehrere Fassungen las und von der Geschichte und ihren Figuren begeistert war. Dein Enthusiasmus und deine Großzügigkeit waren mir eine unerschöpfliche Inspirationsquelle.

Ein ebenso herzlicher Dank für den Input von Zeit, Ideen und Ermutigung gebührt meinen ersten Lesern: Haidee Hudson, Emma James, Jenny James und Prue Macfarlane.

Ich danke allen bei Allen & Unwin. Es ist ein gutes Gefühl, von einem so dynamischen Verlag unterstützt zu werden. Besonders danke ich Sue Harvey für ihr kluges Lektorat, Marie Trinchant und Hilary Reynolds für all ihre Hilfe, Lisa White für die Covergestaltung und Lara Wallace für I-a-Arbeit.

Ich umarme und küsse Hilary, Charlie, Oscar, Jack und Jimmy. Euretwegen lohnt sich die ganze Mühe.